[美] 艾格尼斯 · 丹弗斯 · 休斯 / 著
[美] 林德 · 沃德 / 图
谭怡琦 / 译
南来寒 / 主编

纽伯瑞儿童文学奖
获奖作品精选

19

香料和魔鬼洞

南京大学出版社

图书在版编目(CIP)数据

香料和魔鬼洞 / (美) 艾格尼丝•丹弗斯•休斯著 ;
谭怡琦译. -- 南京 : 南京大学出版社, 2020.9
（纽伯瑞儿童文学奖获奖作品精选 / 南来寒主编）
ISBN 978-7-305-23066-0

Ⅰ. ①香… Ⅱ. ①艾… ②谭… Ⅲ. ①儿童小说-长篇小说-美国-现代 Ⅳ. ①I712.84

中国版本图书馆CIP数据核字(2020)第046323号

出版发行 南京大学出版社
社　　址 南京市汉口路22号　　邮　　编 210093
出 版 人 金鑫荣
项 目 人 石　磊
策　　划 刘红颖

丛 书 名 纽伯瑞儿童文学奖获奖作品精选
书　　名 香料和魔鬼洞
著　　者 ［美］艾格尼丝•丹弗斯•休斯
绘　　者 ［美］林德•沃德
译　　者 谭怡琦
主　　编 南来寒
责任编辑 洪　洋
助理编辑 巫闽花
责任校对 王冠蕤
终审终校 陆蕊含
装帧设计 谷久文

印　　刷 山东润声印务有限公司
开　　本 889×1320 1/32　　印张 8.125　　字数 251千
版　　次 2020年9月第1版　2020年9月第1次印刷
ISBN 978-7-305-23066-0
定　　价 29.80元

网　　址：http://www.njupco.com
官方微博：http://weibo.com/njupco
官方微信号：njupress
销售咨询热线：（025）83594756

纽伯瑞儿童文学奖（Newbery Medal），又称纽伯瑞奖。1922年由美国图书馆学会（American Library Association）的分支机构——美国图书馆儿童服务学会(Association for Library Service to Children)创设，旨在表彰那些为美国儿童文学做出杰出贡献的作者们。该奖每年颁发一次，专门奖励上一年度出版的英语儿童文学优秀作品。每年颁发金奖一部、银奖一部或数部。自设立以来，已评出数百部优秀的儿童文学作品。纽伯瑞儿童文学奖已成为美国乃至世界公认的儿童文学大奖。

内 容 简 介

在葡萄牙里斯本，一群以亚伯·扎古托为首的航海狂热分子试图找到通向非洲香料之地的海上航线。然而，国王的冷淡使他们感到烦恼，直到一天晚上，一位神秘少女的出现，以及她带来的科维良和她父亲航行的消息，才驱散了笼罩在未知海域上的黑暗……但是，虎视眈眈的威尼斯人疯狂地阻止葡萄牙人达到他们的目的，他们煽动海盗，想方设法地切断通过苏伊士地峡的路线……葡萄牙人会胜利吗？等待他们的将会是什么？

目录

序　言　1

第 1 章 逃出黑夜　5

第 2 章 尼哥罗 · 康梯　15

第 3 章 亚伯 · 扎古托的工作室　25

第 4 章 两个亚伯　34

第 5 章 紧闭的门　41

第 6 章 索法拉——魔鬼洞　49

第 7 章 笼中鸟　54

第 8 章 斯坎德　60

第 9 章 糖　69

第 10 章 涅依米　82

第 11 章 灾祸　90

第 12 章 灯火通明的工作室　100

第 13 章 街头争吵　108

第 14 章 瓦斯科 · 达 · 伽马　118

第 15 章 谣言　127

第 16 章 亚伯觐见国王　138

第 17 章 威尼斯大使 147
第 18 章 安拉的意志 158
第 19 章 国王的狨猴 173
第 20 章 工作室的台灯 186
第 21 章 亚瑟 · 罗德里格斯 196
第 22 章 在船上 205
第 23 章 涅依米的嫁妆 216
第 24 章 伽马回来了 233
第 25 章 一封信 249

序 言

当我受邀为艾格尼斯·丹弗斯·休斯的书《香料和魔鬼洞》撰写前言时，我心中无比喜悦。首先，我是一个历史类小说的狂热爱好者，而此时我万分荣幸有机会公开发表见解。其次，我见证了休斯辛苦撰写的《十字军东征的男孩》和《海上之剑》。因此，我很高兴能够在第一时间，说出休斯太太的《香料和魔鬼洞》是一本多么优秀的作品。

多么棒的故事！作者细心地营造了浓厚的东方气息。正如《海上之剑》一样，我们深深地被书中描述的贸易和贸易路线中致命的竞争所吸引，作者笔下的情节扣人心弦，令人感动。这一次，威尼斯没有从热那亚的地中海上赢得霸权，在主宰所有香料之路和远东之路的竞赛中，它惨败于葡萄牙。

休斯太太拥有巫女般的触感，这使她笔下描述的过去栩栩如生，但她也有学者般的耐心，这使她能够对过去展开富有创造力的再现，且令人信服，久久难忘。此外，她还介绍了一些不为人重视的故事情节。

以葡萄牙里斯本亚伯·扎古托的工作室为中心点，围绕一群对航海和探索印度航线拥有极大热情的人，作者表明了犹太人在这项伟大的事业中扮演的角色。国王无意推进远征，这使伟大的航海家巴塞洛缪·迪亚士感到烦恼，而航海仪器和地图的制造者——银行家扎古托，则给了他巨大的鼓励和安慰。瓦斯科·达·伽马和拥有炽热眼神的年轻的麦哲伦也从扎古托身上收获了无

VENICE
LISBON
AZORES
ALEXANDRIA
CAIRO
CANARY ISLANDS
CAPE VERDE ISLANDS
SOFALA
THE DEVIL'S CAVE

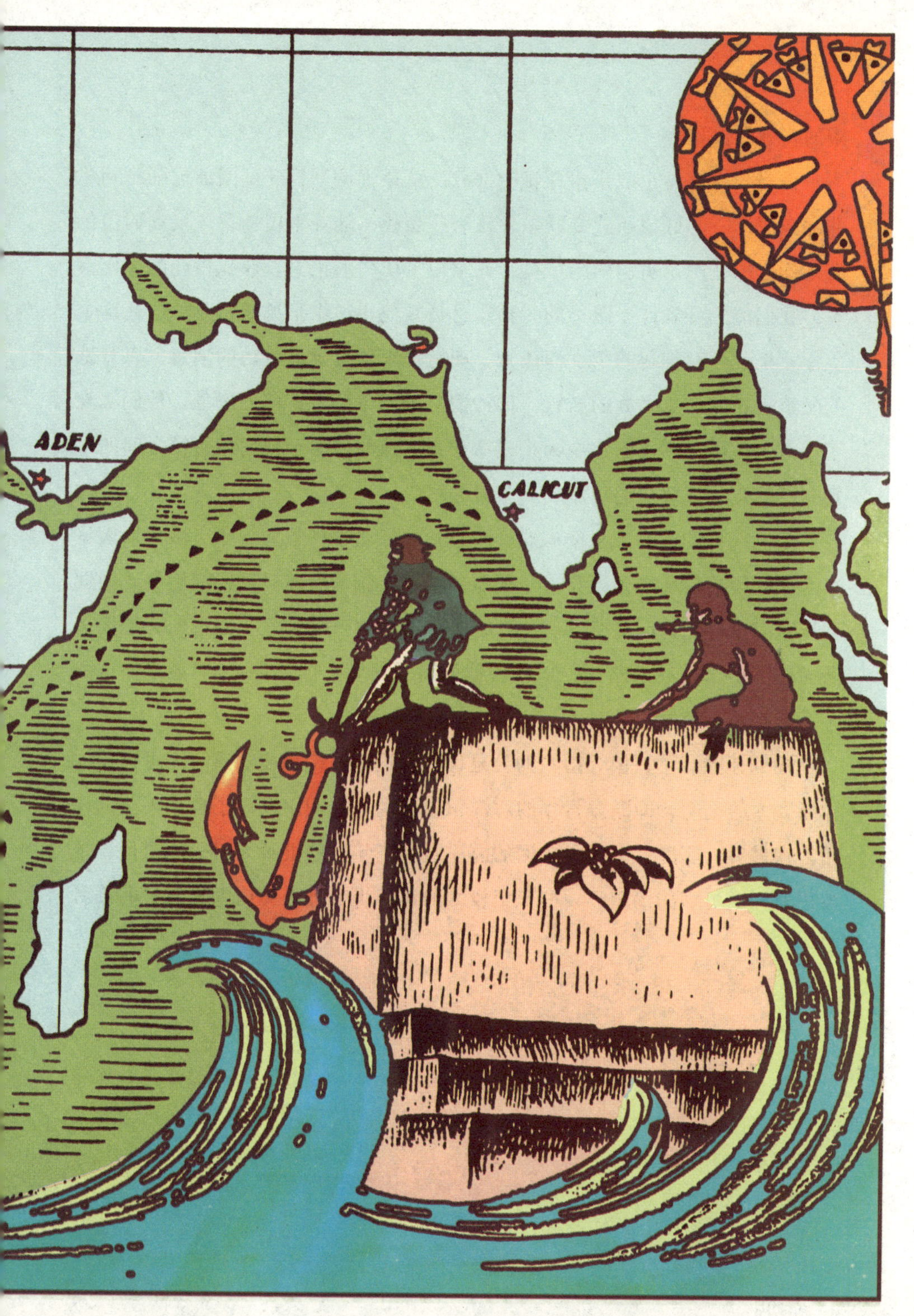
ADEN
CALICUT

限的安慰和灵感。

但是，也许这个故事最新颖的部分，就是强调葡萄牙试图通过陆路到达非洲东海岸，与好望角建立联系，这有些超越了迪亚士用葡萄牙最高的白色石柱标志的范围。英勇的科维良为此献出了毕生的精力。在扎古托的工作室里，我们能感受到许多温柔的时刻，这是其他小说中罕见的。此外，在这个工作室里，还有神秘的少女涅依米，和她带来的科维良成功的消息，以及她的父亲去石柱伫立之处的航行，种种情节足以令读者震惊、屏息。他们实现了伟大的领悟，驱逐了迄今为止笼罩在索法拉和最后一根白色石柱之间的未知海域的黑暗，建立通往印度的全海洋路线。

引人注目的还有威尼斯人疯狂阻止葡萄牙获得回报的故事。威尼斯人从东海岸的侦察员那里预先获得了瓦斯科·达·伽马的船只返回的消息，便煽动海盗阻止他们返回里斯本。此外，由于德勒塞普的加入，威尼斯人想要切断通过苏伊士地峡的路线，以维持他们对香料贸易的掌控。 但最终，这两个诡计都没有得逞。

葡萄牙胜利了，但等待它的会是什么？迫不及待想要知道的人可以关注休斯太太的论文，即鼓舞青年的海洋贸易在世界文明中发挥了意想不到的作用。在最后，印度、中国和美国的海岸召唤了年轻的继承人——麦哲伦。怀着想要知道更多的渴望，一些年纪较大的读者也会加入休斯太太年轻的读者群中。

柯蒂斯·豪尔·沃克

范德比尔特大学

第 1 章 逃出黑夜

亚伯 · 扎古托的工作室里，几个人纷纷将自己的椅子朝桌子中间靠。桌上，一幅巨大的地图铺展开来。众人的眼睛齐刷刷地盯着船长迪亚士棕色的食指在地图上一直划过非洲的西海岸。

“对今天的葡萄牙人而言，佛得角和几内亚不再是神秘未知的大陆。还有这里……和这里……你们一路上都能看见有我们立下的石柱。接着……”棕色的食指迅速划到南边的一个点，然后停下来，“就是大海角……我们最后一根石柱标志的地方！”他压低声音补充道。

众人抬起头，用崇敬的目光看着他那张被晒成棕褐色的脸。假如巴塞洛缪·迪亚士继续他的航行，那么标志地域的石柱永远不会在大海角处戛然而止。

年轻的斐迪南·麦哲伦弓着背站在桌子边，他脑海里突然闪过初闻巴塞洛缪·迪亚士大名的时候。在萨布罗萨的家里，他第一次听说，这位航海家在寻找通向印度的新航线的途中，发现并命名了风暴角。他的脑海中浮现出这样一幅画面：在波涛汹涌的大海上，这位航海家站在上下颠簸的脆弱的船上，用疲惫但坚定的眼神，凝望着这个令人生畏的海角。千百年等待于此的大海角，第一次迎接了白人面孔。

斐迪南突然俯下身子，凑近地图看。接着，他把目光投向亚伯·扎古托。“这个名字有什么含义？”他问。

亚伯瞥了一眼他手指的地方：“没有什么含义，它就是一个大海角。但是弗拉·毛罗把它称为‘迪亚布’，大概是听了阿拉伯水手将这片海域称为‘魔鬼洞’的传说吧。但你知道的，国王约翰喜欢把这片海域称为‘好望角’。”

“我喜欢‘魔鬼洞’这个名字！”斐迪南兴冲冲地喊道，“太刺激了！”

迪亚士饶有兴致地看着他。“你不该为此感到兴奋，”他摇摇头说，“那里的风浪之巨大，前所未见，完全超乎我的想象，就好像成千上万个魔鬼同时冲出地狱，和阿拉伯人所描述的一模一样。”

斐迪南坐回椅子上，脸上的笑容消失了。他心不在焉地盯着地图发呆。

桌子对面，一个男人看着他，欲言又止。这个男人蓄着黑色浓密的胡须，黑壮敦实，大概三十岁出头，鼻子很长，脸部轮廓硬朗。他的名字叫作瓦斯科·达·伽马，是国王曼诺尔宫廷里的一位绅士。他的父亲曾经是英国皇室的审计长，并已经打算在约翰的命令下领导一支探险队，探索一条通往非洲的新航线。伽马本人也在海上服务过，并在西班牙和非洲当过兵。后来，随着香料之路的发现，欧洲一片沸腾，瓦斯科开始重新思考通往非洲的新航线，偶尔也会来翻看亚伯·扎古托的地图。

“你有没有猜测过，船长，”斐迪南终于大胆问了一句，“如毛罗所说的那样，大海角的东海岸接近印度？”

“不，没有，”迪亚士坦白地回答，“但是，如果我不能说是的话，那又有什么用呢？不，伽马，我所知道的就是我所见过的，那就是大海角一边的海岸。”

年轻的麦哲伦做了一个不耐烦的手势。“科维良对海角东海岸没有怀疑。”他直言不讳地说。

他的语气让这位年长的船长忍不住笑了。这个最年轻的小伙子刚刚没有让自己成为令人厌烦的人，只是他太清楚科维良的事情了。科维良！在葡萄牙的里斯本，还有谁已经懂得足够多到能问这个问题？当佩德罗·科维良在陆地上完成了一次伟大的使命［佩德罗·科维良抵达了埃塞俄比亚，并认为这就是那传说中的基督教国家——译者注］，巴塞洛缪·迪亚士在海洋上开启了一次伟大的征程的时候，眼前这个小男孩才不过到他的腰间高。

“科维良说，这是一次再清楚不过的航行，”斐迪南坚持，“海角的东边，难道不是吗？”

巴塞洛缪·迪亚士扬起斑白的眉毛，骄傲地看着斐迪南。他暗淡的眼睛仿佛从这个年轻人身上看到了超越平凡的希冀。敢于质疑的勇气、反叛大众的态度，啊，这可是航海先驱们具备的特质！就拿他的亲戚为例子，所有的朋友都相信，越过博亚尔多角后，除了沸腾的大海什么也没有。但是现在，没有人会忘记约翰·迪亚士是第一个勇敢地提出质疑并证明这个令人生畏的海岸其实延伸得更长的人，也没有人会忘记狄尼斯·迪亚士是第一个到达佛得角的人，还有韦森特·迪亚士是第一个达到佛得角群岛的人，而他，巴塞洛缪·迪亚士，比任何人都走得更远。年轻的麦哲伦，你可以相信自己，有一天，你会追上我，甚至比我走得更远。

“但是科维良并没有像船长迪亚士一样，回来告诉我们他的发现，”伽马说，“我们所能知道的就是他从开罗到里斯本捎回来的话，他从非洲东海岸一直走到了索法拉，如果我们的船一直从几内亚前进，就会发现一条到印度和香料之地的清晰航线。但是，如果他没有越过索法拉，他怎么能确定呢？”

“啊，即使这样……”斐迪南手臂伸到地图上，拇指摁在大海角上，小拇指摁在索法拉上，“所有的一切也都证明了两个地方之间的距离。这里，你停下脚步的地方，”他轻叩了一下大拇指，“还有这里，”他又轻叩了一下小拇指，“科维良停下脚步的地方。”他高兴地看着桌子周围的人，把手掌摊平，表明拇指到尾指之间的距离。

“是的，大家有目共睹，”伽马冷冷地反驳道，“问题的关键是，‘所有的一切’有多少？如果海岸线从大海角北部延伸到索法拉，或者是中间的某个地方，它也应该是向东，然后往南……”

斐迪南长长地叹了一口气：“我愿意赌上一切，无论如何，我也要解决这个问题。”

迪亚士船长耸耸肩。“所以，我们中的任何人，如果只有一个人的自我思索， 他会不会冥想，已经‘解决’这个诱人的差距？”

“有一件事是国王曼诺尔不会做的，那就是出发去寻找真相！”亚伯·扎古托平静地说。

大家总会听亚伯的话。当你跑题的时候，他总会抓住情况的核心，把你引导回来。

“他太忙了，没办法要花招说服西班牙国王，去找一条通往印度的航线！”斐迪南讽刺地说。

“他不会没有办法搞来船员，”迪亚士嘟哝着说，“每个人都想去！他想要的是完成国王约翰吩咐他造的船，然后向东方远征，如果死亡没有阻止他的话。”

房间里没有人会忘记，是迪亚士自己设计了这些船只并看着它们开始海

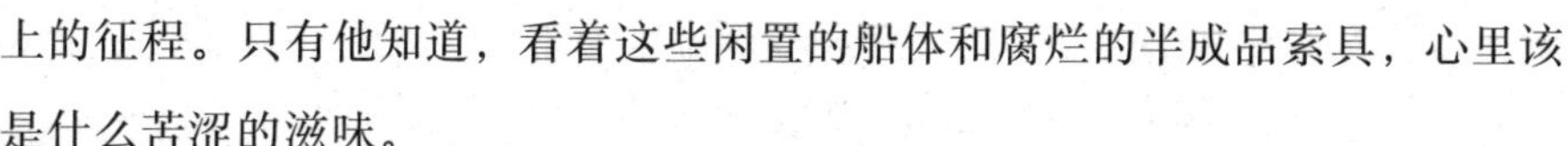

上的征程。只有他知道，看着这些闲置的船体和腐烂的半成品索具，心里该是什么苦涩的滋味。

“在我看来，”亚伯站起来，“约翰只是得到他应得的东西。几年前，约翰·卡博特不远千里从威尼斯来到这里，恳求一次发现到达非洲的航线的机会。同样的事情又发生在哥伦布身上，约翰拒绝了他们两人的请求，显然，葡萄牙因此失去了两次伟大的机会。生活并不会一直为你敞开大门，你知道的。有时候，它会在你面前砰的一声关闭。”

“但是你不觉得吗？”迪亚士说，“西班牙对哥伦布的两次航行兴致勃勃，还为他的第三次航行做准备。而且，有消息说，英国国王亨利正准备让约翰·卡博特出发寻找海上航线，国王曼诺尔难道不害怕被英国捷足先登？”

晚上总是这样结束的：热烈的探讨、评论，充满希望，最后留下的是，大家对曼诺尔对远征的冷漠非常不解。

迪亚士推开椅子，站起来，说了句晚安后便离开了。伽马第二个离开了房间。只有斐迪南和亚伯留在这里。事实上，他们会继续讨论刚刚引人入胜的话题。

亚伯看着斐迪南，正如迪亚士刚才看着斐迪南一样。但是迪亚士看到的是他的个人特质，而亚伯从他的身上看到了民族性格：健硕的体格、坚定的信念，还有一丝傲慢。亚伯对自己说，一代代的人，已经将葡萄牙训练成一个不畏大海，不畏与摩尔人[非洲西北部伊斯兰民族——译者注]斗争的民族。

就在亚伯陷入思考的时候，他的妻子露丝端着一盘浸在葡萄糖浆里的无花果走出来了。据露丝说，这个做法还是来自巴勒斯坦的一位名厨。斐迪南站起来，做了一个亲切的手势问候了她。当斐迪南还是一个蹒跚学步的孩子时，露丝在萨布罗萨第一次看见他，就喜欢这个小家伙了。斐迪南知道，这些无花果是露丝专门带给他的。

“别客气，随便吃。聊了这么久，你们会发现，它们可比你们的梦想甜蜜万分，”露丝说，“你们怎么能一大群人花这么多时间待在这个地牢似的房间里，研究这张旧地图呢？我真是纳闷了。”

她将地图收到桌子的一边，把无花果的盘子放到斐迪南的手上，然后穿过房间，猛地推开通向庭院的门。

露丝个头矮小、肥胖，走起路来像一阵风吹过，说话的时候，经常点点头，不由得使人联想到树上的啄木鸟。她奉行实用主义。当别的夫人裙子隆重得拖地的时候，她还是穿着简单朴素的裙子，在她看来，那是浪费和轻浮的一种表现。每天早上，她戴着细平布做的帽子清洁房子、修剪花圃，她也因此为自己感到自豪。她的心和她的手一样着眼于实际的东西。外面任何已知的事情她都视为蜘蛛网或者杂草。亚伯和他的朋友都不会奢望露丝会对他们的话题发表任何意见。

“你们继续待在这间密不透风的房间里就会窒息了！”她唠叨着坐下来，接着又不耐烦地说，“你们把我的蜜饯当摆设吗？”她拉了拉腰间的紧身腰带。

亚伯伸出手，拿起一块无花果蜜饯，眼睛沉静地凝视门外的黑暗。斐迪南的内心还在被今晚的话题扰得躁动不安。他看着比他年长的亚伯，叹了一口气。

“啊，斐迪南，说说看吧！”亚伯终于开口说道，他眨了眨明亮有神的双眼。

“好的，先生！”男孩紧握双手，捶了一下桌子，这把露丝吓了一大跳，“我不能忘记，这是一个耻辱！亚伯大师，这里是威尼斯和热那亚的商船交易从东方带回来的货物和地中海周围的货物的地方。他们的国旗在骄傲地飞扬，在里斯本港口，他们摆出一副主人的模样，而我们的船只却无人问津、无人关心！想一想，葡萄牙只能选择别人剩下的，天呐！为什么我们就不能带回来东方的货物？我指的不是地中海！”

“我知道，我知道，”亚伯点点头，“你的意思是通过魔鬼洞，直接从东方带货物回来。”

“我的上帝！就是这个意思！”斐迪南激动地喊道，“如果我们能做到，威尼斯人和热那亚人岂能在这里耍威风？西班牙和英国也不能。”

“我说，”露丝笑了，“我相信你十分愿意刁难一下西班牙人和英国人！”

“难道你不认为他们也有同样的想法吗？”男孩反驳道，“难道他们不会竭尽全力把我们从印度的竞争中赶出去？如果我们让迪亚士船长带队的话，我们本可以比西班牙想到派哥伦布出发前更早到达印度！但是现在，西班牙称，哥伦布已经到达了东方，虽然是通过西边的航线，但他们还是做到了！”

“毫无疑问，哥伦布已经有所发现了。”亚伯若有所思地说，“但是无论是东方，还是只是东方的任何一个地方，看这里，斐迪南，”他提示说，“你知道，我也知道，哥伦布带回来的那些半裸的野蛮人和粗俗的便宜货，和这些伟大的城市格格不入，也不符合马可·波罗和他的同胞孔蒂，甚至是科维良对东方的描述。”

“好，”斐迪南说，“为了还哥伦布一个公平，他所有的言论都是在齐潘戈或者契丹的发现。但是，如果我们能够解决这个问题，一切都能证明，”他用低沉的声音说，“如果我们可以通过大海角到达非洲，那么，葡萄牙里斯本……”他停下来，一脸严肃。

“那么里斯本，”亚伯接着说，“会是欧洲和东方进行贸易的进货港口。里斯本会将威尼斯取而代之！”

“但是，如果我们失败了，”斐迪南说，“我们就只能眼睁睁地看着西班牙或者伦敦品尝贸易的甜头了。而且国王曼诺尔还意识不到这一点！这一次是难得的机会，他却让机会从自己的指缝中溜走了！”

“听听看斐迪南！”露丝大声喊道，“你们伤了他的心！”

“别这么说！”斐迪南说，“我愿意赌上我的灵魂，从我们这到印度，有一条再清晰不过的香料之路，正如科维良所说的。”他转向亚伯，几乎用恳求的语气说：“亚伯大师，你也是这么想的，对吗？”

亚伯动了动嘴唇，正要开口的一刻，他的脸色忽变，目光投在了斐迪南和露丝身后的某个东西上。

斐迪南和露丝本能地回过头，只见门口站着一个衣衫褴褛、光着腿的人，他似乎刚从哪里逃出来。这个人苍白的脸上有一双炯炯有神的黑色大眼睛，但此时由于疯狂地恐惧，两只眼睛睁得大大的。

斐迪南心惊胆战地等待眼前的幻象消失，但他没有，他走过来了，就像一个幽灵。噢，不！这是一个活生生的人！破烂的马裤下，稀薄的血液在流淌，这恐怖的血来自他无力地垂下来的双手，也染红了几乎裂成碎布的外套。真是一个可怜的小伙子，他也许和斐迪南的年纪相仿！

露丝赶紧跑过去，还碰倒了一张椅子。她冲过斐迪南身边，来到门口，把这个可怜的人儿拉进来。斐迪南立刻听见了露丝同情的哭声。他开始向前走，但又突然停下来。他是看见了那人褴褛的外套下，有两根黑色的长辫子吗?

“她是一个女孩！女孩子！”露丝尖叫起来。

随着露丝的声音响起，那双恐怖的眼睛突然转向身后瞥了瞥，然后，就像一个寻找掩护的野生动物一样，女孩抓起露丝的手，把她拉进了工作室后面的房间里。

“有人在追她！”亚伯大喊，“门，快！斐迪南！”

斐迪南走出房间，穿过庭院，转动外面大门的钥匙，把大门锁上。这时候，亚伯走上来，有点上气不接下气。他推推紧闭的沉重大门，两个人互相看了一眼，惊讶得无法说话。

“亚伯，”斐迪南压低声音地说，“你听见她进来的声音吗？你觉得有人看见她爬进来了吗？”

“如果你和其他人一样走了，我就会锁门了。”亚伯沉思着说，“不知道这个可怜的姑娘从哪里来。”

“真高兴我留下来了。”斐迪南冷静地说，他跟在亚伯沉重而缓慢的步子后面。

两人没有再说话，来回走在院子里。他们无意识地压低脚步声，竖起耳朵，似乎要从寂静的夜里听出什么线索。

在亚伯看来，这个院子就已经表达了他们此时的状态。灰色而古老的无花果树，静静地托举着成熟的黑果子，伫立在院子里，似乎在听外头的动静，就连沾了露珠的鲜花，仿佛也在聆听着，等待着……

“那个女孩来自世界的哪个地方呢？”他沉思着说。

“她可能是被奴隶船带来的，”斐迪南猜测，“但是奴隶都黑得像乌木，”他迅速推翻了自己的猜测，“而这个女孩的皮肤，就像象牙一样白，还有阳光晒过的痕迹。”

他对自己错误的猜测和措辞感到有点尴尬，但亚伯似乎没有在意。

“的确，”亚伯回应道，“像黄色的象牙，又像月光下的百合花。不过，你的猜测也有道理。我们很快就能知道码头是否来了奴隶船。”

透过院子，他们可以看见露丝的身影在来回进出女孩逃进去的那间房间。终于，屋里的灯光熄灭了，露丝走到工作室的门口。

“她安静了一点。”露丝低声说，亚伯和斐迪南走进房间。

“她说了些什么？”亚伯迫不及待地问，“她有没有告诉你……”

“告诉我？！”露丝拔高声音说，“我不相信她能说我们的语言，哪怕是一个字。我试图和她说话，但她只是蜷缩在角落里，用她恐惧的大眼睛瞪着我。从她的表现看，她的脑子现在好像有点混乱。不过我递给她一些温牛奶的时候，她像一只小猫似的乖乖喝了，她也让我包扎受伤的手臂。”

“你知道她的手臂怎么受伤的吗？”斐迪南问。

“很显然，她拼了命才逃出来。”亚伯思考着说。

斐迪南起来准备离开。“我明天要去码头看看，是什么船开进来了，”他说，“也许我会发现一些关于她的蛛丝马迹。”

露丝一脸惊慌：“但是你千万要谨慎，不要做出或说出一些令人怀疑的事情！这个女孩不要命也要逃离那些等着她的人，如果他们发现了她，我相信这个女孩肯定会被吓死。”

“别害怕，露丝，”亚伯安慰她说，“除了我们三个，没有人知道她在这里。”

“我保证一个字都不说，”斐迪南说，“我就用我的眼睛和耳朵。没有人能从我的嘴巴里掏出一个字！”

“对！”亚伯站起来，“我们两个需要弄清楚她从哪里来。”

“相比于解决香料之路的问题，这太简单了！”斐迪南朝外面走去。

第 2 章 尼哥罗 · 康梯

沿着威尼斯号的围栏，尼哥罗 · 康梯看着威尼斯号的船员送走了最后一批运往里斯本的白糖。威尼斯号在这一天稍晚的时候达到了里斯本，它穿过拥挤的葡萄牙、英国、西班牙和荷兰的船只，停在了码头处的锚地。船员没什么时间完成卸货。现在船员都在赶工，因为他们本来就晚到了，现在又赶上涨潮。

这时，有人在背后叫他的名字，尼哥罗转过身，看见一个强健而富有魅力的人走向他。“行李收拾好了吗，康梯？我们准备出发了。”

“今天刚到岸就收拾好了，船长。我要做的就是等着上岸。”

“除非，”威尼斯号的船长看着尼哥罗说，“除非你改变主意了，然后和我回去。我会在船上给你提供最好的住宿！”

尼哥罗善意地笑了：“我并不打算改变主意，先生！”

但是船长并没有放弃。“威尼斯对你的人来说是一个好地方，”他坚持道，“它才是你们赚钱、定居和发展的地方，而不是要冒险留在葡萄牙，听他们说巴塞洛缪·迪亚士的丰功伟绩……”这时，有一个伙计走过来请示他的命令，他停了下来。接着，他又对尼哥罗说：“不要走，我会回来和你说再见。”说完，他跟着那个伙计走开了。

尼哥罗心里越来越兴奋。他的箱子就在身边，现在，他会带上它，马上开始里斯本的冒险。虽然身边每一位老朋友都对他的行为大加劝阻，但他心意已决。现在，他得在里斯本找个住所，幸运的是，他会说葡萄牙语。

这时，一个男孩突然闯进了他的视野，他的脑袋和肩膀靠在码头边缘，他要干什么？尼哥罗看着男孩弓下身子，查看威尼斯号的船首。他在看船的名字，是吗？

男孩站起身来，尼哥罗发现，这个男孩比自己还要年轻，长得结结实实，浓密的黑眉毛下那双如火焰般明亮的眼睛尤其引人注目。当男孩走开去检查威尼斯号旁边的一艘轮船时，他对自己的怀疑感到十分抱歉，但也好奇为什么这个男孩会对船的名字感兴趣。

船员们在喊了！卸载完成了。一个舱口盖甩下来，有人大喊了一声“躲开”，然后一条大粗缆绳被放了下来。接下来，他们就要从跳板上顺着绳索滑下来。他必须走了。他看了一眼匆匆前来的船长。

“啊，康梯，真的要说再见了吗？你真的打定主意了？”

尼哥罗笑了笑，然后握住船长的手。“无论如何，直到我给葡萄牙一个公正的评判。”

船长耸耸肩，说：“个人来说，我喜欢在轮子的中心，而你这样会让你

处在世界的边缘……”

“边缘！”尼哥罗打断船长的话，“我会提醒你，当贸易的声音在我们周围响起时，这里才是世界的中心！”

“好吧，忠诚的孩子！”船长友善地拍了拍他的肩膀。

“祝你好运，先生！注意不要再和海盗起冲突了！”

船长眨眨眼睛，说：“海盗最好小心一点！他们可不能再为基督徒提供领航员了。

“我们很幸运，能让他代替我们领航员的位置。他当然非常熟悉自己的行当。

“他是不错的领航员，”船长衷心地赞同道，“我试图留下他，但似乎这个海盗已经受够了海上的生活。”

尼哥罗滑到码头的跳板上，大声喊出了他的最后一句话：“再来这里的话，请一定要告诉我！我会在这里等你！”

冲动下，尼哥罗决定目送威尼斯号的离开。他安放好自己的行李，看着威尼斯号高大主桅和熟悉的圣马可之狮浮雕渐渐地远离海港。船上飘舞的国旗消失在他的视线中。尼哥罗正要转身找路的时候，听见背后传来一阵愤怒的声音。

就在威尼斯号卸下来的货物旁，几个看似富裕的人吵得面红耳赤。他们拦住装卸工，因为有一部分的货物被搬走了。尼哥罗在一旁看着他们在指手画脚地协商，气氛越来越紧张。慢慢地，尼哥罗走向他们。他的葡萄牙语不是太好，但是他猜应该是从威尼斯号卸下来的货物出了些什么问题。

“就在这里！你自己看看！”其中一个人抗议，“里面什么都没有！这可是一桶糖的价格！”

尼哥罗慢慢向他们靠拢，越过说话人的肩头，他沮丧地发现，大桶里确实空空如也。

“你想一想，你有没有签署提货单？”有人建议道。

“我已经签了。威尼斯人难道为了几个硬币把自己的灵魂都卖了？”

“威尼斯号的船长不会做这种事！”尼哥罗在后面大声说，“你怎么知道不是你的手下没有看好这些货？”

大家立刻转过身来，盯着尼哥罗。“因为我的手下发现货少了的时候，我一直在旁边站着，”他回答，“威尼斯号的船长是你什么人？你的同事吗？多管闲事！”

他的同伴纷纷嚷嚷着赞同。尼哥罗刚要反驳，他突然意识到，他来到这个陌生城市做的第一件事情，居然就是和别人吵架！想到这里，他忍不住笑出声来。

“他刚好和我做过生意，”尼哥罗心平气和地说，“我打小就认识他，他最不会做的事情就是欺骗任何人，那么，”他掏出钱包，“你认为这桶糖值多少钱？”

“啊，我不是这个意思，”货主尴尬地回答，“我能承受这个损失，不过，这是原则的事情！”

“正是这样，”尼哥罗同意道，他紧咬嘴唇，保持一副严肃的样子，“原则，船长正是一个恪守原则的人，正如你一样，先生！现在，”他打开钱包，“我们要给你多少钱？”

男人提出了一个数字，尼哥罗如数给了他。“我希望这不会令你难受。”男人不好意思地说着，接过了尼哥罗的钱，“如果任何时候我能为你做任何事情……”

“我会记住的，”尼哥罗笑着说，“你可以告诉我，在哪里能吃到一顿好的吗？”

“当然，如果合你胃口的话。”

“我相信你，我饿极了。”

“好，那么……”男人让尼哥罗转了个身，指着码头外的一条路，说，“这就是主干道，沿着它一直走到大广场上，然后你会在右边看到一条小路，那里有一家小酒馆叫‘绿窗户’，店主人是一个老家伙，叫佩德罗。这家店虽然简陋，但你可以尝到最美味的蔬菜炖羊肉。”

等到大家都散去了，尼哥罗开始思考一些问题。葡萄牙……里斯本……经过了几个月的犹豫、争论，他最终做出了决定，站在了这里。他带着一种冒险的精神环顾四周，不远处的山上坐落着古雅的大房子，这些房子的屋檐很高，就像是巨人的肩膀。阳光落在小阳台和楼梯上，时不时闪烁出亮光，陡峭的小花园里鲜花吐露芬芳。双目所及之处，都是明艳、活泼的景色，一切都是不加修饰的美。从地平线到苍穹之顶的天空是炽烈的深蓝色。尼哥罗好奇，哪里才是国王的宫殿呢？也许它是坐落在山上固若金汤的建筑群，但更有可能，它是山边由柱子和圆屋顶房子组成的建筑群。

尼哥罗在脑海中对比了葡萄牙和威尼斯的美丽。威尼斯有无声流淌的纵横水道，而这里有手忙脚乱干活的人，还有鹅卵石路面上嘈杂的谈笑声。这里的生活节奏更快、更简单。有个男孩正领着他的山羊一户挨一户地挤奶！……路边的女人吆喝着请你买她托盘上鳞光闪闪的海鱼，肩头挑着篮子的男人热情地告诉你他的蔬菜是多么新鲜。

走到商人说的广场时，那里的亚麻布制品商店和丝绸店铺引起了他的注意。那里的摆设与默瑟里亚［威尼斯的一座城市——译者注］并没有多大的不同，只是这里的威尼斯人的商店多了许多从东方带回来的商品。

尼哥罗毫不费力便找到了绿窗户。店不大，店主却饶有兴致地在里面装了一块巨大的绿色玻璃。几个明显是水手的人正在一张桌子上边吃边聊。尼哥罗在他们旁边的桌子坐下，主人及时地送上一盘出名的蔬菜炖羊肉。客栈老板是一个古怪的矮小男人，小心翼翼地想着要客人满意。尼哥罗感激地看了他一眼，很快，他又点了第二份蔬菜炖羊肉。

吃到一半的时候，他无意中看到，有人走进来，径直走到了最里面房间坐下，但他的注意力很快就被旁边水手的对话吸引了。他们现在开了一瓶上好的红酒，兴致正高。尼哥罗判断出，他们是今天刚到的那艘船的船员。

“我猜，你会带回来糖和木材。”其中一个人说。

“是的，紫杉木和柏树，只要船不沉，我们就继续装。”

“他们说，没有哪个地方的木材比得上马德拉群岛的木材，”有人评价说，“但是，说到赚钱，还不如一船的黑人和金矿！”

尼哥罗心想，马德拉群岛或许就是他们要去的地方。那是葡萄牙一块重要的殖民地。至于他们说到的黑人——“你谈论到黑人和金矿，”尼哥罗打断他们说，“我猜你们要去的地方是几内亚？”

“正是！”那人热情地回答，“如果我们能如期回来，还会有奖励！”

“这是给你的奖励！”另一个人对着店家打了个响指，示意他收钱。

尼哥罗看着他们有说有笑，你推我搡地走出酒馆，走向大街。他正要站起来付钱的时候，瞥了一眼房间里最后那个静静走进来的客人。

他双手抱胸，头稍稍靠前，一双大眼睛炯炯有神，仿佛看到了遥远的未来世界。尼哥罗心想，这大概是他看到过的最美丽的眼睛。

男孩抬起头，惊讶地看见尼哥罗的审视的目光。“他们很有意思，不是吗？”他说着，用头示意了一下离开的水手，“你似乎对他们很有兴趣。”

“你们葡萄牙人有资格为自己的航海家感到自豪。”尼哥罗热情地回应对方友好的示意。

男孩抓住了最后几个字，问：“你航行过吗？看见过海运服务吗？”

“只去过地中海，但这足以让我不晕船了。”尼哥罗笑着说，“你去过大海吗？还是说，你想去大海？”

“我恨不得马上出发！”

尼哥罗对男孩的迫不及待感到好笑。“也许你的家人不允许你去？”

他问。

“对，除非我完成了在宫殿的服役期。”他的脸红了，和陌生人透露这么多信息，令他感到有点不好意思。“你看，我是一个男侍卫，”他做了个鬼脸，“我的服役期还有六年多。”

他们会意地互相看了一眼，尼哥罗笑了。这个男孩子真是可爱又坦率。“所以，你就跑到绿窗户这里探听大海的消息！”

男孩点点头。“一逮到机会，我就会脱下制服，换上家里人寄给我打猎用的旧衣服，然后到这里来。能够远离宫里那些无趣呆板的人实在是太好了，他们就好像扼住了你喉咙一样，简直让你无法呼吸！”他一边说一边用手掐住自己的脖子，身子夸张地扭动起来。

“一个想家的农村孩子。”尼哥罗心想，他被男孩天真姿态逗乐了。但尼哥罗也能从男孩直率的性格中断定他出身名门，而且他没有被传统束缚！“旧衣服更舒服，”他同意道，“你在宫里做些什么？”

“噢，做差事男孩，在餐桌上为国王服务。他出行的时候，和其他人一起站在两边迎接。”

“不太有意思，对吗？”

“太无聊了，”男孩回答，“这就是一个男侍卫的工作，就像狗要要把戏。我从来不知道，为国王牵他的马出来有什么意义！还有……”他压低了声音，“为什么女人掉了手帕就不能自己捡起来呢？”

“啊！小心说话！”尼哥罗也压低了声音，“女人有办法报复像你这样出言不逊的人！顺便说一句，”他冒险地问，“我今天早上在码头附近看见的是你吗？”他差点还想问“你在那里找什么”。

“我确实在那里，”他回答，“我还看见你了，两次！当时你正在和糖贩子打交道！”

“坦白说，当时我也是和他一样在考虑自己的利益！我要是想在这里生活，多一个敌人可不是什么好事。”

男孩的眼睛亮起来。“你真的想在这里生活？太好了！你和船长在说话的时候，我还以为你在开玩笑。”男孩的脸红起来。

“噢，你能听懂意大利语？”尼哥罗欣喜地问。

“只是跟上潮流，你知道，我们能在宫殿里听见许多新鲜事。但是你还能流利地说我们的语言，我很佩服。你们还说起海盗的事情了吧？”他继续问，“发生什么事情了？”

“海盗和威尼斯号斗了好几回，他们太小看我们了。最后海盗们被打得屁滚尿流。就是这样。”

“你还说，里斯本会包揽所有的贸易。你为什么会这样说？”

“我听说了迪亚士船长，我相信他有能力找到去印度的正确航线。”

男孩的眼睛一闪，激动地伸手抓住尼哥罗的手。“迪亚士是世界上最伟大的人！我知道他……你想见他吗？”

“可以吗？这可是一生难得的机会。”

“那么，就交给我安排吧。”男孩狡黠一笑，“但是现在我得回宫殿去了。”

尼哥罗站起来，陪男孩一同走出酒馆。

“宫殿在哪里？”他问，“是在那儿的山顶上吗？”

“哪里？噢，那是圣乔治的城堡，一座可以追溯到摩尔人时代的古城堡。从这里，”斐迪南带着尼哥罗走到门口，用手示意着，“一直到你能看得见的地方。在我们和城堡中间，有圆顶和拱门的那一大块建筑物，就是圣·佩崔阿克。那里是圣文森的坟墓，里斯本的守护神。有人说那儿过去是摩尔清真寺。”

“我第一眼就注意到了，还以为那就是宫殿。”

“宫殿在另外一个方向呢！”斐迪南大喊，“它坐落在海港旁边，面对着塔霍斯广场。你今天早上一定见过了。”

“恐怕我忙着和那人争吵糖的事情，没有注意到。”尼哥罗笑着说。

两人再次相视而笑。“那我不怪你，但是下一次你路过水边，可以注意一下，面对着河流的大广场上有一个庞大的三面建筑，那就是曼诺尔的宫殿。”

“你就是在那里为那些王室成员提袜子，帮女士们捡起掉落的手帕？”尼哥罗戏谑道。

男孩做了一个鬼脸。接着，他红着脸说：“也许我们很快就能再见面。”

“如果有机会再见面，”尼哥罗真诚地说，“我们要怎么称呼彼此呢？”

“啊，我知道你的名字！我听见船长喊你了。尼哥罗·康梯，对吗？我的名字是麦哲伦，斐迪南·麦哲伦！”

尼哥罗站在绿窗户的门口，看着男孩离去的背影，心中荡起一丝温暖。那双聪明、闪光的大眼睛……可爱的坦率，虽然有些轻率……但最令他印象深刻的还是那双不同寻常的眼睛！

他走进酒馆前的胡同，站了一会儿，在温暖的太阳底下舒展舒展身子，深深地呼吸了一口清新的空气。他离开威尼斯号，来到葡萄牙是一个正确的决定。这里，未来已经初现雏形，这里，机会敞开了大门。此时，生活有如一杯冒着泡泡的醇酒，洋溢着快乐的味道。他很高兴能够来到这里。太好了！

他开始往前走，但突然他脑海中冒出一个想法。于是，他转过身，饶有兴致地看着眼前绿色的大窗户，然后再次走进了酒馆。

店主人佩德罗正在擦桌子，看见尼哥罗走进来，他问：“你忘记拿什么东西了吗？”

“我只是想知道，你愿不愿意接纳一个房客呢，佩德罗？”

“我从来没有收过房客，先生。这里只有头顶的那间小房间。”店主人的声音听起来不是很赞同的意思，但是尼哥罗能从他的眼睛里看到对方还是很乐意的。

“让我上去瞧瞧吧，”他说，“我只是想要一个能够睡觉的地方。不管怎么说，这里的食物太美味了。”

终于，店主人同意他立刻入住。房间很小，但非常干净。充足的阳光照在柔软的床铺上。

“我会把我的箱子留在这里，”尼哥罗说，“可以吗，佩德罗？”

佩德罗点点头：“随你喜欢。”接着，佩德罗问：“你会在里斯本待很长一段时间吗？”

“可以的话，我希望一直在这里生活！”尼哥罗回答。

“噢！那么，你在这里有朋友吗？”

“目前为止，只有一个，就是刚才在楼下和我聊天的那个小伙子。但我想我会交到更多的朋友。我要去见一位叫作亚伯·扎古托的银行家，你知道他吗？”

“当然！在里斯本，没有谁我不认识。他可以说是在陆地上的水手，总是琢磨着他的航海用具，他和每一个航海过的人，或者准备去航海的人都能相谈甚欢。”

“啊，那不是我在家里听说过的扎古托，”尼哥罗打断说，“我要找的人是一位银行家，一个犹太银行家。”

佩德罗点点头：“他也是银行家，犹太银行家，同一个人。对，我可以告诉你他住在哪里。”

顺着佩德罗比画的手势，尼哥罗看到了山坡的高处，长长石梯尽头的某间小房子。一排排窗户在午后阳光的照耀下像金子般明晃晃。这勾起了尼哥罗的兴趣，也许某一天，他就要沿着长长的楼梯，走到那所房子前，拜访他在威尼斯久闻其名的银行家亚伯·扎古托，并和他成为朋友。

第 3 章 亚伯 · 扎古托的工作室

亚伯安静地走进大门，穿过院子，来到工作室。刚刚走完最后几阶楼梯，他感到有点上气不接下气。接着，他坐下来开始当天早上的工作。

对那个女孩的调查还是毫无头绪，亚伯已经无计可施，全然陷入困惑。现在，露丝马上就会来询问自己有没有任何消息。他甚至都能听见露丝的脚步声在屋子的另一头响起了。亚伯知道，不管露丝在做什么，她都不会远离那个女孩。因为自第一次相遇，她就以一种超乎一般的温柔对待那个女孩。这种温柔令亚伯感到吃惊，同时也很感动。或许再过些时候，斐迪南会带着新线索回来。

今天是一个金色光辉遍洒的午后。他刚才带着工具和仪器，穿过敞开着的大门的时候，看见院子里的鲜花竞相怒放。

他打量着房子，此刻的心情就像一个成功偷溜出来玩的孩子一样，高兴的同时又带着一丝愧疚。因为早上出门调查完后，他特意翘班跑回了家。房子带来的隐秘与安全感让他心里充满了快乐。这间房子对他来说就好像一座堡垒，隔开了街道的喧嚣；而从窗户眺望出去的宽阔景色又给他一种掌控感：里斯本的山在脚下蜿蜒起伏，塔霍河拥抱着如碗般的蓝色港湾，他甚至可以分辨出港湾里密集的船只上的旗帜。目光往下移，他还能直接看到曼诺尔王宫的南边，一直延伸到河边的由巨大柱廊筑成的庭院。

每次透过窗户看风景，他都想起朋友们对他追逐风潮安装了大块透明玻璃窗的评论，以及露丝的不满。他对此不置一词，仍然坚持在工作室里安装玻璃。对他而言，观景是不可或缺的一部分。

当亚伯要在桌子上方安装一盏巨大的灯时，他们也投以了嘲笑。但是，灯安好后，他们都不得不承认，有了它，即使在夜里，他们也能像在白天一样研究地图。有人开玩笑地授予亚伯的工作室“长明灯塔”的称号。

但是亚伯必须开始工作了，时间转瞬即逝，上午很快就过去了，要做的事情还有很多……星盘……罗经箱。他打开橱柜，眼睛盯在两个里面装有铜币的盘子上。他小心翼翼地拿起一个铜币，好像这枚铜币有生命一般，然后放在手心里。他还没能够将铜币切割成适当的圆片。此外，虽然他脑海里已经形成了新工具的完整形象，但他还不能将它的设计准确地画到纸上。他要设计的新工具是一个金属星盘，类似他过去一直使用的星盘，但西方航海家并不知道这种星盘。这就是亚伯最新和最珍贵的秘密，因此，他把铜币放回橱柜里的时候，捧着铜币的手甚至在微微颤抖。

既然都已经开始了，他决定继续研究罗经箱。他拿起一块红木，这块红木太硬了，他得先好好削一削。

亚伯在锯木块的时候，脑海里想到了露丝。露丝也许待会儿就会站在门口，用她黑色明亮的大眼睛盯着他，亚伯非常清楚她可能会说："你完全在这里浪费时间，亚伯！……想一想你能赚多少钱！"

亚伯认为露丝有一颗善良的心，但要是提到想象力，所有人都必须对她表现出极大的耐性。说句公道话，他并不是唯一持有这种看法的人。有人说，即使在这座以聪明著称的犹太人城市里，亚伯·扎古特的聪明也会使他富甲一方。

"钱！"亚伯轻蔑地哼了一声，什么钱能够买到这间房子里的财富呢？这房间只有简陋的几张桌子和椅子，但是，想想坐在桌子旁边的人！

迪亚戈·卡姆，他有许多闪光的故事：亲眼看着刚果的大洪水奔腾着涌入大海；在入海口处立下属于葡萄牙的石柱；还有克里斯托弗·哥伦布和约翰·卡伯特，他们对国王约翰的冷漠感到伤心和沮丧，他们来到这里，收获了勇气，又再次出发；还有佩德罗·科维良，他是迪亚士的大海角远征队的首要领航员；还有德国人马丁·倍海姆，虽然亚伯认为他有点自负，但是不得不承认，他做的图表完全有德国人的风格，谨慎、严密！如果亚伯只是一个掉钱眼里的银行家，他怎么能让这些杰出的人聚集一堂呢？巴塞洛缪·迪亚士又怎么会一夜一夜地待在这里？

他放下尖锐的锯子，站起来，拿起一个已完成部分的红木制品。他徘徊在一排货架上，货架上面整齐地摆放着精致的工具、金属包和木块。有一个货架全都摆放着罗盘。亚伯在心里将它们和"热那亚人的指针" 对比，然后叹了一口气……他一定要提高自己手艺，一定要！"赚钱，"他沉思，"等到我能够制造帮助发现新世界的工具就可以了！"

他的目光转移到墙上的一个小壁龛上，深情地看着它。虽然壁龛的空间很小，但这是他珍贵的图书馆！对他来说，这些记载了天文和几何、伟大的航海家马可·波罗的旅行的羊皮纸，是何其珍贵！

他坐在木匠的长凳上，继续摆动他的红木块。这个罗盘将会比货架上所有的罗盘还要大。在亚伯的心中，他早已决定要致力于此，这是他的另一个秘密。不久以后，当他完成了这个罗盘和星盘，他就准备制作地图！

他继续锯木块，直到一些红木块掉落在地板上。接着，他放下手中的活儿，拉开桌子的抽屉，俯下身子看里面的地图。地图上署有莱尔多、弗拉·毛罗和达莫斯托的签名。在这些日子中，他曾对自己许诺，他也会和这些伟大的人一样，为他们热爱和充满希冀的土地、海洋制作出伟大的地图。但是，他知道必须等迪亚士确定了最终的通向印度的航路，才能给他制作地图的事实。

他关上抽屉，继续锯红木。接着，正如他预料的，露丝站在了门口。

“亚伯……”

当露丝以这种欲言又止的方式叫他的时候，说明露丝有很多话要说了。

“是的，露丝？”

她走进工作室，坐下来，她一反常态，没有用鄙夷的眼神看地上的木屑。“亚伯，我担心那个孩子。为什么她一句话也不说？”

亚伯拿起一把锤子，用大拇指擦擦锤子的边缘。他好奇露丝今天怎么就不抱怨那些木屑了。他偷偷看了露丝一眼。露丝一脸忧虑，神情比亚伯记忆中的温柔多了。

“你觉得她会说话吗？”露丝又问，“她会告诉我们她在害怕什么吗？”

“我觉得她会说话，只是想想她恐惧的样子，可怜的孩子，应该是吓坏了，根本说不出话来。”

“说不出话来？亚伯，你的意思是……”

“噢，没什么，这只是我的猜测而已，”他赶紧安慰露丝说，“慢慢地，等她信任我们吧。”亚伯继续用凿子打磨不平整的边缘。

露丝默默地看着他。“我想知道，”亚伯听见露丝开口说，她好像在自

言自语，“我想知道，她的声音听起来会怎么样的。”露丝没有等亚伯回应，便离开了房间。

女孩会有怎么样的声音？亚伯心想，如果露丝没有提出这个问题，他可能永远不会想到这样的事情，但是现在，他开始好奇起来。也许，如果亚伯走近她，非常温柔地和她说话……可是现在，女孩只肯接近露丝，对他躲得远远的。

当亚伯继续工作时，他脑海里一直想着如何说服她开口说话，如何解开她身上的谜团。现在，就要看斐迪南能不能带回来一些线索了。

下午晚些时候，斐迪南终于出现了。亚伯看了他一眼，就知道他的调查并没有什么进展。

“这个女孩肯定是长了翅膀飞到这儿的，”斐迪南说，“今天一大早，我就去了码头打探。那里根本没有什么奴隶船。我敢确定，我知道每一艘停泊在码头的船的名字，知道它们从哪儿来，要去哪儿，还知道它们携带了什么货物。接着，我又问了客栈，想找到这一两天来到镇里的人。”

亚伯点点头：“我也会这么做。”

“我在码头寻找线索的时候，发现一件奇怪的事情，”斐迪南继续说，“一些商人发现，从威尼斯帆船带来的货物出现了短缺。那个商人正在诅咒威尼斯商人行骗的时候，有一个年轻人怒气冲冲地过来了。他自称是威尼斯号船上的人，想知道商人是什么意思。”斐迪南停下来，笑着回忆说，“我正想着，下一分钟马上就要看到挥舞的拳头了，突然，我发现这个年轻人笑了笑，然后打开了他的钱包，说：‘我会赔偿你的损失，先生。’接着，商人也变得友好起来，他回应说，钱对他来说没有什么，这是原则问题！”

“不管怎么样，他拿了钱吗？”亚伯直接问。

“噢，当然啦！他还告诉了那位年轻人去哪里找客栈。”

“那位年轻人很聪明。”亚伯钦佩地说。

斐迪南点点头："乍一看去，你会认为他有点惹人注目。尖头鞋，镶金纽扣的帽子和带毛领的斗篷。但是，当你看到他的紧身背心，还有紧紧包住小腿的紧身裤的时候，你就会忍俊不禁。我在绿窗户客栈遇见了他。他告诉我他离开了威尼斯号，因为他相信葡萄牙将会通过贸易崛起。"

"噢，然后呢？"亚伯饶有兴趣地喊道，"那正是我们需要的人。找个时间把他带过来吧，斐迪南。你知道他的名字吗？"

"尼哥罗·康梯。当然，他也迫不及待想见迪亚士大师。"

"康梯……康梯……"亚伯若有所思地重复道，"我在想，他是不是和某位威尼斯旅行家有关联。"

他们继续讨论关于女孩的信息，斐迪南承认，他的调查陷入困境了。

"要是她开口说话就好了！"亚伯说。

男孩笑了："说不定有一天她会像个妇女一样喋喋不休！"

"但是，万一她不会说我们的语言呢？"

这时，恰好走进来的露丝听见了亚伯最后一句话。"如果她想告诉我们她的故事，她会找到办法的，即使只是比画手势。我猜，她正在躲避某人疯狂的追捕，所以不敢向任何人透露自己的信息。"

"显然，她在躲避谁，并且伪装了自己。"斐迪南同意道，"要不是我看见了她的辫子，我会以为她和我一样是个男孩子。"

露丝回忆起那晚的情形，也赞同地点点头。"她的眼睛现在还和那天晚上一模一样，呆呆地望着前方，好像看见了鬼似的。但是我告诉你，当我为她换上新裙子的时候，她不再是冷漠的了！你知道吗，斐迪南，"她自信满满地说，"我一直在商店里找适合她的衣服。她现在，整个人都微微发光……就像月光洒在起雾的夜里……又像黑暗中盛开的百合花。"

亚伯惊讶地看了露丝一眼。一向奉行实际主义的露丝变成诗人啦？毕竟，她内心还藏着可爱美丽的一面，现在终于表露出来了？

“不管怎么说，”露丝继续说，“你们第一眼看见她肯定会觉得她很可爱！”

斐迪南的脸色突然一亮：“让我见见她吧，露丝阿姨，我会让她开口说话！”他站起来，就想往旁边的房间里冲。

“你这只调皮的猴子！”露丝抓住他的袖子，一把拉他回来，“你也会吓着她的，她不会轻易开口说话的！”

“那让我试试吧！”他假装生气的样子，接着又躲在露丝后面朝亚伯眨眨眼睛。

“她会开口的，”亚伯会心地说道，“当她感到与我们相处自在的时候，或者有安全感的时候，她会开口说话的。”亚伯也好奇，要是他们让斐迪南去见那个女孩，结果会怎么样呢?

斐迪南徘徊在房门前，最后说：“你的表兄，亚伯拉罕·扎古托大人，说他和伽马今晚会来这里。”

“太好了！”亚伯高兴极了，“我有一段时间没有见过亚伯拉罕了。他近来还好吗?”

“噢，曼诺尔和他亲密无间。曼诺尔总是向他咨询问题。”

“我很高兴伽马会来，如果可以，我真希望借他一臂之力，把他从石梯下面拉上来。无论如何，我很高兴，瓦斯科也来了，我经常想起他。”

“我也喜欢他，”斐迪南加入说，“如果他对探索再多点热情，如果他的父亲没有死，那么我就能看见他带领人探索通往印度的路了。还有一件事:伽马就像骡子一样固执，在讨论中从来不会让步。”

亚伯笑着安慰他说：“随他吧，争论不是什么大不了的事情，我喜欢他坚持己见。”

“好吧，随你喜欢，”男孩说，“但是如果我到了他那个年龄，”男孩走到门口又转过身说，“你不会看到我甘于在国王身边混日子。至少在许多海上航线和土地未被发现之前不会！”

亚伯从门缝里看着斐迪南的身影远去，然后对露丝说：“那个小家伙走了，我们现在应该怎么办，露丝？”

露丝走过来，站在亚伯身边。“真是一个淘气鬼！”她笑着说，“一谈到国王和法院，就没有丝毫尊敬的语气，好像他们都是普通人一样！”

亚伯笑了笑：“如果你和斐迪南一样，整天和曼诺尔住在一起，相信你也不会做得比他更好。”

露丝用探寻的眼光看了看亚伯，说：“有时候我在想，亚伯，你是不是对曼诺尔的印象不怎么好？”

“他对待亚伯拉罕就和我们希望的一样好。”亚伯推诿道。

“你说得没错，”露丝说，“你想让他成为宫廷天文学家。”

“我怀疑，没有曼诺尔的医生的帮忙，我能不能调动他。幸运的是，他和我都是老朋友，曼诺尔会听从他的一切建议。”

“可怜的老亚伯拉罕！”露丝叹了口气，“感谢上帝，只要他活着，他肯定就能得到平安和庇佑。”露丝的脸上露出一丝痛苦的神情。亚伯知道，她正在回想那些可怕的日子：成千上万的犹太人被从西班牙赶到里斯本、被饥饿和疾病蹂躏的日子。露丝花了几个月的时间，才让亚伯拉罕恢复正常的样子。

“迫害像亚伯拉罕这样的知识分子不可原谅，更不用说迫害他的身体！”亚伯严肃地说道。

“一想到我们的人都做了些什么，我就不能忍受。”露丝突然说道，“太不道德了！啊，亚伯，”她焦虑地看着亚伯的眼睛，“要是国王曼诺尔把我们赶出葡萄牙怎么办？”

“他不会的，亲爱的，别担心。”

露丝嘟哝了一些晚饭的事情，然后离开了房间。亚伯望着外面的庭院出

了神。假设在西班牙发生在他人身上的事情，发生在了这里，那他，连同这里的一切，应该都会被赶出这间他和露丝共同生活的房子。

一想到那些西班牙统治下的流亡人士，亚伯心中就腾起一股怒火。正是他们让西班牙富裕起来的啊！而西班牙却让他们沦为无家可归的人！很难想象他们饱受饥饿和寒苦，这些人一直以来公开推动着他们国家的进步。没有人催促，他们也慷慨地为哥伦布的第一次远征集资。亚伯想起当他们被驱逐后，国王是如何从没收的犹太人庄园里集资的，脸色忽然就异常难看起来。

他开始感到空气越来越冷。太阳已经下山，黄昏也渐渐退去，连同他的想法也一起渐渐消失了。他从门口转身，准备收拾一下他的工作室，刨花和锯屑倒是无所谓，但是工具必须收拾好！

天已经暗下来，该点上那盏大灯笼了，但是亚伯决定等到晚饭后再点。他喜欢一个人安静地坐在昏暗的房间里，就像现在一样。

他想起了那天晚上，女孩第一次出现在工作室时的情景。当时他正望着庭院，就像现在一样，那女孩就像一个幽灵般站在黑暗的庭院里。

亚伯很高兴，女孩第一次出现的地方正是工作室。这个工作室里的对话内容总是关乎未经发现和未知的事情。神秘就是这个工作室的气质。那个女孩就和工作室里大家围绕地图讨论的话题一样令人困惑。亚伯心想，一些图表也许能揭开女孩的秘密呢！天呐，这个想法也许能行！

亚伯立刻站起来，他决定了，通过亚伯拉罕或者伽马给斐迪南发一封信。

是的！这也许能行！

第 4 章　两个亚伯

透过窗户，尼哥罗发现了佩德罗所指的山坡上的房子。当他敲这间房子的门时，虽然开门的人承认说，他就是亚伯·扎古托，但尼哥罗还是怀疑地看着他。这个穿着短裤和宽松外套，身上还沾有许多锯木屑，看起来还很年轻的人，一点也不像尼哥罗所见过的银行家，尤其是，他的眼睛还透着一丝奇怪的笑意，和他的高额头显得格格不入。“他不可能是银行家，”尼哥罗心想，“世界上没有一个银行家长得像一个娴熟的工匠，或者像一个学者。”

“我时常在威尼斯听说你，里斯本的金融家亚伯·扎古托，但是，我知道，你对银行家的事务并没有多大兴趣，你感兴趣的是航海和探索这类事情。这

个地方有两个亚伯·扎古托吗？我来错地方了吗？”

“这里有两个亚伯·扎古托，”亚伯笑着说，“但是，他们两个都活在——”他轻轻地敲了敲自己的额头，“活在同一个屋檐下。其中一个是银行家，你猜对了，另一个偷走银行家大多数的时间，然后无所作为的没良心的家伙！哈哈，请进吧！”他撸下袖子，抓住尼哥罗的胳膊，请他进屋，“你说你来自威尼斯？我好奇，你是不是斐迪南告诉我的尼哥罗·康梯？”

“你是说斐迪南·麦哲伦？你认识他？”

“噢！当然，我们认识许多年了，他总是在这里进进出出。”

尼哥罗坐到亚伯为他拉出来的椅子上，他环顾四周。工具……指南针……小小的模型船……杂乱地堆着刨花的工作台。是的，这符合佩德罗对亚伯的描述：“一个陆地上的水手，总是摆弄着他的航海工具。”

“斐迪南告诉我，”亚伯开玩笑地说，“你在里斯本的初次体验可不怎么愉快呀！”

“噢！你是说那个空的糖木桶？那个商人，为了几英镑的糖争执不休，看起来确实有点愚蠢，我们可是为他成功地带来了几千英镑的收入啊。”

“一路上有停靠过吗？”亚伯问。

“没有，”尼哥罗笑着回忆起海盗的事，“至少没有正式地停靠。”

尼哥罗看见亚伯的眼神一闪，直觉告诉他，亚伯有新的想法。当亚伯再次开口的时候，尼哥罗意识到，他的问题在掩饰他的真实动机：

“一路上你见过奴隶贸易吗？”

尼哥罗摇摇头。

亚伯似乎在思考些什么。“没有装有奴隶的船吗？”他小心翼翼地问。

亚伯的表情和态度使尼哥罗隐隐又想起了麦哲伦弯着腰，探出身子去看船的名字的情景。

“你在等这样一艘船吗？”尼哥罗问，“还是在等一些特别的东西？”

“不，哦不。”亚伯急忙澄清道。亚伯的反应令尼哥罗心里有些内疚。“我注意到，”亚伯转移话题说，“你的名字和著名的威尼斯旅行者一样，或者说，你的名字和其中一个著名的威尼斯旅行者一样，因为你们有许多著名的旅行家。”

“看来你对我们的了解也很深，”尼哥罗赞同道，“我并不期望能找到像你一样熟悉威尼斯的人。”

亚伯哈哈笑起来。“这就是另一个我了，他让我银行家的身份不能变得富裕！当他听了康梯的故事，或者看了这些传记时，就忘了要赚钱了！”他一边说一边从小书架上拿起一本书，递给尼哥罗。

“马可·波罗！” 尼哥罗看见书的标题，惊呼起来，“他是我们时代最伟大的大师，不是吗？”

“不奇怪，他没有私心，他的旅行都是为了人们的利益才开始的，两百年后，你才能体会到这种世界上最伟大的感受！”

“你说的‘最伟大的感受’是什么意思？”

“是马可·波罗对东方的描述，使克里斯托弗·哥伦布开始考虑寻找到达东方的海上航线的。这是他有一回坐在这里告诉我的，现在，整个欧洲都对寻找通往印度的新航线充满了热情。”

“我在威尼斯听说，卡伯特在劝说英国人派他去寻找印度新航线。你知道他吗？约翰·卡伯特。”

“知道他？”亚伯突然说道，“我们曾经在这个地方讨论得热火朝天！”

佩德罗对扎古托的描述是：“和每一个航海过的人，或者准备去航海的人都能相谈甚欢！”

亚伯继续说：“卡伯特患了‘非要非洲航线’的病。他在红海见过太多东方贸易，令他相信，这是一笔值得的生意。关于康梯的旅行我了解甚少，但是我听说，他的特别目标就是获得香料来源地的信息，香料在东方贸易中是最值钱的货物了。他成功了吗？你知道吗？”

“事实上，我并没有这样的想法，先生！不过，既然是你问我——是的，我知道很多信息，因为我读过康梯的信，他在信里说了他是如何发现香料来自何方的。先生，康梯是我的祖父，他的信就在家里。”

“太好了！”亚伯大声喊道，“太好了！”他把椅子往尼哥罗身边靠了靠，“真是一个好消息！告诉我你关心的吧。”

“先生，一直到康梯那个时候，我们的商人、探险家，甚至是马可·波罗本人，也都好奇那些运来港口的香料是从哪里来的。但是，每一次问拉香料货车的商人，他们都指出另一个更东边的地方。就是这样，似乎没有人知道香料到底生长在哪里。它总是在更东边的地方，没办法往下查！”

“我认为，”亚伯打断他的话，“这些回避都像是借口。”

“噢！康梯也是这样认为，还因此控告了阿拉伯商人！所以他才决定继续往东。终于，他到达了爪哇岛和苏门答腊岛，比任何一个欧洲人都走得要远，他一直顺着香味走！”

亚伯就像一个雀跃的小孩子，身子不断地朝尼哥罗的椅子挤。

“他发现了胡椒和肉桂，”尼哥罗继续说，“他还知道了丁香来自班达岛，肉豆蔻来自印度附近的岛屿。”他停顿了一会儿，故意说，“正是他，以及我相信迪亚士能找到通向这些岛屿的航线，才把我带到里斯本。”

一股自豪感涌上亚伯心头：“所以，你相信巴塞洛缪·迪亚士？”

“如果我不相信他，我不会到这里来。我来里斯本是追随我的信仰，尤其是追随你，扎古托大师，因为我在家听到商人说，他们最希望得到你的建议。”

亚伯没有立刻接话，他沉默了一会儿，然后说：“你喜欢财务建议，还是希望建立一个银行网络？”

尼哥罗注意到，亚伯孩子般的眼神，一下子变得十分敏锐，他的嘴角有一丝未察觉的微笑，浑圆坚实的下巴微微向前伸，透出一股精明的气质。这才是扎古托！金融家扎古托！

尼哥罗似乎在回避亚伯的问题，他说："当葡萄牙从海上到达印度的时候，她就会超过威尼斯，夺取贸易霸权。"

"这番话从一个威尼斯人口中听见确实有点奇怪。"

"但这是事实。我对威尼斯的爱不会改变大海和土地的分配。"

亚伯思索了片刻他的话，然后，他问："威尼斯的人是怎么看待非洲的海上和陆地航线的？"

"你看，威尼斯已经垄断了东方贸易如此之久，所以她不相信任何人能夺走她的霸主地位。他们大多数人都在嘲笑迪亚士的远征，很少有人认真对待。我是那些少数人之一。所以，我为什么要生活在一个人人对注定要发生的事情视而不见的城市里呢？"

"所以，你在想来这里贸易？"

"我在想，亚伯大师，"尼哥罗再一次回避了亚伯的问题，"当你要将东方贸易带来这里时，你会需要比现在还要多的船只。"

"啊哈！"亚伯突然明白过来，"这就是你来这里的目的！造船，对吗？"

"在说了这么多康梯的信、香料和别的事情后，你终于明白了我的意思，这才是我真正想和你做的生意，先生。"

"太好了！"亚伯把椅子又朝尼哥罗身边挪了挪，"你知道，康梯，里斯本所有的人，想的就是把东方贸易的地位抢过来。但是，你永远也不会听见他们谈论成功之后该如何瓜分。当然，他们会有更多的船！只是他们会有更多的外债。犹太人金融家已经做出预测了。而且，"亚伯故意压低声音，"我的公司早已和海外分行协商好了，包括最远的黎凡特地区。但是，说到造船……"

他们谈到了选址和租赁等细节。亚伯知道每一个环节的合适人选。

“但是，最重要的是，孩子，”他提醒道，“耐心。不要期望曼诺尔会在下个星期就派出非洲远征队！”

“什么？难道他对此没有兴趣吗？”

“当他能从宫廷政治中抽出时间的时候吧！”

“但是，他怎么敢冒险延误这件事情呢，太多的人对探索东方之路兴致勃勃，为什么？我们在威尼斯听说，陛下甚至不得不在海洋中的某处画出一条假想‘线’，以防止西班牙和葡萄牙对彼此的发现起争执。”

亚伯的眼睛闪烁了一下：“那条‘线’是一个很好的话题！但它不会阻止西班牙的帆船在周围徘徊，以便查看我们在几内亚海岸做些什么，它更不会阻止他们偷窃我们的商船。同样我们也是。噢，这里是一个文明的好地方，康梯！但是你在问曼诺尔……”

“你说他对去非洲没有兴趣？难道他不相信迪亚士吗？”

“噢，某种程度上是。但是我猜迪亚士在他心里已经雄风不再了。”

“你的意思是，曼诺尔必须清醒过来，才会派人远征？”

“是的，就是这样。”

现在，尼哥罗把身子转向桌子。他并没有考虑到这个情况：等待皇家命令。

亚伯坚定地看着他。“只管执行你的计划，迪亚士还没有放弃！至于我，”他把尼哥罗带到窗前，“看看这里，伙计。”

窗户外，午后的阳光下，整个城市的房屋屋顶陡峭而明亮，曲折的街道躲在阴影中，就像黑色的深沟。

“我从来没有看不起这座城市，康梯。”亚伯深沉地说，“里斯本是葡萄牙的首都，但是里斯本，也将会是欧洲的商业中心！我敢肯定，康梯！”

尼哥罗一惊，茫然地看着眼前的景色，陷入了想象中。他仿佛看见那片养育他的内陆海，曾像母亲一样照顾他童年时期的地方。啊，无尽的蓝色海洋和如山一般的金冠。几个世纪至高无上的地位。那些大路和征途将转移到水路上，寻找更远方的土地，一直延伸，超越了从这里生长的孩子的视线。

亚伯回到木匠的长凳上的声音，将尼哥罗从想象中拉回来。亚伯拿起一个物体，吹了吹上面的木屑，然后几乎是虔诚地将它放在尼哥罗的手心。这是一个指南针的框架。在外人看来，这只不过是件凡物。但是亚伯热切地指出，它是由最好的马德拉红木做成的。他找了好长时间，才找到这样的木材，尝试了一遍又一遍，终于才做出了手上这个！当它打磨、抛光后，肯定会令人震惊！尼哥罗的眼中闪过一道光芒。他必须看看，亚伯如何将指针装在特定的枢轴上。

“这能让‘热那亚人的指针’都逊色！”尼哥罗钦佩地评论道。

亚伯激动地抓住尼哥罗的肩膀，脸凑近他。尼哥罗看见扎古托孩子般的眼睛，还有可爱的不协调的五官：小偷偷走了亚伯银行家的一面了！

“康梯……康梯……”他像一个着急的小孩子，“你知道我为什么要做这个罗盘吗？……我是为从里斯本出发到非洲的船员而造！”

第 5 章 紧闭的门

亚伯 · 扎古托若有所思地走在长长的石阶梯上。他的内心焦躁不安。事实上，他酝酿的那件事情必须非常巧妙，让别人看来并非有人故意设计。亚伯心想 :“它必须像花朵绽放一般精致。”

也许正是因为心有所思，当亚伯穿过庭院时，他停下了脚步，摘下一束迟暮的玫瑰。他手捧着玫瑰，走进屋里。屋子里面，露丝正在干一些缝补的活儿，那个女孩就在她身边坐着。

“露丝，看！这些花多漂亮！”他把玫瑰凑到露丝前面，然后又凑到女孩脸颊前，让她闻闻看。透过手中玫瑰的缝隙，亚伯看见女孩安静的面孔，以及冷漠眼睛下颤抖的眼睫毛。

“来院子里吧，露丝！”亚伯放下她手中的针线，一手挽住她的腰，另一只手示意女孩起来。要是亚伯看见了女孩惊慌的眼神，或者感受到她瘦弱的身体僵硬了，那么亚伯肯定不会像这样有说有笑地走向庭院。

他们走到门外时，亚伯注意到女孩的情绪开始激动起来。他听见身后露丝的斥责声：“你在想什么！那么突然把她带出来！”

“新鲜的空气和温暖的阳光从来不会害人！”他回答的同时，伸手指了指院子里正在盛开的百合花，这些花儿总让他联想起那个女孩。

他摘下一朵，把它放在手里，然后大声说道：“水仙花坛的泥土必须是薄薄的一层，它们才能绽放。新的花园有了水仙就足够了，或者说，花园里有了水仙，就有如锦上添花，对吧，露丝？”

他的手臂一直围绕着女孩。他每走几步，就停下来，一会儿仔细地查看葡萄藤或者灌木丛，一会儿观察底下泥土稍微有点干的薄荷，一会儿又蹲下来，用拇指和食指捏了一撮鼠尾草，放在鼻子下闻。他要是转过头向上看，就会看见露丝正在用怀疑的眼光盯着他。

他们在庭院逛了一圈，这时，亚伯听见一声深深的、长长的吸气声，他在一棵老无花果树下停住脚步，同时感受到女孩甩开了他的手臂。亚伯迅速看向她。女孩仿佛忘记了亚伯和露丝的存在，双眼凝视着阳光透过果树投下的阴影，然后像一个昏昏欲睡的孩子一样，伸了伸她的双臂。

亚伯几乎是屏住了呼吸，看着女孩苍白的脸上，透出一丝淡淡的温暖的颜色。接着，女孩的目光转移到亚伯身上。亚伯看见了她的眼神里似乎多了一些除了恐惧外的东西。她静静地站在露丝和亚伯中间，一动不动。然后，她抬起手，慢慢地伸向前面的茉莉花树，摘下了一朵洁白的茉莉花朵。亚伯和露丝惊喜地看着她低下头去闻手中的茉莉花，露丝低声在亚伯耳边说：“我简直不敢相信！”

亚伯时不时会注意门口的动静。终于，他听见了石阶梯上传来的脚步声，接着，门打开了，斐迪南走进来。亚伯看见他匆忙地走进庭院，然后又停住脚步，他看见女孩了。

亚伯偷偷地看了一眼女孩。谢天谢地！她没有受到惊吓。女孩的一双温和、好奇的眼睛看着门口的斐迪南，嘴唇微张，头微微抬起来，似乎在聆听什么，等待什么。女孩的这副模样像什么呢？啊！像野外的动物的幼崽，一只小鹿！

"亚伯拉罕大师说，"斐迪南首先开口，"你是让我现在……现在过来吗？"他结巴起来，"还是……还是……"

"一直都欢迎你，"亚伯平静地说，"不管白天还是晚上。"他指了指繁花盛开的花坛，"花园看起来不错，不是吗？"

露丝在他身后用可疑的眼光盯着他。"亚伯·扎古托，"他听见露丝低声说，"我相信你是故意派他过来的。"

亚伯假装没有听见她的话，若无其事地走到一棵果树前，装作在检查的样子。他斜眼看见，斐迪南在慢慢地向前走，他正在努力接近女孩。亚伯偷偷地笑了，假装不在意的样子，露丝也是，不过，要是露丝知道了真相，她肯定会用怀疑的眼光盯着他！

亚伯发现，女孩似乎没有怎么注意到斐迪南。但是，当斐迪南走近女孩时，女孩转过身看着他，然后举起了手中的茉莉花，递过去给他。这是一个孩子邀请另一个孩子的姿态！亚伯大吃一惊，但仍然不动声色地在摆弄他的树。他的余光看见，斐迪南接过了女孩的花，放到鼻子下闻了闻。他表现出了一副彬彬有礼的样子，哈，小兔崽子！

突然，一个新的声音传进亚伯的耳朵里。斐迪南的脸上闪过惊讶的神情，露丝不敢置信地瞪大了眼睛。亚伯转过身。天呐！女孩说话了！那是她的声音。简直不可思议！

“露丝，”她如银铃般的声音响起，“露丝！”接着，“亚……伯。”她慢慢地吐出两个字。亲切的口吻使亚伯不禁屏住了呼吸。现在，女孩的眼睛热切地看着斐迪南的眼睛，亚伯相信，至少在这一刻，女孩已经忘记了她的恐惧。

斐迪南困惑了片刻，突然间，他明白了女孩的意思，然后说：“斐迪南。”

女孩一字一顿地重复这三个音节，就像一个在学新事物的孩子。

“没错！”他点点头，既高兴又兴奋地说，“我早就说了，她总有一天会开口说话！”斐迪南狡黠地看了亚伯一眼。

“现在，她的名字？”亚伯低声说。

斐迪南一步一步走向女孩。“我是斐迪南，”他指指自己，“你呢？”他迅速地做了个手势，“你叫什么名字？”

一瞬间，他们看见女孩的脸上出现了困惑的神情。

“怎么啦？”斐迪南惊讶地问。

“亚伯，你去试试。”露丝低声说。

斐迪南站到一边，亚伯走到女孩跟前。在静谧的阳光下，他可以听见女孩加快的呼吸声。

“看，孩子，”他说，“我是亚伯，她是露丝，那个是斐迪南，”他碰碰女孩的手臂，好像在哄一个小孩子，“那你呢？你叫什么名字？”

女孩只是茫然地看着他。亚伯好奇，难道她是装的吗？他把女孩带到一张长椅上，继续引导说：“你叫什么名字？”

“她看起来听不懂你的话！”露丝沮丧地说。

“但是她知道我们的意思。”斐迪南说。

亚伯没有说话，但是他心里也赞同斐迪南的看法。“如果我们能够找到打开她心锁的方法的话。”

“好吧，”斐迪南笑着说，“我们有钥匙，先生！我们能做的就是教她

如何自学我们的语言。然后肯定能打开秘密的大门！”

露丝哼了一声，“如果你不能在一分钟之内学会我们的语言……她就正如我说的一样，是一道上了锁的大门。”

斐迪南的眼睛发光了，他自信满满地回答：“我敢保证，她的锁上不了多久，如果我们愿意教她。”

亚伯瞥了一眼女孩。从语言、手势和她脸上的表情，能猜测出些什么？再一次，亚伯又联想到一只惊慌的小鹿，那种可怜的警觉的态度，那双含着笑意的渴望眼睛，似乎永远都会有恐惧的感情色彩在里面。他伸出手臂，把她拉到他身边。对于亚伯来说，她从来没有如此虔诚。

“明天我会在这里，”斐迪南从门口转身回来，“上第一堂课！”

这天晚上，当只剩亚伯和露丝两个人时，露丝说：“亚伯，你今天是否故意派人请斐迪南来？”

“派人请他来？”亚伯装作无辜地问，“为什么，这么多年来，他一直都会来这里，难道不是吗？”

“你很清楚我的意思，亚伯！”

“你认真想想，我相信我没有必要这么做。”

“我就知道！”露丝瞪着黑色的大眼睛，头微微倾斜，这让亚伯想到了一只黑色的大鸟。

“这又有什么坏处呢？看见一个与她年龄相仿的年轻人，做一些你和我一百年都不能做到的事情，也许对她的大脑会有好处。”

“肯定有些什么事情。”

“你什么意思？”亚伯不安地问。

“哦，没什么，”露丝现在只好这么说，但是，当亚伯正准备上床睡觉时，露丝又说，“我不相信斐迪南能再次被派到这里！”

露丝是对的。斐迪南必须一整天都待在宫殿里，没办法给女孩上课。

露丝和亚伯开始教她熟悉的日常用语。斐迪南的教学办法有点不一样。他和女孩说话时，会耐心地通过动作阐明单词的意思，他能让女孩重述自己的话，而亚伯和露丝就在一旁，时不时被斐迪南滑稽的动作逗笑。慢慢地，几乎是无意识地，女孩已经开始能拼凑出一些话了。

一天，他们透过窗户看见庭院里的斐迪南和女孩。他们听见斐迪南在对女孩说着他家乡连绵不断的山脉、大片的森林、他捕获的狼，还有他猎杀的鹿。斐迪南略带遗憾地说："如果我的父亲没有让我来到国王的宫殿里，我可能会一直待在那里。"

他们看见女孩奇怪地看着斐迪南，然后，她停下脚步，问："你后悔来到这里了吗，斐迪南？"

"露丝！露丝！"亚伯兴奋地握住她的胳膊，"你看到这个小淘气鬼都做了什么吗？他引起了女孩的兴趣，开始说话了！"

他们屏住呼吸，继续听窗外两人的对话。

"当然，有时候我难免会想家，"斐迪南说，"所有人都会。"接着，他很自然地问，"你不是吗？"

他们看见女孩的眼睛因恐惧而睁大了。他们紧张地等待女孩的回答。"你希望有一天可以回家吗？"斐迪南继续问。

这一次，站在窗边的两个人看到了女孩精致的脸微微颤抖了。

"亚伯，阻止他！"露丝在恐慌中低声说。

"是的，他太着急了。"亚伯快步走进法院，并编了一个借口，让女孩回到了屋里。

"凡事欲速则不达。"亚伯低声说。

"她太顽固了！"

"不是顽固，斐迪南，她是害怕。你和她在说话的时候，我在看着，我知道。"

此时，露丝也走过来，提醒道："记住我说过的话，不要太急于让她告诉你们关于自己的信息，即使她知道！"

随着时间的流逝，亚伯和露丝发现自己对她的好奇心没那么强烈了。

"我不在乎她从哪里来，"露丝经常说，"只要她留下来就好了！"

"毕竟这才是关键点，不是吗？我们最初也没有要求她做些什么。"

"我很高兴她是一个非常可爱的女孩子，对吗，亚伯？要是她在这里就像在自己家一样，现在……"

"你宽大的胸怀会使她有这种感觉的，露丝！我很高兴，是的！"

此番对话过后的一天，露丝平静地说："斐迪南在教她语言方面似乎没有什么问题。"

亚伯转过他的椅子，看着她说："怎么可能有！教导一个这么漂亮的孩子怎么可能有困难！"

"我有时想，亚伯，"她笑着说，"你已经把心思放在了远方，你看不到鼻子下面有什么。"

露丝离开房间后，亚伯心想："多年来，前进了这么久，却一直不知道自己失去了什么，真是一件奇怪的事情。"现在的庭院里没有人，除了女孩有时候会跟着亚伯学习修剪葡萄树，或者帮助露丝除草和浇水。即使是在工作室，女孩似乎感受到了温暖，也会看着他干一些木匠活。

有一天，女孩问亚伯他在做什么。

"一些……"他正在测试罗盘的准确性，"帮助水手在大海上找到路的工具。"

他瞥了一眼女孩，发现女孩正在用一丝可怕的眼神看着他。亚伯困惑地想，他说了些什么，让女孩有这样的表情？亚伯担心加重女孩的恐惧，便什么也没有再说，继续他的工作。但是在他的心里，已经有所怀疑了。水手和罗盘，还有大海，对女孩意味着什么？

“可怜的孩子，”当亚伯告诉露丝和斐迪南这件事时，露丝感叹道，“她的想法都不敢告诉我们。”

“她活在两个世界里，”亚伯说，“我们的世界和她原本生活的世界。”

“至少我想知道她的名字，”斐迪南说，“即使她没有再告诉我们。”

亚伯的嘴角动了一下：“没有什么可阻止我们给她一个名字，你有什么建议？”

斐迪南陷入了沉思。“我想不到一个适合她的名字，”他终于说道，“她的名字，应该……”他犹豫了一会儿，继续说，“应该比我们拥有的任何名字都漂亮。”

“继续！”亚伯看着他继续说。

“而且，还应该和我们的语言不一样！”

“那就是与众不同！”亚伯在桌子上捶了一拳，同意斐迪南的话，“斐迪南，她不属于我们的种族。我已经决定了，你认为怎么样，露丝？”

“我相信你是对的，亚伯。”

“她的皮肤的颜色不像我见过的，”斐迪南建议，“不像摩尔人的皮肤那般黑。”

“也没有北欧人的金发。”亚伯补充说，他的脑海里浮现了一朵淡然的金色百合花。

“比起刚开始的时候，”斐迪南热切地说，“我们对她已经有进一步的了解了。”

“也许我们永远不会知道更多了。”露丝故意嘲笑说。

“凡事都有第一次，露丝阿姨，你等着瞧！”

第 6 章 索法拉——魔鬼洞

工作室旁边的房间里，露丝正在缝纫。她可以清楚地看见工作室里的亚伯和斐迪南，也能听见他们的谈话。工作室的桌子上摊开了一张地图，露丝不断地从他们的对话中听见一大堆奇怪的名字。

两人的对话停止的时候，露丝也放下了手中的针线，转身望向在庭院中走动的女孩。这是一个阳光温暖的下午，女孩那双充盈着满足和优雅的大眼睛，正在凝望着阳光下绿叶温柔的剪影。女孩乌黑的头发和象牙色的皮肤，与一片娇艳盛放的花儿形成了微妙的对比！还有什么比眼前这景象更可爱的呢？

露丝经常对自己说，这个孩子，就像一朵隐藏在阴影中的金色优雅的花儿。当云团背后透出一丝月亮的清辉时，露丝又说，女孩就有此番气质。慢慢地，女孩柔和的眼睛里的恐惧越来越少了。一天，露丝兴奋地意识到，女孩眼中的恐惧，已经全部消失了。

工作室里又传来了嗡嗡的谈话声。

“还是老问题，”斐迪南说，“我们仍需要解决从魔鬼洞到索法拉之间的航线的问题。”

当斐迪南说出这句话的时候，露丝看见，女孩苗条的身躯突然僵硬起来，她静静地听着，脸色竟发白了。露丝本能地想阻止他们的对话，但是女孩已经走到了工作室前。露丝瞥了一眼亚伯和斐迪南，他们两人背对着工作室的门，丝毫没有意识到身后女孩的存在。

女孩瘫坐在门边，脸面对着庭院，双手紧紧地抓住她的膝盖。露丝能看见她紧绷的手指和僵硬的肩膀。是什么令女孩大惊失色？是因为亚伯和斐迪南的对话吗?

露丝试图回忆他们的谈话，但是没有什么结果。于是，她走进工作室，坐在一张可以看到女孩的椅子上。

“你们在说些什么？”她装作随意的样子。

“噢，没什么，”斐迪南头也不抬地回答，“我们在说一些还没有解决的老问题。”

斐迪南说话的时候，露丝看见坐在门口的女孩把头稍稍转了一些过来。果然！她的猜测没有错！是和地图有关的东西！这时，亚伯打了个呵欠，离开桌子走到窗边可以看见日落的地方。露丝试图让亚伯回去，但是亚伯没有继续和斐迪南谈话的意思。对话中断了一会儿后，女孩从门口边站起来，然后露丝听见了她回房间的声音。

露丝纠结地想，她应该跟上去吗？她应该把这件事告诉亚伯吗？不过，要说些什么呢？不，她要等一等，直到斐迪南离开了再说。

当晚餐准备好的时候，露丝小心翼翼地走进女孩的房间。女孩躺在床上，脸面向墙壁。不，她没有生病，也不饿。她只是想要安静。女孩的声音很自然，这使露丝的忧虑消失了。她回到亚伯身边，没有告诉他自己对女孩的猜测。露丝很庆幸自己没有多言。这天晚上，露丝在对女孩突然的变化的困惑中，渐渐入睡了。

突然，露丝在一刹那间惊醒了，亚伯也是。

“露丝，”她听见亚伯低声说，“有人在工作室里。”

一阵窸窸窣窣的声音传到她的耳边。露丝立刻认出来了：那是大桌子的抽屉被拉开的声音！抽屉里放着地图！

“听！”亚伯一个激灵坐起来，“听见了吗？”

亚伯抓起斗篷，蹑手蹑脚地走进庭院里。露丝紧随其后。是的，即使露丝没有看见，她也知道会是谁在里面。

屋里微弱的灯光通过敞开的门流入了漆黑的庭院里。他们小心翼翼地走到葡萄藤的阴影下，透过玻璃往工作室里看，果然，映入眼帘的正是女孩，和露丝听到抽屉声时的猜测一模一样。

女孩的脸上写满了恐惧，她的身体微微颤抖，眼睛盯着抽屉里的东西——地图！女孩俯下身来，似乎在地图上寻找着什么地方，接着，她痛苦地后退了一步，深深地叹了一口气。

露丝抓住亚伯的手臂：“我们要过去吗？她看起来很痛苦！”

亚伯拉住露丝：“等一等。”

女孩现在又强迫自己回到桌子前，她颤抖着弯下腰，凑到地图前。这一次，他们清楚地看到，女孩颤抖的手指落到了地图上的某个地方，然后慢慢地在地图上滑动，滑过一些地方时还停留了一会儿。突然，她用手掩住眼睛，似乎看到了什么可怕的东西。她的肩膀在颤抖，整个人陷入了无声的啜泣中。

“噢，亚伯，究竟是怎么一回事？”露丝在他耳边低声说道。

两人茫然地看着对方，这时，一阵微弱的声音传到了他们耳朵里：“索法拉……索法拉……”

在巨大的惊恐疑惑中，露丝看见屋里那细长的身影在茫然地来回走动，仿佛失去了一切希望。接着，微弱的声音再次传来：“索法拉……魔鬼洞……”

“什么，我的天啊，她是什么意思？”亚伯震惊地把脸转向露丝，“这孩子疯了吗？”

现在，女孩静静地站着，用她那空洞迷惘的眼睛凝视前方。突然，女孩伸出手熄灭了蜡烛。下一秒，露丝感觉到女孩擦肩走过了庭院。两人屏住呼吸，看着女孩停了下来，瞥了一眼灿烂的星空，然后走向门口。

露丝赶紧推着亚伯穿过工作室的门。“快！回到床上去！”她压低了声音说。紧接着，她冲着门口喊：“来院子呼吸新鲜空气吗，孩子？太热了睡不着，对吧？”

露丝看见门口的身影转了个身。露丝赶紧走上去，用手臂环住女孩颤抖的肩膀，然后温柔地说，她也睡不着，到院子散散步可能有助于睡眠。

熟悉露丝的人都知道，她喜欢半夜在院子里散步。她就这么毫无目的地在院子里走动、徘徊，闻一闻带露珠的茉莉花的香气。有的时候，她还会恍惚地呢喃自语。最终，她感到昏昏欲睡，就会在靠近门边的沙发上，嗅着清凉的空气，一觉睡到天亮。

露丝以女孩房间里的被子太重为借口，跟着女孩走进了房间。当露丝走出来时，她让房间门微微开着。

快黎明的时候，露丝听见了女孩熟睡的呼吸声，于是，她回到了房间里。亚伯已经穿好衣服，在床前来回踱着步子。他的头沉在胸前，每当他在思考一些问题的时候，他就习惯性地把头沉下去。

露丝像一个认错的孩子一般，小心翼翼地走到亚伯身边。“亚伯，我……我昨天看到，你和斐迪南在讨论地图的时候，她在一旁听着！我看见她脸色

都变了。”

“你真的看见了？”亚伯惊讶地问，“你为什么不告诉我？”不过亚伯的声音马上温柔了下来，“很好，亲爱的，你刚刚在庭院的处理方法很好。我相信她不会有所怀疑。”

露丝的眼睛里流露出一种委屈的神色：“她在躲避我们，虽然我们那么爱她。”

“她不是躲避我们，”亚伯安慰她说，“而是在躲避刚来这里时的那种恐惧。”

“我以为她已经忘记了！”

“可怜的孩子，她不会知道我们今晚看见她了。”

“不，还有一件事，我们不能留她一个人在房间，我最好还是去瞧瞧她现在醒过来没有。”

“露丝，”亚伯走过来对她说，露丝看见了亚伯眼睛里惊讶的神色，“你注意到她的话吗？索法拉，魔鬼洞，似乎她非常熟悉这些地方。”

第 7 章　笼中鸟

看着造船工人在热火朝天地作业，尼哥罗此刻的心情正如这天下午阴郁的天气。被帆船桅杆分割的昏暗天空，给人一种孤寂的荒凉感。尼哥罗不禁颤抖了一下。“我能做得更好吗？”他心想，“难道我要听威尼斯号船长的建议，回威尼斯去吗？要是曼诺尔仍然对香料之路无动于衷，那么西班牙或许就会捷足先登了！”

他回忆起亚伯·扎古托的话，确实需要一些东西来唤醒曼诺尔。有什么东西能比迪亚士的行为更具说服力呢？如果连他都不能说服国王采取行动，那还有什么可以？

正在他陷入深思的时候，一个男人拿起他们的工具准备离开。他朝这个人点点头，那是他几个星期前雇用的工人。一个矮小结实的小伙子，有一张被太阳晒成深棕色的脸和黑色的小眼睛，看起来就像棕色羊皮纸上烧开的两个洞。小伙子摇摇摆摆地迈开步子，给人一种像猫一样的敏捷气质。尼哥罗之所以雇用他，是因为他看起来像个干活能手，也因为他给人一种难以忘怀的亲切感。

“它还合你心意吗，先生？”小伙子走到尼哥罗跟前，检查了一下帆船，然后问。

“我很满意，”尼哥罗告诉他，“虽然我对葡萄牙风格的帆船不如威尼斯风格的熟悉。”

这番话立刻引起了小伙子的兴趣：“你有过航海的经历，是吗，先生？”

“我非常熟悉地中海。”尼哥罗承认，他仔细打量着眼前这张晒黑的脸庞，以前似乎在哪里见过，“我以为你有丰富的海上经验。”

“没错，”小伙子笑了，“红海、印度、马六甲，我都跨越过。”

“那么，你怎么来到这个世界末端的造船厂？”

“哦，每个人都喜欢改变。”男人闪烁其词，“你做什么生意，先生？”

“马德拉木材、糖和葡萄酒。当然，我希望干更大的买卖，如果葡萄牙找到了往来的海上航线。”

“哼！”小伙子直率地用一声哼表达了他的不满。

“为什么不呢，那里的香料比其他任何东西都多。”尼哥罗抗议。

“你说得没错！如果你知道了‘多’是有多少，你保证会大吃一惊！”

尼哥罗好奇地打量着他，他几乎无法忍受别人对香料的反对。“那么，你怎么知道这么多呢？”他问。

“噢！我在装着香料的船上工作了这么多年，在船上和轨道上拖曳香料的日子多了去了。”

“你有见过香料在哪里生长吗？” 尼哥罗冒险问。

“你的意思是在锡兰国一带？还有槟城和班达？”

“班达！”尼哥罗从祖父珍贵的信中见过这个熟悉的名字。“你是怎么去到那儿的？”

棕色的羊皮纸脸上皱起了笑容：“我从出生的时候就在海边，我猜我只是一直沿着海边走。”

尼哥罗笑了：“那你的出生地在哪里？”

“贝伦市的河边。我的父亲是一名拦江沙引航员，就在卡绍普。你也许会怀疑，但我的父亲就是这样描述他的职业的。”

尼哥罗表现了出新的兴趣。“贝伦和东方有一段距离！” 他说。

小伙子点点头，说道：“我的父亲在海上失踪后，我的母亲也死了。我永远离开了那片土地。接着，我开始了解地中海的每一个港口。一天，在亚历山大，我们看见一支商队准备前往红海。我决定跟着去。所有人都说，那里有很多工作机会，他们说得没错。亚丁的港口挤满了来来往往的商船！”

尼哥罗感到自己的脉搏激烈地跳动起来。他似乎能从这个人口中套出些话来！“那些商船都从哪里来呢？”

“各个地方都有，大部分来自印度、中国，还有其间令人眼花缭乱的岛屿，当然，还有阿拉伯。他们的船满载货物。我敢说，他们的船一直把海洋搅个不停！”

心急的尼哥罗迫不及待想要问更多问题，但突然间，他想到了一个问题。这些第一手的经验应该让工作室里的人知道！“你愿意和我的朋友们说说这些种植香料的地方吗？”

小伙子默默地看着他，尼哥罗再次感觉这个问题充满了敌意，毕竟，整个欧洲正因这个问题而沸腾。

“你的朋友在哪里？”终于，他开口问。

“就在上山的路上，我会带你去。”尼哥罗热切地提议。

“噢，我会挑一个晚上去，”小伙子同意了，“也许我可以告诉你一两件关于香料的事情。”准备离开的他转过头，最后说道，“看在你如此感兴趣的份上。”

尼哥罗欣喜若狂地往山上走去。他已经能想象到，当他说有一个处理过香料、看见过香料生长的人愿意告诉他们第一手信息时，亚伯激动得发光的眼睛！他们必须组织伽马、迪亚士和其他人到工作室来。这将是划时代的大发现！想到这里，尼哥罗加快了他的步伐。

露丝正在院子里把无花果从篮子里拣出来，放在阳光下晒。露丝告诉他，亚伯出去了，但随时可能回来。

尼哥罗走进工作室，从书架上拿出《马可·波罗游记》，然后坐下来仔细地翻阅。过了好久，亚伯也没有回来。尼哥罗决定不再耽搁。他放下书，走向门口，突然，一个窸窸窣窣的声音引起了他的注意。尼哥罗立刻分辨出，这不是他希望看到的亚伯的声音。

他朝院子看了一眼，露丝正忙着浸泡无花果。自然，声音也不是露丝发出来的。那里！对！就是那里！声音再次响起来了。

尼哥罗一时冲动，走到了隔壁的房间，他看见，在房间里，一个手里拿着鸟笼的女孩正站在窗户前。鸟笼的门打开了，里面的小鸟焦躁不安地跳着，扑腾着翅膀。女孩把鸟笼举到窗前，轻轻地晃了晃笼子。尼哥罗惊讶地看着她。她想放掉这个可怜的小生物吗？女孩又摇晃了一下鸟笼，这一次，小鸟扑腾着翅膀，飞出了笼子，但它没有飞向窗口，而是飞进了房间。

女孩转过身，一瞬间，尼哥罗看见了一双如天鹅绒般的乌黑眼睛，以及一张洒满金色阳光的精致的脸。女孩似乎没有看见尼哥罗，她的目光放在了飞翔的鸟儿身上。尼哥罗感觉到，女孩似乎害怕了。她改变主意了，尼哥罗立刻猜到，她想把小鸟抓回来！

尼哥罗关上了身后的门，走上前来，然后关上了窗户。他小心翼翼地等待时机，当那只柔软的小鸟撞到墙上时，他早已准备好的双手轻轻地包围住它。尼哥罗温柔地握住小鸟，直到手心里疯狂挣扎的小家伙逐渐地安静下来。女孩走到他旁边，尼哥罗能感受到她急促的呼吸，以及一双带着恐惧的黑眼睛。

尼哥罗将小鸟轻轻地放进笼子里，然后关紧鸟笼的小门。接着，他轻轻地转过身，面对着女孩，等待她开口说话。他感觉，这双美丽、恐惧的眼睛背后有着不为人知的故事。他可以看到，女孩紧握鸟笼的双手在颤抖，以及裸露的脖子上跳动的脉搏。突然，尼哥罗有一种感觉，这女孩就像是他手中那只挣扎的鸟，使他忍不住想要保护她，告诉她从此不用再害怕什么！

“你不会说出去吧？”终于，她低声说，“我很害怕！它是露丝的宠物……”

“当然不会，一个字也不会！”他尽量使自己的语气保持温柔，“但是，为什么，你为什么……”他朝笼子示意。

“因为……因为……”她的一只手紧紧地扼住自己喉咙，“因为我曾经就像那只鸟一样，被关在笼子里，不能出去！”

“被关在笼子里，你？”

尼哥罗被震惊了。把一个柔弱的女孩关在笼子里！他不由得愤怒了，手指紧紧地嵌入了手掌中，他尽力遏制住自己的愤怒，保持冷静。他看见女孩的脸上出现了可怕的神情，啊，他不应该让自己的情绪吓着女孩。

“不要害怕，”他说，“我没有恶意。”是他的幻觉吗？女孩似乎动摇了。他走近女孩，问：“你是谁？”

女孩深深地吸了一口气，尼哥罗注意到，一抹红色迅速地从她的脖子蔓延到她的脸上。他等待着答案，他在用恳求的眼神看着她。这时，房间外传来了脚步声。露丝正在穿过庭院走进屋子，很可能就朝这间房子走来！

两人分开了，尼哥罗回到了工作室，坐在椅子上，继续拿起被放下的《马可·波罗游记》。

他听见露丝走进他刚刚离开的房间。露丝悠闲的声音使尼哥罗放心了，她并没有怀疑什么。尼哥罗走进庭院，“砰”的一声关上了身后工作室的门。

正如他猜想的那样，露丝听见声音匆忙走出来，说：“你已经要回去了吗？”

“我很快就会回来，”他微笑着回答，“我有一个天大的好消息要告诉亚伯！”

“他会很抱歉他错过了这次机会。好吧，快点回来。”

“很快！”确实！他怎么会逃避？尼哥罗走下石阶楼梯的时候问自己。“我……被关在笼子里。”天呐，她是什么意思？为什么亚伯或斐迪南从来没有提到她？一种热烈的情感灼过他的心头：保护她，在接下来的生命里像捧着小鸟一样保护她！

第 8 章 斯坎德

第二天晚上，尼哥罗和水手来到了亚伯的工作室。尼哥罗在这天早上遇见了亚伯，并告诉他那位熟悉香料之地的水手。亚伯同意让其他人晚上在工作室聚集。

一整天，尼哥罗都在想晚上的到访。他会看见昨天意外发现的女孩吗？亚伯和露丝是否故意要藏起她？他们是什么意思呢？

终于，当他和水手走进庭院的时候，亚伯正在工作室的门口迎接。尼哥罗突然意识到，他忘记问小伙子的姓名了。

“叫我斯坎德，”他说，“因为我在斯堪的纳维亚待了很久，在亚历山

大我叫阿拉伯，我也曾经有葡萄牙名字，”他解释，“但是，就好像小时候穿的衣服一样，换到现在不合适了！”

“你真的在阿拉伯、印度群岛航行过？”亚伯迫不及待地问。他打断了刚刚进门来的迪亚士、伽马和亚伯拉罕对水手的问候：“香料第一手资料大师，你好啊！”

“亚伯大人！”水手惊呼，“真没想到会这里遇见你，我来这里，只是因为康梯大人说，他有一些朋友希望了解香料贸易。”

“正是，”亚伯回答，“对我们来说，再多的香料信息也不够。”

年轻的斐迪南进屋的时候刚好听见亚伯的最后一句话。“什么不够？”他问。

“香料！”亚伯笑着说。

“他见过丁香和肉豆蔻的生长，”尼哥罗补充说，“太厉害了！”

“我的天啊！” 斯坎德瞪着眼睛，嘴巴张得大大的，“上帝给了你一双漂亮的大眼睛！”斐迪南红着脸，不好意思地问：“所以，你也对香料感兴趣？”

“也许吧，”斯坎德平静地说，“也许，我可以告诉你一两件事情，让你们冷静下来。”

他们走到桌子旁边，尼哥罗注意到露丝也对他们的话题感兴趣，她把椅子拖到隔壁房间的门口坐下来。隔壁房间的门，昨天是半开着的，现在却关得紧紧的。那个女孩在后面吗？还是在其他地方？她到底隐藏了什么秘密？

老亚伯拉罕的声音打断了他的思绪。“你说你看见过香料的生长过程？”他迫不及待地问斯坎德。

水手点点头：“看见过，也交易过。”

“我猜是在印度，对吗？”伽马问。

“是的，有时候。但是更多时候，我定期为阿拉伯船长运送货物，他从种植者手中获得第一手香料：锡兰的肉桂，还有那里盛产的胡椒，班达斯的丁香和肉豆蔻。”

没有人说话。空气里充满了引人遐思的神秘感。亚伯和尼哥罗兴奋地互相看了一眼。然后尼哥罗压低声音说：“和康梯在信上说的一模一样！”

斐迪南盯住斯坎德，眼神里的光芒比以往任何时候都要热烈。“香料在东方世界的贸易中，是不是也像在西方的贸易中一样，占据重要地位？”他问。

“可以说是，也可以说不是，小伙子。亚丁以东所有地方都一样，金子、珍珠、象牙、丝绸，都是珍贵的货物。”他随意地说出这些物品，就好像人们在说面粉、鸡蛋和牛奶一样，“但在亚丁有点不一样，香料占主要地位。”

“为什么？”

“嗯，你看，它距离欧洲近，香料在欧洲可是抢手货。”

“那么，为什么，”尼哥罗迅速接过话，“了解两边贸易形势的欧洲人，不在亚丁大干一票？”

“哼！我就知道你们会这样说。”对方鄙夷地说。

一瞬间，所有人都转向了防御状态：“为什么？有什么问题吗？”

“难道有悖亚丁人的计划吗？”尼哥罗坚持问。

“欧洲人在亚丁可不是你想象的那样受欢迎。这就是原因！”斯坎德简单地说。他故意环顾大家：“各位先生想做香料贸易？”

“不是为了个人利益，”亚伯慢慢地回答，“为了民族，为了葡萄牙。”

“你们知道香料贸易背后的故事吗？知道在阿拉伯发生了什么事吗？好吧，在你们反驳我之前，我可以先告诉你们一两件事情，免得你们惹祸上身。”

话音刚落，所有人的目光在集中在斯坎德被晒成古铜色的脸上。

“那已经是几年前的事情了，当时我们刚从卡利卡特来到亚丁，”他开始说道，“我们在非洲海岸听到了一些流言，关于一艘弗兰济船只的，弗兰济在当地语言就是欧洲的意思，据说有人在南边看见他们了。”

这番话引起了一阵骚动。所有人的眼睛都在寻找迪亚士。迪亚士身边的人看见他的手攥得紧紧的。但是斯坎德若无其事地继续讲他的故事：

“我听起来，觉得这没有道理啊，但是当我们向南边出发，来到马林迪寻找象牙的时候，流言又骤起，似乎我们每去到一个地方，都能听见关于这艘欧洲船只的消息。”

“他们不知道你是欧洲人吗？”伽马问。

“有趣的是，我已经在那边待久了，有他们的说话和生活方式。所以他们一开始并没有想到我是欧洲人。”

“你说的马林迪在什么地方？”亚伯打断他的话，并快速地记下水手提供的消息。

“我们下一次回到亚丁的时候，”斯坎德继续说，“说到弗兰济船只引起了很大的关注，尤其是，是……”他紧张地舔舔嘴唇，“那里有一个香料贩子。”

在这么一瞬间，他似乎已经忘记了他的观众，他的目光盯着众人的头顶，露出茫然若失的神情。有人局促地动了动身体，他又立刻恢复过来。

“奇怪，我怎么走神了，”他抱歉地说，“他们都在说，那个欧洲人特别关心海岸的香料，还有人说，他娶了一个阿拉伯女孩，以保持和本地商人的贸易，也就是所有的阿拉伯人。我见过那个地方，分拣棚和仓库，还有他自己的房子，一个大宫殿。我们没有像以往一样出海，而是在海岸附近徘徊。我注意到有几个商人来到了船上，他们似乎和船长开了一些会议。他脑海里有一些想法。我看见他非常真诚地向真主安拉祈祷，就好像他真的在和真主安拉对话一样。”

“你怎么听到他的祈祷？”亚伯问。

“啊！”斯坎德叹了口气，“我已经在阿拉伯待了太久，我忘了你不知道他们的习俗。你看，先生，每一个好的穆罕默德一天祷告三次：无论在哪里，膝盖跪地，面朝向圣城麦加［先知穆罕默德出生地——译者注］，并开始大声地、自由地祷告。不会躲在黑暗角落或者窗帘背后耳语，和你们恰恰相反。”

“好吧，我开始怀疑有什么事情发生了，有一天早上，船长告诉我，非洲海岸和红海上下，还有横跨马拉巴尔、科钦和卡利卡特，已经达成共识，反对欧洲船只，不与他们做生意。”

“我愿意用一艘结实的帆船和一名葡萄牙船员，冒险试一试！”伽马平静地说。

“他一直在说话，”水手继续说，“我可以感觉到一些事情快发生了。终于，他说亚丁准备开始清除那些欧洲商人，并且看着我的眼睛问我：‘你会帮忙吗？’当时就像一道闪电从脑海中划过，我突然意识到他是在试探我站在哪一边，我知道他没有忘记我是一个欧洲人。‘你打算怎么做？’我为了拖延时间问道。‘烧掉，’他直接地回答，‘烧死，杀死，你会和我们一起吗？’

“‘什么时候？’我说，仍然在拖延时间。我心想，如果我不能警告那艘欧洲船只，至少我也要找到办法出去，而不是拿起武器对抗我的同类。但是他依然咄咄逼人。‘一会儿会有晚上的忠心祷告，你会和我们一起吗？’他又问了一次。但是他并没有提到我的欧洲血脉！‘船长，船长，’我说，‘我会和你一起去。’我回答，这是拯救自己的唯一办法了。我觉得我以后会找到回地中海的办法。”

“为什么他们想要杀死对方？”露丝从门口突然说，“只是为了一些会使你的舌头麻痹、流眼泪的东西！”

“也许你也会这么做，女士，”斯坎德咧开嘴笑了，“如果你能把它卖到金子的价格的话，正如阿拉伯商人做的！”

“后来的忠心祈祷呢？”亚伯追问。

“是的……是的。” 斯坎德紧张地舔舔嘴唇，“船长发话了，我们所

有人都做了全副武装准备。有人拿着当地的长木剑，有人拿刀子。仓库就在水岸边，我想好了，一旦我们去到那里，我就第一时间冲进去，警告那些欧洲商人。”

“但是，当我们到达那个地方时，船长就把我们领到大的分拣棚里。通过裂缝，我们可以看见堆积如山的胡椒、丁香和肉桂。汗涔涔的半裸的人在用他们棕色的手臂对香料进行分拣。分拣棚里昏暗闷热，就像地狱的座舱一样热。我们所能看见的，就是那些发光的棕色身体和他们滴溜溜转的黑眼睛。他们根本不用回头，娴熟地干着活，你明白的！”

斯坎德停顿了一下，接着，他深呼一口气，继续说：“接下来，船长猛地打开门，‘就是他们！’船长大声喊道，‘一个都不要放过！以真主的名义！’”

露丝惶恐地啜泣起来。“你的意思是，杀掉他们？”斐迪南用颤抖的声音问道。

“你也动手了吗？”有人喘着气问。

“在当时如地狱般恐怖的情况下，我束手无策，脑海里一片空白。”他说，“我唯一能记住的事情，就是挥舞的刀光剑影，从那些棕色身体中涌出的鲜红的血，还有从他们手中滑落的香料！”

众人不禁打了个冷战，但又装着一副镇定的样子。斯坎德继续以一种背诵似的口吻说：“他们被杀了，他们被杀了，他们被杀了。接着，我感到脑袋一阵眩晕。我试图走到门口，但是身体一下瘫软在地上。”斯坎德声音都变了，他的手匆忙地捂住嘴巴：“闷热的空气变得黏糊糊起来，混杂着血和香料的味道……”

“继续说，”亚伯焦急地说，“接下来呢？”

“我对自己发誓，”水手慢慢地说，“我永远也不要再回想这个场景。但是我看见你们对香料如此热衷，尤其是这些年轻人，所以我认为你们应该知道这些故事。”他扼住自己的喉咙，艰难地咽了一口口水，“想起那些温暖的血液和香料的味道，还是令我作呕！”

“那个香料商人呢？你见过他吗？”尼哥罗问。

斯坎德伸出舌头舔舔嘴唇，然后回答：“接下来就会说到他哪里了。我们穿过分拣棚的时候，身后传来一阵可怕的骚动。我们看见仓库着火了。这是一个机会，我可以警告那个欧洲人，于是，我准备冲向他的房子，但这时，船长从我身后的一堵墙上跳下来！‘来吧，’他说，‘我希望你去做这件事。’他把一把刀刃上还滴着鲜血的刀挂在我的后背上。我知道，他开始怀疑我的想法了。”

“我们到达房子的那一刻，已经有许多人围在房子前面了。眼前的房子就像经历了一场可怕的飓风。所有的东西都被翻了个底朝天。橱柜敞开着，衣服散落在地上。‘他在哪里？’船长不停地问，‘那个欧洲人在哪里？’我们四处寻找了一会儿，接着，当我们走到院子的时候，我们看见通向屋顶的楼梯上似乎有些什么人抱成了一团。‘上去看看。’船长命令我。他让我在一边站着，自己用脚猛地踢那两人。该死的船长！那是一个男人搂着一个女人。船长用一把剑刺穿了他们的身体——香料商人和他的妻子。你可以从他们的外表知道，那男人就是欧洲人。女人是一个阿拉伯人，一个真正的女王，可怜的女人，她有长长的黑色辫子、黑色的大眼睛和纤细的双手。”

“嗯，就是这样，”他说完了，神情恍惚，“我就站着船长的旁边，听从他的命令，然后和他一同回到船上，安静得就像一匹羊羔。但是我已经受够了。后来，我们在早上离开了亚丁，第一天晚上，我溜过了船舷，重新上了岸，并搭乘了一艘前往埃及的大型奴隶船。”

故事结束得如此简单，以至于每个人都有一种感觉，他省略了一些什么东西。

迪亚士长长地叹了一口气：“我猜，从此你再也没有听过欧洲船只的消

息了吧？”

“一个字也没有，先生。”

“船长没有追捕你吗？”尼哥罗问。

“如果他有，我不会什么风声也没有听到。从我离开他的那一刻开始，我就一直在路上，从来没有停下脚步，直到我来到了亚历山大，我只知道它属于西方水域。我想尽可能地远离香料之地！而且，我的鼻子非常厌恶这种被诅咒的东西。我讨厌看见香料，我也讨厌闻到香料的味道。”斯坎德啐了一口口水，“闻起来就像血的味道！”

“伙计，”亚伯说，“贸易总是伴随着争吵和杀戮。阿拉伯人对欧洲商人做的事情，也是欧洲人在贸易竞争中会做的。”

“当然，”迪亚士同意道，“如果我们首先发现了香料之路，那么谁也不敢肯定西班牙、英国或荷兰会对我们做些什么。”

“要是他们先发现香料之路呢？”斐迪南狡猾地反驳。

大家哄笑起来。迪亚士伸手拧了拧斐迪南的耳朵，故作生气地说：“你这个小滑头！”

“好了，先生们，”水手耸耸肩，“如果你们想碰香料，那么你们得到的就会是战争，不要在这件事上犯糊涂了。记住我的话，你们会为此付出鲜血的代价。什么香料之路！我认为那是血腥之路！”

“但是，看看这里，”伽马坚持说，“要是我们在他们的游戏里击败阿拉伯人会怎样？”

“阿拉伯人经营着整个贸易和运输，你要怎么做到？”

“噢，”伽马冷静地说，“这些阿拉伯海盗不是无敌的！”

“海盗！”斯坎德反驳说，“他们不是海盗，你永远也不要忘记，在他们的眼中，他们是信仰的捍卫者，欧洲人才是不忠的盗贼，对属于他们的东西虎视眈眈！”

“我猜是宗教让他们杀死那个欧洲商人咯。”尼哥罗讽刺地说。

“啊，是的，”斯坎德笑了一下，“宗教和商业一起杀死了他。是宗教让他们将外来者驱逐，不管他们做什么。你必须和他们一起生活过才会了解。”他继续说，“现在，你会去教会里，在一幅神像面前喃喃自语，或者对着祭司低声说出你的罪过。然后，你会继续回到大街上做你的买卖，忘记你所有的祈祷和圣徒，直到下一次你再次走进教会。”他仓促地又插话说，“对于阿拉伯人来说，宗教意味着一切。就说我的那个船长，他每天说三次祷告词，他的船员也是。”

“你也变成了穆罕默德？”有人问。

“有一段时间，是的。”

“说说看吧，他们怎么说祷告词？”斐迪南提议。

水手露出一个得意的样子：“我并不是想提醒自己那些事情，但是，让你们见识一下……”

他双膝跪地，双手合十抱胸。就连露丝也从椅子上站起来，好奇地越过亚伯的肩膀看斯坎德。

“这样之后，他们就开始说‘真主是伟大的，真主是伟大的’。”他的脸微微向上扬，似乎在热切地寻找一个假想的天空。“最伟大的真主！”他大喊起来，每一个音节的发音是如此准确。他深深地鞠了一躬，额头贴到了地上，然后又起来，再一次大声地说：“最伟大的真主！真主至上！”

这时，屋里不知道什么地方，突然发出一声尖叫，打断了斯坎德未完成的祷告，所有人都吓了一跳。斐迪南跳了起来。亚伯和露丝惊讶地看了对方一眼。接着，他们听到一扇门打开的声音……有人匆忙跑过了隔壁的房间，然后闯进了工作室。这人正是那个女孩，她刚才从床上跳下来，惊慌失措地冲了进来，黑色的头发松散在背后，瘦弱的身体僵硬了，眼神中流露出巨大的恐惧，一如她第一晚刚来到这里的时候。

第9章 糖

在这一瞬间，大家似乎都忘了斯坎德的存在。亚伯和露丝本能地冲向女孩。斐迪南静静地站在那儿。其他人你望着我，我望着你，完全不知道发生了什么事。没有人看见尼哥罗激动地站了起来，愣了一会儿又马上坐下。但是，如果有人仔细观察他的表情，就会发现他仍然十分激动。

但是没有人注意到尼哥罗。大家的目光都集中在眼前惊人的一幕上。他们惊讶的表情甚至超过了女孩脸上的恐惧。

女孩浑身僵硬，眼睛死死地盯住斯坎德。斯坎德仍然双膝跪在地上，祷告的手势还定格在空中，眼睛因为讶异而睁得大大的。大家的脸上都写满了惊讶和疑惑。

接着是死一般的沉寂。慢慢地，亚伯和露丝向彼此靠近。跪在地上的水手一寸一寸、不知不觉地向女孩挪去。其他人在巨大的惊讶中注视着水手移向女孩，他们好像幽灵一样，在昏暗的未知中相遇，注定彼此面对面。

男人张了张嘴唇，但没有吐出一个字来。他们看见水手的喉咙蠕动了一下，然后听见他说出令人难以理解的一句话。接着，所有人的目光都转移到女孩身上。水手一点点地靠近女孩。现在，女孩死死地盯着水手，回应他那奇怪的声音。

水手缓慢吐出来的句子是："我……我并没有说完，"他猛地抬起头看着女孩，"她也在楼梯上，蜷缩在……"

露丝第一个听懂了："孩子！孩子！他们是你的爸爸和妈妈吗？"

女孩颤抖了，好像有什么东西撞了她一样。亚伯抓过挂在椅子上的斗篷，然后披在她的身上。亚伯这个动作似乎一下子把女孩拉回现实，让她意识到斯坎德之外其他人的存在。他们看见女孩低下头，脸和脖子涨得通红。亚伯轻轻地把她扶到椅子上坐下，然后转过身，看着其他人。

"巴塞洛缪，还有大家，露丝、斐迪南和我一直向你们隐藏了这个孩子。但是，她从哪里来，她是谁，她的名字，她的语言，我们没有一个人知道。"

"什么？"斯坎德大呼，"走进来的时候，你说了'妈妈'吗？"他转向女孩，用一种快速焦急的语言询问她。亚伯轻轻地阻止了斯坎德。

"她知道一些葡萄牙语，现在，你也知道，我们都想听听你未说完的故事！"

"好吧，那么，"斯坎德站起来，"上帝保佑啊，她现在还站在这里。我一直在想，她究竟是死了，还是……生不如死？"

女孩站在露丝和亚伯中间，用一种讶异的眼光看着斯坎德，褶皱的斗篷之上，她的脸就像被阴影覆盖的象牙。

“我也在想你是否活着，”女孩低声说，“当你掉入大海的时候。”

“稍等一下，伙伴们！”斯坎德转过身面对大家说，“你们听到了故事的开头和结尾，中间的故事被省略掉了。你看，那一天，香料商人和他的妻子死在了楼梯上，船长当天晚上就要带着我去埃及。正如我告诉你们的，这个孩子躺在他们身边，我们以为她也死了，直到我们把她翻过身来。我不知道她是如何逃脱并活下来的。是什么救了你，孩子？”他问女孩。

女孩声如细丝地回答：“人们疯狂地冲进院子的时候，我们就跑上了楼梯。那时他们没有看见我们，我爸爸将我推进了楼梯下一个隐秘的橱柜里。接着，到处都是喊叫声和脚步声。我听见妈妈大声向爸爸喊道，她不会离开爸爸。然后……然后……”女孩停顿了一下，似乎陷入了自我挣扎，“然后什么声音也没有。非常安静，”她啜泣地说，“我不想再躲起来了！我躺在他们身边，等待着……”

亚伯别过头去，女孩的话几乎使他喘不过气。尼哥罗放在桌子上的手紧紧地攥着，可以看见关节处因用力过度泛出的白色。斐迪南眼睛一直盯着地板。迪亚士摸着他的胡子，亚伯拉罕和伽马转过身去。露丝把头伏在女孩的肩膀上，忍不住哭了起来。

“我永远也不会忘记，”斯坎德严肃地说，“当我们找到她时，她的样子。正如她所说的，她在‘等待’！我认为船长肯定会毫不犹豫快速结束她的生命。可是，你们会把我揍扁在地的，当时船长说‘她可以卖一个好价钱’，后来的故事简而言之，我们把她带到了奴隶市场。”

“你的意思是，”尼哥罗愤怒地问，“你就在一旁站着，看着她被卖掉？！”

女孩抬起头，目光落在尼哥罗身上，但随即她又转移了目光，尼哥罗了解女孩的信号：昨天的事情还是一个秘密！

“是的，”水手承认，“正是这样。我眼睁睁看着她被卖掉，但是我心里知道，当他们为了女孩价格争论不休和数金币的时候，或者其他什么时候，我会做一些事情。船长和我回到船上以后，我一直没有看见她。那群赤裸的黑人中，唯一是白的东西，就是他们厚嘴唇中的牙齿。”他把拇指和食指张开，比画着，“这么厚！……我没有忘记女孩！我在想，有什么办法可以救她？心里有个我在说：‘没有，一点办法也没有。把你的剑收回去，过自己的生活，忘记她！’但是我一直在想怎么救她。如果我把她买下来呢？可是无论如何，我也没有这笔钱。我和船长在一起的时候，心里的那个我一直在窃笑。‘价格呢？’我可以听见他在讽刺我，‘你认为刚刚船长提的价格怎么样？’”

他停下来，审视自己不为人知的一面。“我一开始也没有看见自己这一面，”他轻轻地笑着说，“和你一样。他突然就冒出来了。”再一次，他用手紧紧地握住腰带上的刀柄，“午夜时分，当所有人都睡着的时候……”

女孩靠向他，屏住呼吸问：“你……真的，为了我做了？”

“是的，我以为我可以把你买回来，但是，当我来到奴隶市场的时候，他们告诉我，你刚被带来这里，就被运出去了。”

“是的，就在那天晚上。”女孩耸耸肩。

“我知道你们听见这些买卖她的话会很生气。”斯坎德望着尼哥罗和斐迪南愤怒的眼睛，抱歉地说，“但是我还能怎么去救她呢？”

“你没错，伙计！”迪亚士说，“继续你的故事。”

“我一路追踪她，”斯坎德继续说，“根据她漂亮的肤色，来到了亚历山大，在那里，我找不到她的踪迹了。直到有一天，在一个大型的奴隶广场上，我注意那里有一轮贸易者拍卖，而她就在那里！我刚好看见一个穿着水手服、高大帅气的家伙，一个摩尔人，把她带走了。‘他出了什么价钱？’我问周围的人，那人的名声和出价吓到了我。”

“我要做些什么？我跟在他们后面，脑海里一直寻思着如何救她出来。

终于，我跟着他们来到了海边，海上正翻腾着巨浪。高个子把她带到沙滩上，那里有一个人，看见高个子身边的人时，他的眼睛发亮了。这时，我做出了决定：我要去她去的地方！”

工作室里激起一阵不安的骚动，斯坎德低下头，避开众人的目光。

“当摩尔人将她举上船的时候，她目光盯着水面，脸色骤变，就好像闪电在黑暗中划过。你记得当时发生什么事情了吗？”

女孩深深地吸了一口气，缓缓地说：“我打算跳进水里。”

“摩尔人也看穿了你的心思，”斯坎德继续说，“下一分钟，他就把她拉到船尾，并抓住了她的胳膊。我真应该称赞一下伟大的真主！因为当时我知道另一个人不能一个人穿越海洋。‘还需要人吗？’我说，当时我的心都提到了嗓门眼里。他甚至还没有点头，我就把船撑开，然后爬上船。两个人奇怪地看着我，然后又互相看了一眼。‘去哪里？’我问。他们指着远处一艘没有任何颜色的大船。我刚想问为什么，但犹豫了一会儿，还是觉得闭嘴为妙。”

“坦白说，我驾驶帆船的技术特别好，那一天我的表现尤为出色，所以，当他们问我是否介意恶劣天气的时候，我一点都不奇怪。‘大海和我是青梅竹马。’我说。他们相视一笑，然后问我是否有过当领航员的经验。‘那正是我的特长。’我告诉他们。”

“这段时间里，女孩一直没有动，只是低着头坐那里。但是我注意到，他们一直没有放松对她的监视。两个人的手一直抓住女孩的胳膊。”

“驾驶小船来到大船前的时候，我看见大船的名字是苏丹娜号。我把船开得飞快，然后问他们如何处置小船。‘你能把我们带上去吗？’高个子问，朝那大船示意。‘当然没问题。’我点点头。这时，我们头顶上船的栏杆处有很多人在笑着看着我们，”斯坎德停下来，一脸严肃，“五分钟后，女孩被举上了大船，我也上去了。”

“船员用犀利的眼光看着我，这是我见过的最粗暴的团体。我向前走，试图走到女孩身边。她此刻身边有两个人，一个是高个子，另一个年纪稍大，个头比高个子矮了一个头，他的脸方方正正，透着一股凶狠劲儿，他也是摩尔人。我听他们说话的口音，似乎夹杂着法语和阿拉伯语。

“‘有了这么一个宝石般的人儿，’高个子说，‘我们可以在任何地方狮子大开口！’他是什么意思？我不由得走近一些。‘苏丹人不会轻视这样一个奖品，’矮个子回答。‘我们甚至可以以此在皇家海军中谋一个职位！阿卜杜勒，好家伙！我们应该跑到君士坦丁堡，然后讨价还价！’阿卜杜勒就是那个高个子，他惊讶地抬起头来。矮个子说完后忍不住笑个不停。我不知道为什么，但我真想踢他一脚。然后阿卜杜勒说：‘但是，船长，你先想想我们在黎波里与圣马可号有个约会。’”

女孩抬起头，若有所思地看着他们。

“什么？”尼哥罗惊讶地问，“你是说从威尼斯来的圣马可号？”

斯坎德不解地看着他说：“是的，怎么了？”

“没什么，继续。”他不经心地做了一个手势，脸上露出了一种不解的神情。

“接着，没一会儿，”斯坎德继续说，“我就知道我穿的是什么船员服了，难怪当我上船的时候，一脸无辜的样子会被笑话。只有一种船员会和商船有约会！那就是海盗船员！”

“风起了，我开始掌舵，船开往黎波里，一路上通过了疾风恶浪，有时候，我们遇到风暴和珊瑚礁，黑色的天空嘶嘶地在我们头上呼叫，海水冒着泡沫，饥饿地盯着我们，我一度怀疑我们会不会就葬身深海了。”

“我曾经祈祷真主，就让我们死在这里吧！”女孩气喘吁吁地说。

水手的脸色柔和下来。“我真希望如此。”他喃喃地说。露丝默默地把她拉得更近了。

“你看，”他低声对房间里的人说，“阿拉伯妇女一般是不出去的，除非她们戴了面纱。女孩应该从来没有到过街上。而现在，她突然就来到了一群我见过的最粗暴的歹徒中，更别说她在奴隶市场上遭受的苦！从她的脸上，我可以知道，她正在经历地狱般的恐怖，有时候，我真希望她死了，就不用遭受这般折磨。所以，我的手一直紧紧地攥住我的刀。我决定了，看着她死总比看着她……要好，不管怎么样，我已经做好了准备。”

“当我们到达黎波里的时候，预期的商人并没有出现。船长和阿卜杜勒马上举行了一个会议。我偷偷地在旁边听。他们在考虑将女孩献给黎波里的省督。这个建议是船长提出来的，他们管他叫斯莱曼。”

“他们一直围绕这个主题讨论，最后阿卜杜勒说：‘等我们到了突尼斯，我们可能会得到更好的报酬。’”斯坎德眉头一蹙，“下一个港口，等待着女孩的，还是同样的事情。接下来，每一个人都轮流看守着女孩。我的心里只想着两件事：让她离开这艘地狱般的船，还有，保持我的刀锋利！”

“我一直在日落的时候，在同一个地方摆弄索具或其他东西，就在她的笼子对面……”

一个困惑的声音打断了他：“笼子？你说笼子是什么意思？”

一瞬间，女孩低垂的眼睛与尼哥罗相互一瞥。

“她会跳海，他们也不可能总是看守着她，所有，他们第一件事就是用闲置的木材做了一个笼子，整天把她关在里面。一天日落的时候，我发现她正在看着我。接着，我知道她明白了……”

“明白我不需要害怕了！”女孩抬起温柔的眼睛。

斯坎德抬起头看着她，他棕色的脸泛红起来，接着，他低下头，继续说下去。

“终于，有事情发生了。一天，瞭望台在西方发现了一艘商船。所有人都异常兴奋，拥挤在栏杆前。船长命令水手放下使船停泊的铁钩，让所有人准备好。我知道，救女孩的机会来了。我走近女孩身边，低声用阿拉伯语对她说：‘当我打开笼子的时候，跟着我走。’”

女孩的手紧紧抱住膝盖，“你当时还说了一句话，”她低声提醒斯坎德，“你还说，没有什么能够伤害我。”

“是吗？”斯坎德问，“好吧，当时他们确定了，那艘船就是他们在黎波里错过的那艘，它现在正在开往马拉加。”

提到马拉加，尼哥罗双手抱胸，身子往前倾，似乎不想错过斯坎德的每一句话。

“我们在围栏边排成一排。我们长长的船放了下来，然后，海盗们从左舷和右舷同时下去。女孩就在那里，我寻思这是否是一个好时机。突然，阿卜杜勒就来到我跟前，用低沉而快速的声音对我说：‘你要干什么，引航员？’我还没来得及回答，他就将一把剑放在我手里。‘看好她，给你两倍的战利品，引航员，’他说，‘但是如果她有什么闪失，我会像烤牛排一样烤了你！’这一瞬间，我突然想到，他可能看穿了我的想法，但是，我手里有他的剑和我的刀，我随时准备冒险一试。

“这时，长船上的海盗已经双手抓住了圣马可号的索条，他们用牙齿咬住明晃晃的刀，等待上船的命令。接着，双方的船员激烈地打斗起来，乘客蜷缩在角落里。我听见甲板上有扑通扑通的倒地声，还有刀剑快速划过的唰唰声。我试图盯着大副和船长。我的机会来了，趁现在，带着女孩逃跑。可是，逃去哪里？如果圣马可号的人能够打败海盗，那么我会带她登上圣马可号。但是，现在的情况却很糟糕。我看见苏丹娜号上的海盗，用钉子穿透了一些船员的身体，把他们钉在了围栏上。他们还把一个可怜人的牙齿给打掉了。”

“天呐，好家伙，”伽马做了一个惊讶的表情，“你说得够残忍了！”

“一团糟，当然了。”他坦白地承认。“但是就像这样，”他的手掌合在一起，“他们打得正凶的时候，谁也没有注意到，前面来了一艘巨大的商

船，威尼斯号！”

他的话立刻引起了房间里所有人的兴趣，没有人注意到尼哥罗的眼睛闪烁了一下，他的双臂交叉，手指紧攥。

“事情令人惊喜，”斯坎德锐利的眼睛发出光来，“威尼斯号横扫千军，拦住了苏丹娜，并爬上了我们的甲板，干掉了所有的船员。当我看见那些交战的武器时，我知道我的机会来了。我跑到下面，一把抓过一条马裤（裤脚仅长及膝盖的裤子），然后爬到女孩旁边。我猛地撬开笼子，然后，把外套套在女孩的头上，用双手环住她。我们在尖叫的地狱战场中闪避着前进到栏杆处，那里的打斗情况没有那么激烈。”他停下来，深深地呼了一口气。

“我在想，”他继续说，“我们跳过去，然后找机会登上威尼斯号。突然，我下意识地回头一看……”

“太可怕了！”女孩浑身颤抖，“长而锋利的刀，就这么刺过来……”

斯坎德点点头：“我们恰好看见阿卜杜勒将他的刀刺入斯莱曼的后背。我没有等，立刻越过了栏杆，接下来的事情都清楚了，背后传来一个喊声：‘你把她带走，你会……’他出现在我的头顶上，我还能感受到他的靴子就在我的脸上方，他扯过女孩，把我送进了水里。”

女孩突然靠向斯坎德，她的眼睛睁得大大的。“我以为他杀了你！”她哭着说，“接下来发生了什么事情？”

“我的天！我发生什么事情又有什么关系呢？你发生了什么事情，才是我一直关心的。那个魔鬼把你从我身边夺走了！”

“不是的，他没有，反而是我害你被推下了海！”她喊道。

水手难以置信地蠕动了一下嘴唇：“他……没有抓住你吗？”

“我再也没有见过他了！不过，当你掉下船后，发生了什么事情？”

“好吧，你看，圣马可号的主人已经死了，我游到了威尼斯号的船下，好不容易抓住了索条，最后跟着威尼斯号来到了里斯本！”他微笑着说。

听到了这些话，尼哥罗恍然大悟，现在，他都想起来了！

“偶然地，”他提高声音说道，“当我们的舵手在战斗中牺牲时，你接替他做了一流的领航工作！”

水手愣住了，不知所以地看着尼哥罗那双微笑的眼睛。其他人也茫然地看着他。

突然，斐迪南大叫起来。“威尼斯号！”他喊道，“啊！尼哥罗，你就是从那艘船上下来的！”

“没错！斯坎德顺利地将船驾驶出来，差一点，船长就要当领航员了！”

女孩立刻喊起来：“你们都在那艘大船上？我也是！”

众人目目相觑，尼哥罗只注意到一件事，女孩的问题包括了他和斯坎德，但是她的目光只落在他身上。

“但是，从苏丹娜号到威尼斯号，你是怎么做到的？”斐迪南问。

“我知道，我必须离开苏丹娜号！我穿过打斗的人群，越上了威尼斯号。我的头发藏在外套下，没有人注意到我。开始，我藏在一些绳子后面。接着，我发现下面有一把梯子。天黑的时候，我爬出来，顺着梯子滑下去。我能感觉到一些箱子，还能清楚地听见水的声音，我知道，我是来到了船的底部。我不知道我在那里待了多久。”

“好几天后，我们才到了里斯本。”尼哥罗平静地说。

露丝做了一个惊讶的动作。“你有吃的吗？孩子？”她喊道，“难怪第一天晚上温热的牛奶对你有用！你还记得吗？”

“我永远也不会忘记，”女孩热情地说，“船底下有几桶水，没有人的时候，我会偷喝上几口。但是当他们搬货物的时候，我该怎么办呢？那是我当时面临的问题，要是苏丹娜号船上的人来找我怎么办？”

“你不知道吗？”斯坎德打断她的话，“威尼斯号的人摧毁了苏丹娜号！她就像一只背着石头的小狗一样沉入了大海！”

女孩发出一个长长的叹息：“和阿卜杜勒一起。”

斯坎德半信半疑地说：“真希望我能为他和他的船员祈祷上几句，但是……”

“你说的是什么话！”斐迪南惊呼。

“等你看到那些海盗的行为再说吧，年轻人。”斯坎德反驳，“此外，还有很多事情要做，当时暴风雨也快来了。那么，”斯坎德重新说起女孩的故事，“你当时在哪里呢？”

女孩的黑色眼睛一闪，“我就在货物中间！”她说，“我在装糖的木桶里！”

“糖！”尼哥罗惊呼，“糖！”他又说了一遍，看着斐迪南。

斐迪南也一连惊讶。“那个空的木桶！”他转向亚伯，“你还记得吗，亚伯大人，露丝阿姨，我告诉你码头上的商人因为有一桶糖不见了而吵了起来。”

“你试图寻找关于女孩线索的时候？”亚伯问。

“是的！当时买糖的商人还威胁说要找威尼斯号船长的麻烦，还是尼哥罗付钱了事……”说到这，他停下来，尴尬地看了一眼尼哥罗。

“付钱？”女孩红着脸问。

“你是怎么钻进木桶里的呢？”尼哥罗赶紧插话说。

女孩没有立刻回答，但是她的眼睛一直盯着尼哥罗。“我把糖撒到别处，”她终于开口说，“这样不会引人注意。最难的事情就是把木桶的顶端撬开。我很害怕会被人听见声音。”

“你用双手撬开了木桶，孩子？”亚伯用颤抖的声音问。他用宽厚的手握住女孩放在膝盖上的瘦弱双手。

女孩微笑着说：“这很不容易，但是我发现了一个铁块。此外，我还得想如何上岸才不会被人看见。”

“对！”斐迪南喊道，“我一直好奇这个问题！”

“一开始，”女孩继续说，“我以为我能和其他货物一起被带出去。我认为我不管怎么样，能把头伸进去，进入木桶……”

“可怜的小家伙，”迪亚士打断她说，“你没有想过可能出现的风险吗？例如货物堆在你身上？”

女孩久久地看着迪亚士，说：“在经历了亚丁和苏丹娜号的事情后，没有什么东西对我来说是风险。”

斐迪南急躁地打断她问：“可是，当威尼斯号开始卸货时呢？”

“一旦我感到船停止的时候，就知道他们会卸载，我开始躲进木桶里，我试了一次又一次，但是都失败了！”

“你当然不能，”亚伯同情地说，“没有人能从外面塞进去。”

“然后我听见他们开始搬动东西，我知道卸货已经开始了。我害怕，非常害怕！我看见一张张面孔在逐渐靠近，我能做的就是在他们走来面前之前隐藏好自己，事情一定会有转机，渐渐地，噪声消失了，一切都安静下来，我想肯定已经到了夜里。”

“是的！”尼哥罗兴奋地喊起来，“没错，晚上必须停止作业。”

就算在安静的房间里，女孩的声音还是很小：“我继续等待，接着，我摸索着前进，走了一会，我抬起头，我看见了星星！”

“是的，”尼哥罗说，“他们把舱门打开了。”

“我爬过货物，”女孩继续小声地说，“抓住了一根悬挂的绳子，爬到了甲板上。”

斐迪南同情地看着女孩，低声感叹说：“这就是为什么，第一天你的手……”

“啊，”露丝喃喃地说，“你还记得你双手的伤痕和血迹吗？”

女孩看着自己的手，说：“我没有留意，我太害怕被人看见。但是，我

记得我爬到了甲板，我蹲下来，躲在一些杂物后面，很长一段时间，我都在等待着，仔细聆听着。船上非常安静，似乎什么也没有。于是，我爬到一排木桶后面，躲在最后一个木桶后，我看见船和码头之间有一块木板。我走过去，但是后面的事情我忘记了。我的头好晕。但是，最后，我发现自己走在一段石梯上，一直往上走，一直往上走……然后，我看见了光！”女孩的呼吸急促起来，“再也没有比那更美的东西了，然后，我看见了亚伯大人的脸！”她的声音欢快起来，“我想留在这里，直到我听见你和斐迪南说出那些可怕的名字。”

“什么名字？”斐迪南疑惑地问，同时迅速地看了一眼露丝和亚伯。

露丝的手轻轻地放在女孩的肩上，说：“孩子，你还没有足够信任我们，告诉我们一切吗？”

“我当然相信你，”她说，“但是当我听到他们在地图上谈论那些地方的时候，我害怕，害怕！我不敢留在这里，要是我的父亲从来没有去过魔鬼洞和索法拉……”

“什么？”迪亚士大叫，“索法拉……科维良说的那个索法拉吗？”

女孩惊讶地看着他：“科维良？佩德罗·科维良？他是我父亲的朋友！”

第 10 章　涅依米

在众人讶异的沉默中，所有目光都聚集到了女孩身上，然后又彼此交换了眼神。他们清楚地听见了女孩说的话，但是，这一切究竟又是怎么回事呢？

终于，有人打破了沉默：“科维良是你父亲的朋友？”

迪亚士的声音是如此颤抖，以至于大家都不约而同地望向他。而迪亚士的目光，却全然集中在女孩身上，忽视了其他人。

“是的，我父亲的朋友，”女孩胆怯地问，“有什么问题吗？”

“没什么，没什么，”迪亚士喃喃地说，“但也许，涉及所有的一切！”

他从桌子旁边站起来，走到女孩身边，仿佛坦率地承认，这一刻只属于

他，其他人都被他抛在一旁了。

“孩子，你能告诉我关于他的事情吗？你能记得吗？”

所有人都屏住了呼吸，听见女孩平静地说：

“我不记得多久以前，那时候，我还是一个小孩子，他来到我们在亚丁的家，和我的父亲用一种奇怪的语言说了很多话。我不明白他们在说什么，因为我父亲总是和我们说阿拉伯语，你知道的，我的母亲是阿拉伯人。

“科维良走后，我的父亲对我的母亲说：‘如果他找到了他想要的，我会在那里建造仓库。’不久以后，他收到了一封信。他兴冲冲地拿着信跑到我和母亲身边。我从来没有见过他如此兴奋。‘科维良去到了索法拉，他说他的期望是真的，’他告诉我的妈妈，‘想想它会给我们带来多少生意！’”

迪亚士奇怪的声音打断了她。他的呼吸急促起来，眼睛的瞳孔扩大了。

女孩看了他一会儿：“你的样子和我父亲拿到那封信的样子一模一样，他的眼睛在燃烧，就和你一样。”

迪亚士急躁地让女孩继续往下说。

“有一天我听见他说‘我必须亲自去看看’，于是，他就坐船走了。过了好久，他才回来，我的母亲非常担心他。父亲回来的时候，表情很严肃，也很安静。他说他需要大量的钱，因为他要建立一个仓库，就在……”女孩的声音突然沉下来，“就在索法拉。”

听见这个熟悉的名字，斐迪南的身体微微向前倾，仿佛要说些什么。

“让她讲她的故事！”迪亚士严厉地命令斐迪南，眼睛自始至终没有从女孩身上移走。

“我母亲一直乞求他留在亚丁。最后，父亲说：‘过不了多久，一切都会改变，斐济人将从亚丁带走所有的买卖。’‘是什么让你认为他们会来？’我记得母亲这样问。但是父亲久久没有回答。终于，他用非常低沉的声音说：‘他们已经来了！他们的船在前段时间被当地人看到了。’”

“看吧！我说什么来着！”水手打断说。

“然后他说，一个当地领航员和他一起从索法拉去了一个地方，靠近魔鬼洞，那里有两根白色石柱，石头上有斐济人的字。”

女孩胆怯地盯着迪亚士：“这就是他说的话。”

迪亚士低下头，像一个刚结束跑步比赛的人一样急促地呼吸。慢慢地，迪亚士将放在女孩肩膀上的手，举到了自己的头顶，做了一个行礼致敬的手势。其他人听见他喃喃地说：“你的梦想……伟大的航海家！”

他抬起头，好像终于想起了其他人的存在，依次看了每个人一眼。“这个孩子，”他庄严地说，“已经回答了所有欧洲人都在问的问题。”

“她是香料之路！”亚伯大声呼喊。

“科维良是对的！科维良是对的！”斐迪南大叫起来，他兴奋地从椅子上跳起来，摇摆着自己的手臂，“他很清楚自己在做什么！就像我一直认为的那样！”

众人立刻爆发了一阵狂热的讨论、疑问和猜测。他们一直以来魂牵梦萦的事情，现在都变成了事实，简直令人难以置信！

女孩困惑地看着他们热切地谈论：“你们为什么这么关心？索法拉和魔鬼洞之间的地方，有什么特别的意义吗？”

女孩的无知令人震惊到说不出话来，露丝首先打破了死一般的寂静，说：“有！这是我在过去十年一直疑惑的问题，你们都觉得我是傻瓜！”

所有人都哄然而笑，他们都七嘴八舌地向女孩解释。

“只有一种方法能让她明白。”迪亚士拉开桌子的抽屉，拿出地图。

可是，女孩被迪亚士的动作吓到了，她本能地躲开了他，眼睛充满了恐惧。除了亚伯和尼哥罗，没有人注意到她的变化。女孩的恐惧让尼哥罗的心里涌起了强烈的想要保护她的冲动，他正要护向女孩的时候，听见亚伯内疚地说：“可怜的孩子，原谅我！是我的疏忽！”

“等等，亚伯！”迪亚士伸手拿过亚伯正要往抽屉里放的地图，然后展开在桌子上。看了几眼后，他将手指放在某个地方。“这个孩子所说的，她父亲见过的‘白色的石头’，就是在这里，还有这里。”

“先生！你从里斯本出发的时候，我看见它们被搬上船了。”伽马插话说。

“我也是！”亚伯附和道，“你不记得吗，巴塞洛缪，我们看着那些人把国王的名字和你的名字贴到上面？”

迪亚士的眼睛闪闪发光。“最后一件事，就在我们回家之前，”他用一个动听的声音说，“阿莱克和我，还有一两个人，把那两根柱子尽可能放在我们可以到达的大海角处，也就是你说的魔鬼洞。”

“事情很明朗了，”斯坎德沉思地对女孩说，“当你父亲去到那些地方后，有人知道他心里的想法。他是不是刚回到亚丁，就……”

女孩眉头紧蹙。“是的，”她低声说，“所以，刚才当我听到亚伯大人和斐迪南谈论我认为的那些地方，我害怕极了，脑子一片空白！”她突然转向亚伯，问：“科维良大师现在在哪里？”

“没有人知道，”亚伯伤心地回答，“他从开罗给我们发送了同样的消息，关于通往印度的海路，他说他必将进一步了解东方的埃塞俄比亚，这是他的最后一个消息。”

“而且，”伽马补充说，“那也已经是很久以前的事了。”

“你知道你的父亲来自哪里吗，孩子？”露丝尝试一问，“或者他的名字？”

女孩摇摇头：“不，我从来没有听他提起，只听见别人叫他艾芬狄。”

“就和你一样，先生。”斯坎德解释说，“这让我想起来，我也一直在想你叫什么名字。”他转向女孩问。

斐迪南跳起来。“我一直想要弄明白她的名字，同时又不能让她怀疑我！”他的眼睛朝她狡黠一笑。瞥到这亲密的一幕的尼哥罗，心里充满了妒忌。

“好像我每一次都不知道似的！”她害羞地反驳说。

“好吧，”斯坎德坚持说，“你的名字是什么？”

但是女孩转向亚伯，用恳求的眼光看着他。“我以前怎么能告诉你呢？我害怕你会从我的名字中猜到我的语言，我的国家，或者有关我的一切。我只有隐藏每一条线索，才能确保我的安全。但是现在，”她做了一个恳求的小手势，“现在，我没有理由再害怕了，我的名字是涅依米！”

“涅依米！”水手重复说，“星星！在阿拉伯语言里是星星之意！”他心满意足地告诉房间里的所有人。

“这是我听见过最可爱的名字！”伽马惯有的矜持现在都化为男孩子般的热情了。

“没错，我同意！”亚伯赞同地说，“最适合她不过了。是吧，斐迪南？”

男孩的眼神飞舞：“我不能想出一个更好的名字了，先生。”

“这个名字也很容易念，”露丝轻松地接过话题，她把手臂围绕在女孩的肩上。“不像其他语言在你舌头上打结一样拗口。”她轻轻地念出了这个名字，“涅依米，涅依米。”

“谁能说她不是一颗星星呢？”亚伯拉罕看着大伙说，“她就是从天上掉下来的星星，帮助我们找到香料之路！因为她是操纵船员的航线的星星！”

“我在想，亚伯大师，”尼哥罗说，“我们一直希望的事情发生了，能说服曼诺尔的事情发生了！”

“对！我希望他在听到涅依米和斯坎德告诉我们的事情后，不会再耽搁下去。谁负责把这件事告诉他？你吗，巴塞洛缪大人？”

“非常乐意，”亚伯说，“你对真相难道有怀疑吗？”

“你记得吗，先生，”现在轮到伽马问，“亚伯拉罕大人刚刚说过，涅依米这个名字可是航路上最受欢迎的名字？现在，如果他能将这件事以从天

降临的消息告诉曼诺尔，而不是从……”

“你是对的！”迪亚士说，“我知道你的意思，瓦斯科。”

“我也懂了，”亚伯会意地说，“我不介意对着曼诺尔来一场纯粹的演讲！啊，我没有不尊重国王的意思，但伽马你想说的是，他可能会妒忌涅依米和斯坎德在这项事业中的角色。如果他能以上帝的名义，而不是普通人的名义，派出远征队去寻找香料之路，那么他能得到更多的荣耀！”

“随你怎么想，先生，”伽马尴尬地笑着，“但是，关键是我们要去做，所有人都知道，曼诺尔是把自己的信仰钉在星星上去读的！”

“亚伯拉罕伯爵是我们的人，”迪亚士同意，“今晚的事情，向外透露得越少越好。”

“你可以告诉曼诺尔，”亚伯高兴地说，“导航仪器的最后一部分已经准备好为远征的船长服务！”

大家的眼睛都不约而同地投向迪亚士，因为他们非常清楚，这个人会是谁。

“我们必须记下你提到的那些地方。”亚伯告诉斯坎德，他迫不及待地俯身看着地图，开始随着水手描述的方向，用小拇指丈量着在地图上做一些新的标记。

“亚丁，这是肯定的，还有马六甲……”

“是一个岛屿吗？”亚伯握铅笔的手忽然悬在半空。

“是一个大的港口，交通流量就和腐肉上的苍蝇一样多。”斯坎德用了一个不雅的比喻，“然后还有班达群岛，当然啦，丁香就是在那里生长的，还有再远一点的望加锡。”

斐迪南德羡慕地看着他：“我猜，新远征队的引航员工作非你莫属。”

“我？”斯坎德一拳抡在桌子上，“地球上已经没有什么能够让我再接受这样一次会令人爆炸的旅行了！我吃的香料已经够多了！”

在他们谈话的时候，尼哥罗一直在等待和涅依米说话的机会。当亚伯打开地图的时候，他看见女孩害怕地后退了。现在，她一个人站在窗户旁边。尼哥罗鼓起勇气偷偷地看了她一眼，在亚伯黑色的斗篷之上，女孩的脸庞就如花一般精致。尼哥罗决定，这是一个好时机，但是他还没有走到女孩身边，就看见斐迪南抢先了一步。就在尼哥罗想着如何加入他们的时候，斐迪南朝他招招手。

“来这里！我们有一个问题问你。”

尼哥罗注意到，他走近他们的时候，女孩的表情略带严肃和不安，眼神也有一丝旧时的恐惧。

“涅依米想知道是谁付了那桶糖的钱，”他笑着说，“你也不知道，是吗？”

尼哥罗还没有做出回复，伽马就过来了，把斐迪南揽过来。“来吧，小伙子，”他友好地说，“不然你晚上就该受到谴责了。”

“还有因为日常的恶行！”斐迪南经过身边时，尼哥罗咕哝着说。

“你知道吗？”女孩问。现在只有他们两个人站在一起了。

“是我，”尼哥罗尽量让自己的声音轻松，“船长是我的一个朋友。”看到女孩的脸红了，尼哥罗又赶紧补充说：“当时他不能为自己说话。”

女孩悲伤地看着他，说：“我欠你两次人情了！要不是你那天帮我抓住小鸟……”

仿佛有千言万语冲到了尼哥罗嘴边。“就让它过去吧，”他试图用微笑来掩盖自己，“我答应你，有需要的时候，我会要求你付款的！”接着，为了避免自己言多必失，他转换了话题，“当亚伯大人把地图拿出来的时候，我看见你走开了。”

“我讨厌它！”女孩用低沉而激烈的语言说，“真希望我永远也没有看见过它，真希望我从来没有听见这些名字。你……”她停下来，用胆怯的眼

神看着他，“你是否也和其他人一样？”她朝桌子旁边的人示意，“你也迫不及待想要找到香料之路吗？”

在这一瞬间，尼哥罗犹豫了。他应该怎么回答这个问题？

他意味深长地看了女孩一眼。“没有什么比这更重要的了。”他低声回答。

当尼哥罗静静地跟在迪亚士和老亚伯拉罕后面，沿着长长的石梯往下走时，夜晚已经渐渐过去，黎明已经来了。在过去令人难以置信的几个小时里，女孩眼中的惊恐给他留下了不可磨灭的印象。他的脑海中萦绕着女孩的恐惧。为了消灭她的恐惧，永远地驱逐这种恐惧，啊，他要做些什么？

他和她无意中一起来到了这个港口，一起成了这片奇异土地上的居民。亲爱的命运选中了他，让他发现了那个空木桶！他本可以发现她！在他心里，他其实羡慕斯坎德，斯坎德竭尽一切把她从死亡线上拉回来。一阵感激之情从他心头涌起。他应该好好地感激那家伙！

尼哥罗继续走着，女孩注意到他是唯一一个没有对她的名字发表言论的人了吗？他怎么可能当着所有人的面说出来？他的喉咙似乎有什么东西，使他的舌头瘫痪。但是有一天，所有那些亲密的话，他总会告诉她。

他抬起头，望着黎明灰暗的天空上明亮的星星，默默地对自己说：“涅依米！”

第 11 章 灾祸

一整天，亚伯都待在办公室里，回答据说是来自宫殿里的流言蜚语，并给出建议，他和亚伯拉罕 · 扎库托和巴托洛缪 · 迪亚士的关系亲密，使他对法庭事务发表的见解颇具权威性。

他被问到：从这里远征到印度，步行有多远？约翰的船已经造好了吗？用这些物资、服装和武器的前景如何？他给小公司的银行贷款能争取到很多订单吗？

正当亚伯设法想出一个借口回避问题的时候，一个刚进来的人抓住他的手臂。

“一分钟，扎古托！这些流言的背后是什么？他们说，曼诺尔从星星那里获得力量，要开始行动了。你知道吗？”

“你关心什么？”亚伯逃避问题，“他的权威从哪里来，还是他的行动？”

“你对通向印度的航线有信心吗？”另一个人步步紧逼他问，“事实是，我的公司会购买一块地作为仓库，如果东方贸易前景繁荣的话。”

“伙计们，”亚伯向他们保证，“通向印度的海路就和你们脚下的土地一样可靠！”

亚伯会心地走开了。如果他们所有人，包括曼诺尔在内，都知道这个巨大业务背后的真相——一个女孩和一个水手——会有什么反应呢？

在每一个角落，他都听见男人们热切地讨论这个令人兴奋的发现。小男孩郑重其事地敲打锣鼓，跳着跑到他跟前。他们在喊什么？“庆祝香料之路远征！”

他们也狂热起来！从每个酒馆的门口，到醉汉之间的抢劫，都能听见迪亚士的名字。如今，摆在困难重重的葡萄牙人面前的，是多么绚烂壮丽的前景！终于，至少有一次，时代站在了他们这边！

亚伯心想，巴塞洛缪很快就会告诉他最新的进展，也许是今天，想到这里，他不由得加快了脚步。

“亚伯大人！”他听见有人叫他，环顾四周，原来是伽马站在了他身后。

“瓦斯科！你从哪来？”

“我一直在追你，先生，我必须立刻见到你。”

亚伯走近他，仔细地打量他：“为什么？伙计，你怎么了？你看起来病了。”

“是的，先生，我的心不舒服，你也许知道为什么，首先是，国王命令我去远征。”

亚伯呆若木鸡地盯着他。

“我就知道你会有这个反应，”伽马喃喃道，“当他告诉我，他希望我去的时候，我也惊讶得一个字都说不出来。”

“他没有提到巴塞洛缪吗？”亚伯终于成功说出话来。

“一个字也没有。‘我希望你去，瓦斯科。’曼诺尔是这样告诉我的。我反驳说，我的兄弟保罗会比我领导得更好，但是国王不听我说话，虽然他承诺说保罗会掌管另一艘船。”

“但是巴塞洛缪的经验，他的勇气和成就，这一切都算什么？”

“这个世界上有千千万万个他值得这个任命的理由，没有一个理由应该是我。”伽马不置可否地说。他突然抬起头，用严肃的眼神看着亚伯。“但是现在国王已经任命了我，我在神面前宣誓，我会坚决干到底。”

“巴塞洛缪知道吗？”

“我恳请陛下让我自己告诉他，这是我做过的最难的事情！”

“伽马，你是个男子汉！”亚伯伸出手拍拍他的肩膀，“这不是一件容易的事情。这对巴塞洛缪也不容易，但是我敢保证，他也会像一个男人一样对待这件事！”

泪水在伽马的眼睛里打转。“没有什么比这更伤害我的心，先生，他没有道歉，他也没有解释，他只是站在那里。当我问他是否会负责整件事情的时候，他就像一个士兵一样站立，然后说：‘我什么时候开始？’”

“了不起！”亚伯喊，“我要找到他，并尽快地告诉他！他在哪里，你知道吗？”

“我相信他也要见你，也许他现在正在你家。”

伽马停顿了一下，这使亚伯敏锐地察觉到：这个男人是不是隐瞒了些什么？

不过一分钟后，他就忘记了这个事情。可是当他在工作室门口看见迪亚士的脸时，他再次想起了伽马语气中的暗示。

他们站了一会儿，没有说话，双手放在对方的肩膀上。

“我刚刚见了伽马。”终于，亚伯说。

迪亚士会意地点点头：“那么，你知道我要监督远征的准备工作吗？”

亚伯悲伤地点点头：“啊，巴塞洛缪，巴塞洛缪！谁会想到事情可能会发生这样的转变呢？每个人都认为是你，甚至没有想过是伽马！”

“我有自己的机会，伙计，”迪亚士冷静地说，“为什么伽马不可以？”

“但是你会和远征队一起出发吗？”

“我表示怀疑。昨天，在米娜堡垒的时候，国王在暗示。但是，”他打断说，“这不是我来这里的目的。”

再一次，亚伯想起了伽马的语气，他忧虑地看了一眼迪亚士。

“你必须振作起来，亚伯！”迪亚士低声地说，然后耸耸肩膀，“你知道吗？曼诺尔和西班牙公主的婚约会在一周之内定下来。”

“我猜到了，那又怎么样？”亚伯疑惑地看着他。

“西班牙的公主！亚伯！”

听见迪亚士强调这个名字，亚伯的脸色忽然改变了，一种恐惧在他脸上蔓延。

迪亚士转过头。“婚约的代价就是，”他沮丧地说，“把你的人驱逐出葡萄牙。”

在这一瞬间，亚伯感到天旋地转，他伸出手，好像要稳定住自己。“你是说，我们必须离开？”

“真希望我能为你承受这个打击！”迪亚士痛苦地说，“我不能忍受在公众面前听见这个消息，所以，国王允许我先亲自告诉你。”

亚伯缓慢地坐下来，让他关上门。“还不能让露丝听见这个消息，还有涅依米。这个命令是什么时候下达？”

“几天后，就在签订皇家合同后。”

“亚伯拉罕知道吗？”

“噢，知道，曼诺尔首先告诉了他，然后伽马和我才被叫进去。亚伯拉罕为你说尽了好话。”

亚伯轻轻拉住对方的手，说：“我很感激你，巴塞洛缪。能让我知道这个世界上有这么一群人在支持我，这就足够了。”

“我也有同样的感受！亚伯！我们无法做些什么来改变这个无可避免的结果！如果里斯本或者葡萄牙有灵魂，那么它肯定会废除这个法令的执行。曼诺尔本人从来不会同意，如果不是西班牙要将此作为他婚姻的条件的话。但是，当然，他的宏大计划是和西班牙联盟，这不是什么秘密。”

“为什么我没有预见到这一点？在他们在西班牙对我们做了那些事情以后？”亚伯呻吟道，“但是我相信曼诺尔，噢，上帝，我是如此相信他！”

“他是为了维持公平，我不相信他会将此作为他迎娶西班牙公主的代价。当他和我们说起这件事情的时候，他真的很悲伤，他不停地说，葡萄牙欠她的犹太人一个繁荣的经济前景。”

“这对我们的计划毫无帮助：国外的新分公司和机构，里斯本是欧洲的商业中心……但是现在讨论这个有什么用？”亚伯转过头去，迪亚士听见他沮丧的声音：“现在，我们都必须离开这一切！”

“这对我来说是一切的核心。我们讨论已久的远征现在全成了嘴巴里的灰烬。”

“但是里斯本还会继续下去，”亚伯痛苦地说，“远征将航行，谁还会记得犹太人曾经也是其中的一部分？谁会知道哥伦布的远征是谁提供的资金？”

“这很残忍，”迪亚士说，“但是国王本人对我和伽马说，你们的人为探索付出了些什么。他甚至提醒我们，是约瑟夫拉比将科维良从开罗得到的消息带回来的。”

“是的！”亚伯打断他说，“他拿走了我们所有能给的智慧和财富，正如西班牙对摩尔人做的，现在，因为我们没有崇拜他，他就把我们像垃圾一样抛弃！”他双手抱头，迪亚士听见他悲伤地叹息，发出痛苦的声音：“我的花园……工作室……露丝和我要被放逐！还有我可怜的亚伯拉罕……”

过了一会儿，他抬起头。“国王怎么对待亚伯拉罕关于香料之路的建议？”

“就像一个男孩一样！等不及要开始准备了！他答应亚伯拉罕，他的奖赏会是法律上的永远居住权利。”

“那他现在这番话的意思是？”他轻蔑地打个响指，平静地看着迪亚士，仿佛在逼迫他回答一些致命的问题，“我们什么时候必须走？”

“十个月之后。”迪亚士用几乎听不见的声音回答。

两人久久没有说话，迪亚士站起来，亚伯赶紧支支吾吾地说：“在你的心里，巴塞洛缪，这对你有好处。”

“亚伯，亚伯，不要说了！”似乎无法说服自己，迪亚士冲出了工作室，消失在大门外。

这是亚伯的特点，他立刻把迪亚士带来的消息简单地告诉了露丝。露丝听着亚伯说话，好奇、明亮的大眼睛渐渐变得茫然若失。

“但是亚伯，”她喘着气，“你说，你说，我们对于曼诺尔而言太有用了，所以他才会像西班牙对待我们的人一样对待我们？”

“我认为是，我认为是，我可怜的露丝。但似乎比起我们，他更需要西班牙，所以他必须服从西班牙的命令。”

露丝摇摇晃晃地向后退去：“不可能，这不能是真的！他不会那么残忍！”

亚伯用手臂环绕露丝，在这么一瞬间，亚伯感觉她似乎要瘫倒在地。啊，他即使痛苦，也要为可怜的露丝提供一丝慰藉！

“他想让我们去哪里？”露丝颤抖着问。

即使亚伯现在悲痛交加，露丝提出的悲惨的问题仍然打击到了他。关于他们犹太人的未来的疑虑，曼诺尔从来就没有想过！

亚伯看见露丝绝望地把头转向庭院，看着她的目光投在院子里的阳光上，然后转移到工作室、货架、长凳子、桌子……他突然感到露丝在颤抖，她的手搭在身边，脸贴向他。

“亚伯，我可怜的亚伯！”

亚伯此刻只能喊出她的名字，隐隐约约有一种感觉，露丝才是令他感到慰藉的人，他是被安慰的人。他们彼此依偎着，久久地一动不动。

“我们一起离开，亚伯！”

“一起，露丝。”

“涅依米会和我们一起离开。”

“感谢老天！”

“她对受伤的我们来说，就像一块镇痛软膏，”露丝屏声息气啜泣地说。

“在黑暗中的光，正如她的名字！”

露丝的手紧紧地抱着亚伯。“我们必须，必须开始计划去哪里。”她试图让自己的声音冷静下来。

他立刻明白了她的意思。“为了涅依米？”

露丝点点头。“毕竟她经历了太多，我们不能让她觉得，自己又将再次成为流浪儿。”

“流浪儿！”这个词深深地刺伤了亚伯。当亚伯拉罕试图告诉他西班牙大批人逃离的可怕场景的时候，他认为自己已经明白了。现在，他明白了，自己并没有完全了解。他把目光投向院子里的高墙。它们曾经是多么坚强地保护他们一家啊，然而现在，“流浪儿！”

“不，露丝，我们不会让她成为流浪儿，”他平静地说，“我马上开始

计划。”

“希望我们暂时不需要告诉她这个消息，可怜的孩子！”

但是，就在此时，涅依米走进了工作室，她内心充满感激地走近亚伯和露丝。两人将他们的悲剧向涅依米倾诉。

亚伯解释到一半，涅依米打断他：“你必须离开是因为你的上帝和你国王的上帝不一样？”

亚伯无奈地挤出一个微笑：“恐怕是这样，孩子。简而言之，事情就是这样。”

他看见女孩的眼睛里恐惧在蔓延，他知道她正在依据自己悲剧的流放经历想象即将发生的灾难。

“啊，问题是大家对上帝的称呼不一样。”女孩喘着气说，“毕竟，他是同样的安拉！”

“本来我们不想告诉你，我的孩子，”露丝抽泣着说，“在我们知道我们要去哪里之前。”

“这没有多大区别！”女孩跪在他们中间，抚摸着他们的手，“无论我们去哪里，我们都拥有彼此！”

当天晚上，尼哥罗来了，他发现亚伯坐在灰色无花果树下的长凳上。

“我不知道你是否愿意这么快看到我，先生，如果你宁愿单独待着的话。”

亚伯默默地把他拉到身边坐下。

“你在外头不冷吗，先生？”尼哥罗试探地问，“我们去工作室里吧？”

亚伯皱眉蹙眼，仿佛被谁打了一拳似的。

“我们就待在这里吧，如果你不介意的话？”

尼哥罗瞥了一眼工作室。里面一片漆黑，而其他房间的灯还亮着。伟大的“灯塔”也许被遗忘了？他颤抖着看了一眼房间暗淡的轮廓，那一直是亚伯的房子发光的心脏。

有一阵子，两人都没有说话。终于，尼哥罗打破沉默：“先生，我不能告诉你我有多么悲伤。站在一旁，却什么也帮不了你。”

“如果这只是我一个人的麻烦就好了！”亚伯呻吟道，“但是，今夜有成千上万的人，在问自己一个同样的问题：‘去哪里？’我们在这里成就了一番事业，在这里建立了我们的家，所有的一切……”说到这里，亚伯发出一个窒息般痛苦的声音，“都将不复存在！”

“我一直在想，先生，如果，如果我可以帮助你找到一个地方……”他感觉到亚伯的手紧紧地搭在他身上，但没有说话。

“我在威尼斯有朋友，你知道的，先生，”尼哥罗继续说，“如果你愿意定居在那里，他们会做一切事情。阿姆斯特丹，你有想过吗？那里发展迅速。我听说他们十分欣赏像你这样的聪明人，”尼哥罗热情地说，“曼诺尔会后悔他干的蠢事！”

“如果他至少让我们带走自己的财产！”亚伯看着他的庭院，就像在对每一株花草静默地爱抚，“但是一切就会像在西班牙一样，我们必须留下一切。即使是我们的钱，他们也想方设法夺去。”

“这就是我想要说的，先生。我在想，你是否愿意把钱投资到我的生意中。这样没有人能夺走它，你的钱将随着我生意扩大而增加。”

“天啊，我从没有想到过！”

“为什么，亚伯大人？你是葡萄牙伟大未来的心脏，为什么，你不能分享自己的财富？”

他开始提起涅依米。但是要说什么？他应该问亚伯是否会带她一起走吗？可是答案还需要说吗？这个想法就像一只冰冷的手攫住了他的心。

最后，尼哥罗站起来，轻轻问亚伯是否要进屋里去，夜里的空气冰冷

刺骨。

亚伯说，他要在外面再坐一会儿。冷吗？没关系。他只想一个人待着。

于是，尼哥罗跺跺脚，一言不发，颤抖着回到了工作室，让亚伯一个人留在庭院中。

第 12 章 灯火通明的工作室

这是亚伯在银行的最后一天。最后一次会议已经举行，投资者退还款项，不可避免的损失由银行职员分摊。

用亚伯的话来说，银行现在就像没有了一样。早上，他来到银行里，只是为了拿走他的私人文件，现在，亚伯已经将自己的东西拿到手，他寻思着，这可能是最后一次，这扇门为他私人而打开。

当亚伯打开门的时候，门槛边站着的人转过身。

“斐迪南，是你？”

这是驱逐令宣布后两人第一次见面。

“我知道我会在这里找到你，先生，我来告诉你一个消息，是……是……”他咬住嘴唇，试图隐藏他在颤抖的事实。亚伯看到他的肩膀在起伏。

“请进来。”亚伯把他拉进来，关上了门，“我们可以在这里单独说。”

“这是亚伯拉罕的消息。”男孩用一个厚重的声音说。亚伯知道，他是在控制自己的啜泣。“他，他走了。”

“走了？”亚伯重复，“曼诺尔知道吗？”

“曼诺尔！”斐迪南忍不住了，“我讨厌他，我从来没有喜欢他，现在我永远不会原谅他！”

亚伯将他的手臂放在男孩的肩膀上：“说永远太长久了，孩子。”

“对我来说不够！看看你的人都为葡萄牙付出了多少，现在，他怎么能这样对待你们呢？”说完，他突然停住口，用手擦了擦眼睛。“我必须告诉你亚伯拉罕说的话，”他努力地说，“他出海了，就在今天凌晨，打包好行李前往突尼斯。来不及和你见面。”

听见这个消息，亚伯丝毫不觉得奇怪。“他和国王不辞而别吗？”

“是的，曼诺尔再一次向他保证，他可以留在宫殿里，但是他不听。后来我又看见他，他低声对我说：‘尽快去见亚伯，告诉他有机会就离开。曼诺尔一定会强迫我们洗礼，执行命令。’”

“洗礼！”亚伯喊道，他的声音充满了恐惧。“难道曼诺尔不知道这是什么意思？”他呻吟道。接着，回应上斐迪南不解的目光，亚伯说：“你必须回去履行你的职责，孩子，”他颤抖着说，“我必须立刻告诉露丝这个消息。”

一走进庭院，亚伯就喊露丝的名字。

露丝连忙走出来：“噢，亚伯，怎么了？”

“不能让涅依米听见我们说话。”他提醒露丝。

“那么，来这边吧。”露丝把亚伯拉进工作室，关上门。

亚伯心里的难受也写在了脸上。这是迪亚士告诉他那个最糟糕的消息后，他第一次走进工作室。地板上还残留着上一次做的刨花，罗盘框遗留在板凳上，货架上各种工具还摆得整整齐齐。

“露丝，”亚伯努力地说，“亚伯拉罕走了。”他重复斐迪南告诉他的消息。

露丝的眼睛睁得大大的。“为什么曼诺尔不直接把我们处死，要这样对我们呢？你记得吗？你记得吗？亚伯，”她颤抖着说，“亚伯拉罕告诉过我们在西班牙发生的事情，当他们试图强迫我们的人洗礼的时候，父母宁愿杀了他们的孩子，然后自杀，也不愿背叛我们的信仰！噢，上帝啊，同样的事情也要发生在这里吗？”

露丝颤抖着坐在椅子上。亚伯沉默着坐到她身边，握住她冰冷的手。

“真希望我能忘掉这段记忆，忘掉他说的话！”露丝痛苦地说，“噢，那些可怜的父亲！那些把孩子和自己扔进河里的母亲！”

“曼诺尔要是敢强迫我们洗礼，”亚伯激烈地说，“就让他的牧师看看到底会发生什么事情！”他意味深长地看着露丝。

露丝痛苦地闭上眼睛，片刻后，露丝睁开眼睛，带着勇敢和坚定说：“是的，亚伯，亲爱的！”

从那天起，为了随时做好准备应对通知，他们在工作室的橱柜中放了两小瓶无色液体。亚伯不禁想，为什么他在以前痛苦的日子里不曾使用过它们。迪亚士从来没有告诉他，伽马一直努力祈求国王的赦免，但是从来没有得到特殊的恩惠回应。

“如果我们必须离开，”露丝大声地说，“我们最好听从亚伯拉罕的建议，一旦我们能找到路线，就离开。”

“对！”亚伯坚定地说，“除非我们知道该去哪里，如果只有你和我，露丝……”

“你说得对，”露丝回应，“为了她，无家可归的可怜人！”

亚伯站起来，开始焦躁不安地来回走动，做出决定的必要性迫使他将自己的痛苦当作刀片，割在他致命的伤口上。他停下来，望着窗外。难道他要抛下现在所有的一切吗？耸立向天际的屋顶，蔚蓝的塔霍河，繁华的港口。噢，上帝啊，这太痛苦了！

突然，露丝用双臂环住亚伯。“亚伯……亚伯，”她啜泣着吐出他的名字，“我们会重新开始，我们还有很多时间，我们没有老！”

“当然没有，”亚伯努力地说，“我们还有很长的时间，亲爱的。”

“真希望我能为你承担这一切！”她的手臂紧紧抱住亚伯。“啊，亚伯，世界上再没有像你一样的人！”

“亲爱的，”亚伯眼中含着泪光，“即使有其他像你的人，我也会知道，哪一个才是我真正要娶的人！”

这时，涅依米穿过庭院的脚步声让亚伯迅速地说：“去找她，露丝，不能让她怀疑。我现在就去征求大家的意见去哪里。约瑟夫拉比或许会有建议。”

只剩下亚伯一人，他又开始望向窗外，凝视着里斯本。他有一种冲动，不仅是他想，而且确实也有必要，去一趟船厂。是的，即使面对即将被悲剧吞噬的命运，他也必须去看一下那些船——香料之路的远征！于是，他没有和露丝或涅依米说一句话，便匆忙离开房子，走下长长的楼梯。

他走到一半，有人拦住了他，告诉他说，在里斯本以外的地方，有一个关于大屠杀的流言。一个农民在去市集的路上被杀了。后来，一个犹太小伙子，带着饥饿和恐惧，摇摇晃晃地走进城里，嘴里急促不清地说着一些胡话。就在亚伯询问更多细节的时候，又有一群人跑过来说大事不好了，一群从边远地区来的犹太人，在依曼诺尔的命令离开时，被一群匪盗攻击，所有的珠宝和财物被抢夺一空，死伤惨重。

亚伯精神恍惚地在街上漫无目的地行走。他不知道自己走过了什么街道，经过的行人在他眼中就像阳光下大海的阴影。

终于，亚伯意识到了耳边的噪音，大麻和树脂的强烈气味窜进他的鼻孔。亚伯迷茫地环顾四周，原来他已经来到了码头。他回忆起，前段时间他正打算来这里。事实上，每天早上，当他站在工作室的窗前时，他就有这个想法。

附近，木匠在刨平那些巨大的木材；那里，修理匠在木桶上加箍；而不远处，又是帆布的海洋，裁缝在裁剪和缝补新的船帆。填船缝工的槌在不停地敲打；起锚机在尖叫，滑轮在呻吟。

当他看见三艘高大的船直耸入云时，忍不住屏住了呼吸：这就是约翰命令去寻找香料之路的船！这就是迪亚士设计的船！好了，至少迪亚士会满意它们将进行伟大的探险，并且，毫无疑问，它们将凯旋。但是，当远征队回来的时候，他亚伯·扎古托又会在哪里呢？啊，他设计出来要为船指引方向的指南针……他的星盘！

他走上前去，看几艘渔船在岸边随波晃动。河边，妇女在洗涤，儿童在戏水、抓鱼，还有人在腌制鱼类。更远的地方，他看见男人在剥动物的皮，然后分成几份。他们的旁边是一排木桶，用来装腌制的肉。“伽马的船员得有吃的和喝的。”亚伯想，这时刚好有一个运酒的人扛着一木桶酒往仓库方向走去。

他们多么忙碌啊，根本不需要他！难道在他们看来，自己的工具是如此愚蠢？还有不起眼的工作室，未完成的指南针。他难道没有告诉迪亚士，即使有一半的里斯本已经奄奄一息，它也会继续活下去？那么谁还会关心另一半的里斯本，以胜利的方式，陶醉于这个至高无上的冒险的荣耀？

他站在一个旁边放着一大捆柴火的男孩边。亚伯看着他在用方便的姿势堆起木柴，然后点燃它们。难道他们入夜后还在工作吗？是的，现在来了一群工人，来顶替白天工作了一天的工人们。

人来人往中，亚伯感到有人把手搭在他的肩膀上，同时听见有人叫他的名字。

“尼哥罗？”

“是你，亚伯，你来了？我正要去你家里告诉你，我已经停止了自己的工作，把我的人都借给迪亚士了！”他的语气略带兴奋。

“把你的人借出去？”

“你没有听说吗，先生？昨天，英国传来消息说，卡博特正在航行寻找从西北到印度的航线！”

亚伯领悟地点点头：“所以准备工作必须加快，以免他们在葡萄牙之前捷足先登！”亚伯差点说“以免在我们之前捷足先登”，但是又忽然想起，葡萄牙不再把他当一分子了。

“当然，”尼哥罗继续说，“哥伦布正疯了一般要抢在我们面前，这已经不是什么秘密了。所以，昨天，我们一听见关于卡博特的最新消息，迪亚士大人就下令连夜赶工。我能做的就是把我的人手借给他。但是条件是，不能强迫斯坎德参加远征。你知道的，他想留在这里工作。”

过了一会儿，一张被晒黑的脸从黄昏中走了出来。这是犹太人驱逐令后，斯坎德第一次与亚伯见面。整整一分钟，斯坎德的小眼睛都在默默地注视着他，然后，斯坎德抬起毛茸茸的手，抓住了亚伯的手。

“你受到了伤害，先生！我很抱歉，很遗憾听到这个消息。”他犹豫了一会儿，“宗教的事情真奇怪，”他终于说出口，“就像一把锯子，两种方式都有效果，如果你碰巧碰到了，”他吐了吐舌头，快速地用表情预示了结果，“我也遭受过一次，令我永世难忘！”

要是换作别人，直言不讳地提起这个话题，会令亚伯感到焦躁，但是很奇怪，斯坎德反而让他觉得有一种坦白舒适。

“我并不奇怪，”他说，“为什么你会在经历亚丁的事情后，不愿意跟随伽马的远征。”

“里斯本对我来说够好了，”斯坎德沉思地回答，“我会留在这里。”

他急切地看着亚伯，仿佛还想说些什么。他重申：“我会坚持留在这里。”

“你做得好，”亚伯对尼哥罗说，“把你的人借给了迪亚士。”

他看见斯坎德加入了一群男人的工作行列中，不自觉地想到，他该回去了。

“我会和你一起走，先生。”他听到尼哥罗说。但是一路上，亚伯心不在焉，没有意识到他的存在，直到他感到身上多了一件斗篷。“下大雨了，先生！”尼哥罗抱歉地解释说。

涅依米坐在桌上的大灯下，手里拿着一些东西，她完全沉溺于手中的东西，没有注意到走进来的两个人。亚伯走向她。涅依米抬头看着他，默默地点了点头。

“我一直在摩擦它，”她焦急地说，“但它还是不亮！”

涅依米放下亚伯一向用来擦拭的布，然后递给他，她在擦拭罗盘！亚伯瞪大眼睛看着她。涅依米已经从害怕一切与海相关的东西，转变为敢于接触任何能找到香料之路的东西！

“你是怎么擦亮它的？”她恳求地问，“如果你告诉我……”

“拿我那瓶油，在那边的箱子里。”亚伯努力地说，他的手颤抖着。尽管他喜欢她，但他也感到恼火。为什么她选择这个时间做这件事？难道她看不出他花了多少时间？她没有感受到，他的痛苦和难受都是由这些仪器而起吗？她可是一直都非常敏感的啊。

但是涅依米只专注于手里的仪器。

终于，亚伯抬起头时，发现只剩他一个人了。尼哥罗怎么没有告诉他一声就走了呢？涅依米很有可能已经回房间睡觉了，露丝也应该躺在床上了。

他的目光回到他手里的罗盘上。多么锃亮！比他预想的更好。他花了那么长的时间，从许多的木材样本里挑选最好的一块，有着美丽的颜色，就好

像浸在酒里的深红色玫瑰。他用拇指和食指在罗盘上擦了擦，闻了闻味道，非常干净好闻！

他站起来，将罗盘放在珍贵的架子上，凝视着它们。明天，他要擦拭更多的仪器。明天？啊，上帝啊，他又忘了！他现在和这些仪器又有什么关系呢？他的眼神变得失落起来。这些精致的工艺、绝美的颜色，通通都要浪费了！……浪费？他感到自己的胸前似乎有什么东西在跳跃。难道伽马不需要指南针了吗？难道香料之路不是还有待发现吗？好，那么，明天就去找他！这是他参与远征的一部分！

但之后呢？熟悉的痛苦重新将他包围。之后等待他的是流亡、饥饿和死亡！

啊，为了使自己冷静下来，不再被黑暗的洪水吞噬，他的目光再次投在这些仪器上，他把它们拿在手中，似乎在抓着最后的希望。他会如同擦亮这些仪器一样，擦亮所有黑暗的东西。现在，他不能推断未来，他不清楚未来会发生什么事情，但是，他会保证自己的脚步在前进。

亚伯放下擦拭的布，走到院子里，呼吸了一口新鲜空气。雨已经停了，天空中云彩斑驳，清风徐来，在黑暗的、破碎的云层中，亚伯看见星星发出了甜美光芒。

第 13 章 街头争吵

尼哥罗坐在绿窗户的一张桌子上，匆匆吃完了佩德罗为他准备的炸鱼早餐。

“刚刚从海里捕上来，就被扔进了嗞嗞作响的油锅里！”老人得意地说，尼哥罗明白，他正在期待自己的称赞。

“你对我的照顾非常体贴，佩德罗，”他说，“我很幸运与你住在一起。”

“这些日子粮食不容易搞到手，”佩德罗恳切地说，“肉和鱼的价格达到了有史以来的最高峰，因为远征需要大量的食物。”

“打起精神来，佩德罗！伽马很快就会出发，当他回来后，会有大批人想要报名参加下一次去印度的航行，人数多得你的绿窗户都不能容纳啦，到时候，你就可以随心所欲收取他们吃饭的价钱！”

尼哥罗的笑声听起来并不是那么全心全意，因为他谈到伽马回来的时候，他满脑子都在想：“那时候涅依米会在哪里？”

“大家都这么说，”佩德罗又充满希望，“价格正在上升，我有一个裁缝朋友说，他也要在伽马回来之前提高自己的价钱。”

“好生意！”尼哥罗称赞道。接着，因为佩德罗提到一个裁缝，尼哥罗产生了一个不成熟的想法。“你的朋友能为我在那个大日子里准备一件斗篷吗？”他试探地问。

尼哥罗想起来，前一段时间，他还在寻思着远征航行那天穿一件新衣服。当然，涅依米不会在观众群里。他已经在亚伯那儿听说，他们会从工作室里看远征队出发的情景。但是，他想，他可以在结束后去一趟亚伯的工作室。他是这样预想的：新斗篷潇洒威武，阳光洒在斗篷的编织图案上，熠熠生光。涅依米就在旁边，他甚至可以暗示她，她是他的激励！同时，他或许会大胆地告诉她，他把船命名为“金星”！

“如果有助手的帮助，他会很快做好。”佩德罗回答说，“但是他不得不把手下的人借给造船厂帮忙做帆船。你知道迪亚士船长每一艘船都有两套风帆吗？不过，我还是会告诉你他的裁缝店在哪里的，你就说是我让你来的。”

随着尼哥罗距离佩德罗提到的地址越来越近，他注意到前面有一些骚乱。吵闹的声音越来越大，尼哥罗顺着喧嚣的方向看去，发现那里早已聚集了一群围观者，络绎不绝地有人跑过来看热闹。尼哥罗赶紧跑上前去，刚好看见在人群中间，有两位水手正在你一言我一语地争论。从他们的服装中，尼哥罗认出他们一个是威尼斯人，另一个是葡萄牙人，两个人都有点醉了。

“真有意思，你要这三四艘船做什么？你们是叫小型帆船，对吗？”威尼斯人用蹩脚的葡萄牙语说道。

“你不会认为它们有意思，至少不是很有意思，当你在海上看见船上的厨房空空如也的时候，”葡萄牙人说，“伽马会教你会一两件事。”

“噢，该死的伽马！”威尼斯人东歪西倒地朝对方走去。

围观的人群早就躁动起来，几个人开始朝威尼斯人大吼。

“把他绑上，吊起来！”有人喊。

尼哥罗不能再袖手旁观了。他穿过人群，挤到威尼斯人面前。“你最好还是让我带你回到船上吧。”他大声地对威尼斯人说。

“把我带回船上，是吗？”那家伙嚷嚷着说，“滚开，在我把你揍倒之前……”

他猛地向尼哥罗挥了一拳。尼哥罗敏捷地躲开了，同时，生气的他再也没有办法控制自己，照着对方的脸抡了一拳，威尼斯人一下子脸朝下倒在地上。

“这就是你这个威尼斯人的下场！”葡萄牙水手嘲笑说。

尼哥罗走近趴在地上的那家伙，把他拉起来。“在惹麻烦之前，跟我来。”他低声说。接着，为了安抚人群，尼哥罗笑着说：“他根本不知道自己在说些什么！”

“我不知道，是吗？”威尼斯人磕磕巴巴地说道。他又抡起了拳头，但是尼哥罗迅速地抓住了他的拳头。

突然，有人穿过人群，一把抓住水手的手。那是一个高大黝黑的家伙，一头浓密的黑头发。

“又喝多了，嗯哼？”他操着一口强烈的外国口音问，然后对尼哥罗说：“这是我的船友。”他解释完便拉着威尼斯人离开了。

水手回过头来看着尼哥罗，喊道：“我和你没完，你这个该死的葡萄牙人！”

尼哥罗忍不住哈哈大笑起来：“很不凑巧，兄弟，我是威尼斯人！”接着，围观者纷纷散去了，包括那个喝醉酒的葡萄牙人也离开了，似乎不会再有什么麻烦了，尼哥罗继续前往裁缝店。

他敏锐地察觉到，身后不远的地方，有人在跟踪他：一个高个子黑皮肤的陌生人！

“多亏有你，”陌生人笑着用他的外国口音说，“要是围观的人对我的同伴出手……”

“那事情可就严重了。”尼哥罗赞同说。

“那个家伙，”陌生人生气地说，“是你在甲板上见过的身手最敏捷的！但是他离不开酒，一喝酒又管不住自己的舌头！”

“他选了一个糟糕的时间，里斯本人现在没心情！”

“是的，大家对伽马简直疯了，”陌生人承认，“我在这里停留，是想看看有没有机会运载一些货物，做一些小买卖，但是所有人都在关注这次远征，根本没有人搭理我。”

“我也遇到了同样的问题，”尼哥罗说，“我有一件做了一半的斗篷，还得等到迪亚士船长用完了我的人才能开始！”

“你在做造船的生意？”陌生人不可置信地看着他，“你刚刚说你是威尼斯人？”

尼哥罗点点头承认。

对方用好奇的眼神打量着他：“奇怪，你自己的城市有贸易和造船，为什么跑来这里？你肯定听见了一些特别的故事，才转移到里斯本。”

“就我的思考方式而言，”尼哥罗回答说，“迪亚士船长强大到足以让任何人转变。”

男人耸耸肩，置之一笑：“来吧，说说看，你怎么知道他说的话不假？”

尼哥罗立刻用防卫的语气说：“如果你和我一样认识迪亚士……”

“噢，原来你认识他，是吗？”对方的热切让尼哥罗感到震惊。

“来喝一杯吧，好吗？”陌生人问，他们正好经过一个小酒馆。

尼哥罗突然想起了裁缝，但这是一个炎热的下午，而且他也口干舌燥。于是，他跟着那人走进酒馆。他们一边喝葡萄酒，一边谈论起葡萄牙的奴隶贸易。

“他们说，”水手开口了，“那里头的财富多着哩！”

“等伽马从东方回来后，没有什么会比香料里的财富更多！”尼哥罗自信地反击。他对葡萄牙的未来信心满满。

“听说你的朋友迪亚士正在为这次远征配置设备。我猜他也会参加这次远程航行？”

“你会这样认为的，如果你看见他为这些船做了什么准备的话。他不分昼夜地工作，从包装规定到铸造大炮和用麻丝填塞船缝。他也买了所有必备的商品：布、丝绸和首饰等。”

“哦，指望着来一笔交易？”

“是的，作为礼物送给当地的国王。没有什么是迪亚士没想到的。”

“你也出过海，对吗？”对方热情地问。

是的，尼哥罗承认。

“这些船是偷偷建立起来的，不是吗？”对方评论道，“还有那个横帆式、头重脚轻的船楼！”

“不然船楼还能有什么样？”尼哥罗反驳说，“不都是大而坚固、适合战斗的吗？”

“他们期待战斗，是吗？”黑色的眉头一蹙。

“他们时刻准备好战斗！”

陌生人死死地盯住尼哥罗，似乎要看穿他的面孔。“我猜伽马会计划用黑色火药？”他装作漫不经心地问。

“如果有必要的话，会的！他们有一组训练有素的大炮小队。”尼哥罗

得意地说，他很乐意讲述他的朋友们的功绩，“除此以外，”他继续说，“还有足够的标枪、弩和矛，还有……”

突然，一种莫名其妙的感觉和怀疑涌上心头，他仔细思考着，那双低沉的眼睛只是在假装看着他。难道这也只是一个小小的嘲笑？尼哥罗突然想到，对方的问题可能是让他打开话匣子的诱饵。他不安地意识到，对远征的自豪，以及捍卫自己的地位的渴望，让他言语过多了，尤其他面对的还是一个自己一无所知的陌生人。于是，他用一句有点蹩脚的话结束了他未完的句子：“没有什么是迪亚士忘记或忽视的！”

男人抬起头，无动于衷地看着尼哥罗的眼睛。“这是当然，”他随意地说，“毫无疑问。”他转过身，看了一眼熙熙攘攘的街道。“啊，”他愉快地说，又把身子转回来，“我听见有一些消息，”他盯着一脸困惑的尼哥罗，解释说，“关于犹太人，你知道的。”

“你什么意思？”

“教皇参了一只脚进来，让曼诺尔给他们二十年才离开这个国家。”

尼哥罗的心都跳到了嗓门眼处：“二十年！谁告诉你的？”

“好吧，公告还没有宣读，”他回避问题，“但是早晚会公布的。”

一丝希望又夹杂着一丝忐忑涌上心头，尼哥罗找了一个借口离开了酒馆。他必须马上找到亚伯，告诉他这件事。他好奇，这个陌生人是如何在消息公布之前就知晓的呢？然而，当他走到山坡上时，所有的一切都被他抛诸脑后了，他尽量保持自己的步伐稳定，他的心在狂跳：涅依米，涅依米！

他打开门，看见涅依米和露丝在院子里。从她们的表情看，尼哥罗知道，她们已经知道了这个消息。他跑到她们身边，然后，不知怎么地，他抓住露丝的双手。

“我刚刚才听见这个消息！”他激动地喊道，“实在太让人高兴了！”

露丝流着眼泪，抚摸着他的手，微笑着说：“你是个好男儿，尼哥罗！

是的，二十年很长，相当长的一段幸福时光。”

尼哥罗环顾四周，问：“亚伯大人……他在哪里？”

“跟我来！”涅依米高兴地低声说道，走向工作室。尼哥罗跟在后面，他感到他们之间有一种新的美妙的亲密感。涅依米站在门边，手指放在嘴唇上做了一个“嘘”的动作，然后兴奋地推开一小点门，刚好可以窥见里面的情况。

工作室里，阳光满溢，文件和夹子横七竖八摆满了长凳子；地板上一堆新做的刨花，在这个快乐的房间中间，亚伯弯着腰在摆弄他未完成的星盘。看得出来，亚伯全部心思都沉浸在了手里的物件中。噢，亚伯啊亚伯，此刻你就像一个小男孩！不过，也不完全是小男孩，尼哥罗回想起第一次拜访这座山顶房子看见亚伯的时候，过去的几个月，已经给亚伯的激情带来了不可挽回的损失。

尼哥罗转过身，露丝在轻声哭泣。严格来说，他自己的眼睛也湿润了！而此刻涅依米的眼睛也有如阳光照进了一汪清澈的深潭中。

涅依米伸出手拉住他的胳膊，让他回来。他们无声地走了。涅依米走在露丝后面，低声对尼哥罗说，他得看看她为伽马准备的梨脯。

尼哥罗看见一个罐子，里面充满了红宝石般的糖浆，还有半透明的水果切片，然后尝了一勺专门为他准备的包裹着糖浆的梨脯。

当尼哥罗在亚伯家里逗留的时候，他在想着，怎么才能和涅依米有单独相处的时光。终于，他看见露丝背后，亚伯的黑眼睛。狂喜中，他听见露丝说，她会和亚伯一起到门口去走走！

露丝和亚伯挽手走出房间，尼哥罗和涅依米互相看了一眼，尼哥罗低声说：“要不是你，那天晚上，用指南针框架……”

涅依米抓住他的手臂。“你认为他猜到了吗，尼哥罗？”她焦急地问，“看到这些设备被闲置在一旁，我很伤心……被落在黑暗里，不见天日！就

好像……"她的呼吸急促起来，"就好像我们的爱人死去了一般！"

"涅依米，涅依米！"他喊道，"你在想着在亚丁发生的事情吗？啊，涅依米！"他怎么才能克制住自己的心呢？

"为什么，尼哥罗？我不想让自己的烦恼困扰你。"现在，她冷静了下来，"我不让自己回想过去的事情。我一直把它藏在心底。只是，有时候，它会冲破我心里的枷锁！"

"这时候你可以告诉我，涅依米！"尼哥罗走近她，"当你感到锁不住它的时候，答应我，你会告诉我。"

"我答应你，尼哥罗！"

"涅依米！"他认为，这个是说出他的帆船名字的好时机，"如果我把我的船叫作'金星'，你介意吗？"

她害羞地看着他，惊讶的眼睛在转动，尼哥罗温柔地看着她。

"希望能带给你最好的运气，尼哥罗，"她低声地说，"金星！"

不知怎的，尼哥罗已经离开了庭院，不知怎的，他又已经来到了山脚的阶梯底下。他不由自主地让涅依米侵入自己的脑海。一次又一次，所有的细节栩栩如生地浮现脑海：她说的话，她的动作……

他漫步在山脚下，经过了大教堂。他隐隐约约地发现，夜晚的灯光竟如此轻柔地抚摸巨大的城墙。他回头看看无言的老城堡，仿佛在落日的余晖中熊熊地燃烧！一阵孤独感油然而起。噢，真希望涅依米在身边与他一同欣赏这般美景！他开始好奇，下一次她会和自己说些什么。尼哥罗心里充满希望，他看了一眼渐渐来临的黄昏，赶紧跑向斐迪南那里。

"你听说犹太人的缓刑了？"男孩快乐地说，"伽马让我第一个把消息捎给亚伯大人。噢！尼哥罗，当我告诉他的时候，他的脸色一下子变了！"

"我知道！我看见他在工作室里摆弄星盘了，但他没有看见我，他完全沉浸于手头的工作，浑然不知！"

“说到那个星盘，远征航行的日期刚刚定了！”然后，为了回应尼哥罗想知道更多细节的要求，他说，“是的，迪亚士大人说一切都已经准备妥当，伽马刚刚和他的船长和引航员召开了最后一次会议。我可以告诉你，我看见他们从会议室里出来，他们看起来非常严肃！”斐迪南沉默了一阵，然后说：“上帝啊，真希望我能去！”

“我猜，宫里所有人都为此兴奋！”

“是的，大家都在谈论远征，就连曼诺尔的婚礼也排在第二位！”

“伽马有什么想法？”

斐迪南的脸色柔和起来：“尼哥罗，我以前认为，他为人傲慢。但后来我就改变对他的看法了。他一如既往地保持身体直立，头向后仰，但是，我不知道如何形容，他的脸多了新的神情，有骄傲的同时也有谦卑！你知道的，他说，如果有什么阻挠他找到香料之路，他绝不会回来！”

“我喜欢他的说法。但是他会毫发无伤地找到香料之路的！”

斐迪南眼神飞扬。“他过去经常和女人调情，”他继续说，“但是现在，当女人们围在他身边，对他滔滔不绝地说话时，他也只是转过身，说他有事情要忙，然后就走掉了！我告诉他，他现在唯一的麻烦就是不知道该选谁当妻子！”

“你确实会说这样的话！”

“女人总是喜欢打一巴掌她们不喜欢的真理。”尼哥罗笑着说。

男孩严肃起来：“涅依米除外。”他的语调使尼哥罗突然瞥了他一眼。难道斐迪南也把心思放在了她身上吗?

不过男孩还是继续喋喋不休地说：“顺便说一句，今天我听见了一些关于你的话。”

“关于我？”尼哥罗困惑地问。

“是的，曼诺尔说了一起别人向他报告的街头争吵，然后，他转向嘲笑

威尼斯大使惹来所有的麻烦。”

“大使对此说了些什么？”尼哥罗笑了。

“这就是最有意思的部分了。‘是的，先生，’他冷酷地说，‘但是，另一个威尼斯人却出来阻止了这场争吵！’然后他提到了你。他看起来知道整个争吵的过程。他还说到你的生意，说什么威尼斯人也知道如何造船！”

是谁呢？尼哥罗告别了斐迪南后疑惑地想。是谁告诉了威尼斯大使他参与了街头的争吵，还有其他关于他的事情呢？他仔细回想了整件事。可以肯定的是，有一个有口音的海员问了他造船的事情，但是，这样一个阶级的人，不可能认识曼诺尔皇宫里的人。等等！根据他的说法，他在公告出来之前就知道了犹太人的缓刑？除了皇宫，他还能从哪里获得这样第一手信息？

那么，假设是他向大使提到了自己，有什么坏处呢？尽管如此，尼哥罗想，还是不要对陌生人吐露太多，尤其是他不安地回忆起，他说到远征时，那名海员拉低的帽檐下的眼睛。

而且，正是因为和那家伙一起喝了酒，才让他忘记了佩德罗的裁缝朋友，还有那件未完成的斗篷。这件斗篷，表面上是为了妈妈的荣誉，但实际上是为了涅依米……啊，还有，当斐迪南提起涅依米时温柔的语调和眼睛！

第 14 章 瓦斯科·达·伽马

这天晚上，在出发航海之前，伽马悄悄地离开了围观的人群，爬上山坡来到亚伯的家。他发现迪亚士也在亚伯的院子里。

“我正在和亚伯说，”迪亚士开口，“我会在佛得角群岛离开远征队，然后驾驶自己的帆船到米娜群岛。”

“你什么时候回来？”亚伯问。

“不知道，但是如果我回来，我肯定第一时间来这里。”迪亚士的眼睛注视着从工作室里发出的光。突然，他转向大门。“好了，亚伯……”

“我送你，巴塞洛缪。”

伽马看着两人走到楼梯处。然后，其中一个人消失了。当亚伯回来的时候，伽马听见了他声音中的孤寂。

“巴塞洛缪走了，你走了，没有你们，工作室还怎么进行下去？不管怎么样，”他孤独地笑了，“我们进去吧，瓦斯科。”

“亚伯大人，”当他们坐在工作室的大桌子旁时，伽马开口了，“我想告诉你一件除了迪亚士和我的船长外，没人知道的事情。从佛得角群岛开始，我们准备直奔海洋，根据罗盘朝东南方向出发，然后朝大海角出发。”

“这样！你不准备像迪亚士一样沿着海岸走吗？”

伽马笑了：“所有人都认为我应该这样做：重复迪亚士的路线！但那并不是我的计划，我要做一些特别的事情。还有，我这样做的原因是，直奔海洋可以避开几内亚海岸恶劣的天气。你看，亚伯大师，我一直在研究我们的导航图，并和引航员商量。你知道吗？我很幸运有迪亚士的老引航员阿里克帮我。”

“很好！你找不到比巴塞洛缪的老兵更好的人了。”

“我希望也能得到斯坎德的帮助。他熟悉印度海岸，他对我来说是无价之宝。奇怪的是，他怎么这么顽固要待在里斯本。”

“在经历了亚丁的噩梦之后，你还能怪他吗？但是我要让他继续留在这里，帮助我绘制地图。我们应该能找到一些真正有用的东西。”

伽马心不在焉地同意了。突然，他朝亚伯倾过身子：“亚伯大人，有一件事情我希望你知道：一旦我开始起航，就没有人能拉住我。但是，如果我失败了，我将永远不会回来。”

“我应该能猜到，瓦斯科，”亚伯轻轻地回答，“只是……”

“我亲口对你说这些话，万一，万一事情不可预见。”

“我也有事情要告诉你，瓦斯科，”亚伯从橱柜里拿出已经做好的星盘和指南针，把它们放在桌子上，“这是东方第一个金属星盘，”他有点自豪地说，“这个指南针是我做得最好的一个。虽然下一个会更好！但是，”他压低声音，“如果它能帮上你的忙，那么，瓦斯科，它会把我的灵魂从地狱里拉出来！”

伽马沉默地拿起星盘，踌躇了一下，打开它，用指尖感受星盘真实的线条和光滑的表面。

“亚伯大人，”他低声说，“在漫长的航行中，如果我失去了勇气，我会拿出来，重新坚定自己！”

第二天清晨，伽马比一般人都早起。他很开心，他可以安安静静地一个人迎接这个重大的日子。有太多的事情需要思考，细节、问题、决定、一眼望不到尽头的人群队伍都在等待他。

太阳的火焰之箭穿过他的床，他坐起来，看见太阳悬挂在窗户外。这是他的一天！真希望他的父母都在这里！啊，远方的他们也会知道的。善良的上帝会让金色的阳光带去这个消息。这个想法立刻让伽马谦卑起来，因为毕竟，出乎所有人的意料，今天的主人公会是他。迪亚士才应该是主角，他在过去的几个月里一直在做辛苦而繁重的活，相反，却让另一个人获得了全部的荣誉。

让一个毫无保留奉献出自己的经验和资源，做了如此多实际准备的人站在一边，是多么不妥当啊！他耐心地寻找开普敦探险队那些有幸存活下来的人。他严格地删减了新征募进来不成熟的人员，直到组建好全体船员。只有巴塞洛缪·迪亚士会坚持，其他所有人除了他自己原本的手艺外，都必须学习如何处理木匠的工具，学习如何铸造和修补船的缝隙！

炽热的阳光洒满房间，盛夏的太阳矫健地从地平线上向上攀登，准备开始它一天漫长的工作。伽马甩开被子，站在地板上。早晨的空气拂过他温暖的身体，孩子气般的激情涌上伽马心头：现在出发！现在，他正年轻、敏锐。等一下，他就要穿过拥挤的人群、街道，伴随着初升的太阳参加最后的仪式。

该为仪式和行进的队伍做更衣准备了。根据传统，他必须穿上这件华丽的天鹅绒斗篷，但伽马认为，水手的外套和马裤更适合！累赘的斗篷，在他吃早餐的时候，也会和他“抢食物”。“伽马，你到那儿，如果看见便宜货，不要忘了我！”类似的嘱咐在他耳边就一直没有停过。上帝啊！让它们消停一会儿吧！

现在，大教堂里人头攒动，每一个块石板上都挤满了人。山体每一处凹进去的地方也都站满了人。盔甲、冠帽架、刺铁、天鹅绒随处可见。保罗、尼古拉·柯艾略和伽马，光荣地站在一个窗帘旁边，窗帘后面坐着国王曼诺尔。伽马必须聆听里斯本主教的礼拜。主持仪式的是他，但是，不管怎么样，做礼拜也不可能解决一个人关于任何事情的想法。蜡烛在空气中渐燃渐小，满眼的金色和猩红色令人头晕目眩……保罗是怎么能一直看着那些转动的灯的呢？！

连祷［公共祈祷的一种形式，牧师和会众交替做出的简短祈祷——译者注］现在已经开始了！ 他必须集中注意力，不然一会儿的回应就该出错了。

耶和华啊，求你听我的祷告……

帆船闪闪发光，船员们在吊索上摇摆。在这微风中，他们很快就会到达。

我们的心归向神啊……

这意味着不仅是基督徒，还有他们要前往的陌生、迷人土地的异教徒。他会看见他们的心归向神！不管他们愿不愿意，他会让他们成为基督徒。当然，这是首要的，然后，就是香料！

让我们祈祷……

双膝跪地的人群久久不语，主教把到祷告书放在一边，送上了最后的祝福。

把你的仆人捧在手心……

手心？三艘小船只之间，海浪和天空在翻滚，奔向永恒的浩瀚！

当他们向前行时，你们要给他们帮助……

对！ 唯一值得帮助的时候是一个人向前走的时候……

遇难船的避风港……

沉船？相信巴塞洛缪确保了每一根木材都坚固可靠，每一个龙骨都像他的真心一样结实！

上帝啊，引导他们到他们渴望的避风港……

啊，是的，上帝啊，亲爱的亚伯的指南针！所有的船都配备了水漏[古代的一种计时器，盛水于铜壶，壶内置一刻有度数之箭，壶底有小孔，水下漏，视度数变化以计时——译者注]，以及探测的铅垂线和指南针，但是亚伯的指南针和星盘会放在他船舱里的神龛中，他的野兽受难像也会放在上面。

一阵沙沙声响起，大家都站立起来。是结束了吗？窗帘后面，传来曼诺尔的声音，祝福他们一切顺利。迪亚士应该在站在这里，得到这些美好的祝愿！为什么曼诺尔选择了他而不是迪亚士？

外面是热情的蓝天，响亮的铃声，嘟嘟的喇叭声。无尽的游行队伍，伽马骑在马背上，走在队伍的最前列。街道和广场上人山人海，阳台和屋顶上，好奇的人们探出头观望。这场游行恢宏、庄严。是的，庄严。疯狂的人群在喊："伽马！我们支持你！上帝保佑你！伽马！"

有人在喊他？年轻的康梯，像一个疯子般挥舞着他的帽子！他是在喊"队长大人！队长大人！"吗？天啊，第一次有人在公共场所如此叫他，这种感觉真奇怪！这个小伙子有远见，有活力，一点也不害怕冒险，他勇敢地离开了威尼斯，只身一人来到里斯本。他身边站着一个人，是斯坎德！他丝毫没想过加入香料之路的旅程。他说，每一捧香料，都付出了血的代价。噢，顽固的悲观者，你就留在葡萄牙，等待我们带回来东方的财富吧。到时候，你就会改变你的想法！不过，这两个词怎么一直萦绕在脑海里：香料……鲜血！

现在，经过这个拐角，回头看看身后的队伍。远处站着的是曼诺尔、侍臣、保罗和柯艾略。然后是船的官员、引航员和牧师，接着，是两个两个的船员，他们昂首挺胸，迈着欢快的步伐前进。他们当中有一些人，可怜的人，说不定会提前结束航程，迎接永生！那里，被链子系起来，发出叮当响声的，是伽马向国王求来的六位囚犯。如果他们被当地人抓住了，他们也不用训练人做危险的差事了，为什么？因为他们不管怎么样，都是要被处死之人！当伽马向国王提出这个请求的时候，曼诺尔哈哈大笑地说，这是他听见过最原始的计划！

宫殿！很难显示一个人的耐心。当你想到这些帆船迫不及待想要挣脱船锚时，很难继续眼前的宴会和舞蹈。尤其是，很难在众人紧围你的时候，还要表现出一副高兴的样子，对你的“英雄主义”说一些恭维的话。还有那些叽叽喳喳的妇女！……啊，曼诺尔在召唤他了！还有保罗和柯艾略，所有的官员。跪下，亲吻你国王的手，然后送上你的告别。

现在，要骑上马背，前往港口了！看！斐迪南已经准备好了马匹！真高兴最后还能看见这个小伙子！他一表人才，在众人当中脱颖而出！多么年轻的小伙子，充满激情的大眼睛，似乎能看穿你的心！他虽然冒冒失失，对传统束缚不屑一顾，但是，上帝啊，他必将成就一番大事，没有多少人能拥有像他这样的眼睛！

再一次，人群欢呼起来。上帝同意，他会实现他们的希望。啊，终于，港口就像鲜花怒放的花园一样，在向你招手！风吹花动，风吹旗帜飘舞！旗帜……旗帜！深红色、金色的旗帜和湛蓝的天空相映生辉！精致的小船一艘连着一艘，比麦田的乌鸦还要多。上帝啊！所有的荣誉都从哪儿来？三艘海船庄严地朝着伟大的海堤相反的方向驶去。圣盖博号、圣拉斐尔号和贝里奥号。这是由巴塞洛缪打造、国王约翰命名的船只！

经过长时间的准备，他终于站在了圣盖博号的甲板上。他自己的船！这艘船的船尾挂上了巨大的代表官方的灯笼……听！人们的欢呼声！ 就连曼诺尔也没有得到过如此热情高涨的欢呼声。

现在，保罗站在了圣拉斐尔号上，柯艾略在贝里奥号。幸运的是，在到达佛得角群岛之前，他们都有迪亚士的陪伴。努涅斯只是登上商船。他没有像其他船长那样收获太多的掌声，因为商船只是航行一部分的路程，但是这也需要足够的人格魅力才能做这件普通的事情。

船扬起风帆，巨大的风帆鼓起来，就像海鸥的胸膛，每一艘船上都有巨大的红十字。看！那里，桅楼守望台直插入里斯本的天空，那里同样也飘扬着队长大人的猩红旗帜！

天呐，人群的敬礼！他们一次又一次地行礼致敬，一次……两次……又一次……两次……

现在，圣盖博号的粗缆绳已经放下，要出发了。所有人都在挥手，欢呼，哭着，笑着……岸边人群的面孔渐渐模糊……飘扬的手帕，遥远的再见。

在河流转弯离开里斯本之前，再回头看一眼！啊，蓝色的山丘和爬坡的房子！在那些房子里，亚伯正站在窗户边。他说他们会从工作室看到这一切;他们不喜欢把涅依米带到城里。露丝会站在亚伯身边，涅依米站在另一边。老亚伯拉罕把她叫作明星之路。是她让曼诺尔开始有所行动的。现在他们会知道，主要的事情就是保持直线向前。每一个船员都在回头，上帝啊，他在伟大的白色宝座上见证这历史的时刻!

终于，船通过了河道的转弯，离开了里斯本。里斯本在阳光下就如一座宝石王冠在闪耀。街道渐渐地安静下来，人们在家里继续谈论这件事情，一些女人在哭泣。每一个人都计划到贝伦市送他们最后一程，但是，在风停下来之前，他们需要一两天才能到达。

然而，不管他们会推迟多久，有一件事是肯定的：他们在岸上的最后一夜将在一间未完工的小教堂度过，这是伟大的航海家打造的，是海员祈求一

帆风顺的地方。啊，他早就听说过亨利这个奇怪的孤独的航海家，这个在他荣誉越高的时刻就越是孤独的人，他会听到上帝在他耳边低声说的话……生命真是一件奇怪的事情，赞赏永远只给圆满的成功。迪亚士，征服了大海，科维良，征服了陆地，他们都实现了亨利所一直梦想的。他接着又想到了涅依米……在那个非凡的夜晚，她喘着气，用孩子的语言讲述了一个伟大的故事。现在，他因此成了远征队长！

早上，他们登上停靠在贝伦的船。经过三天的等待，风缓和了下来，一切都已经准备好了。是时候在海上大展身手了。船员已经点名了一次，他们的名字在纸上一个个列出，他们的工资会在返程的时候支付。

曼诺尔也在贝伦，他和伽马度过了一个不眠的夜晚。他们跪在神坛闪烁的蜡烛底下，久久不语，两个人都在心里诉说着自己的需要。伽马自己心里只有一个愿望，从曼诺尔说"我希望你去，瓦斯科。"的时候，他的心里就充满了感激。

曼诺尔，曼诺尔！他从圣盖博号下来，身后跟着两排人，他给了远征队所有的祝福，称伽马为队长大人（伽马很难想象自己会有这个头衔！）。他最后对伽马说："瓦斯科，你会成功，我知道你会！"

请上帝把葡萄牙的统治带到地球的最末端！

终于，人群在哭泣着、祷告着，牧师在诵慈悲经。牧师再次说，上帝与我们同在，我们会平安、健康、快乐地再次回到我们的家……好吧，上帝，在你的仁慈下，请保佑我们顺利归家吧！但是，不管发生什么事情，我们都将勇敢前进！

满帆的船在全速前进，船员各司其职，在圣盖博号的带领下，远征开始了。在圣拉斐尔的船尾，站着一个坚定的身影：保罗。他有一颗永不言败的心，不成功就永远也不要回来！还有柯艾略和努涅斯，他们也是非常优秀的船长。

前方有一个白色的漩涡，不过船长轻松地越过了它。圣盖博号多么自信地在引航！其他船是多么自信地跟随在后！……穿过浅滩，通过狡诈的横流等，进入中央航道了……

里斯本被抛在后头……噢，战神和海神，我在你面前发誓，永不退缩！

第 15 章 谣言

斯坎德沉思了很久，才拿起尺子，俯下身小心翼翼地放在未完成的地图上的某一处。尼哥罗偷偷地打量大家的神色——亚伯、露丝、涅依米——全都那样全神贯注，仿佛在等待法官最后的判令。尤其是露丝！或许是以前流亡漂泊和被驱逐的日子深刻改变了她。她的关注焦点不再是“桌上乱七八糟”的一堆杂物，而是在亚伯陷入苦苦思索的时候坐到了他身边，在他都未曾注意到的时候用温柔的眼神看着他……还有涅依米，过去她都避开地图不谈，现在却挨得很近，跟亚伯一样！

“好了！”斯坎德画好了标注，边用尺子敲着桌子边缘的雕饰边说，“这是我能测量到的最准确的了。现在可以用墨水画上去了。”

亚伯已经举着羽毛管笔在等。他立即蘸了蘸墨水，跟着铅笔的痕迹描了起来。直到停笔，涅依米的视线都跟随着笔，露丝也放下了手里的织物看着。

亚伯站直了身体，满意地看着作品，笑着说：“迪亚士现在肯定迫不及待想看到这幅地图！”

“大人，您在做什么？”尼哥罗靠近了一点。

亚伯已经又陷入了思绪。斯坎德答道：“标注香料岛的位置，如果我能记得的都没错的话。”

“我们要画点树木上去，表明那里生长香料。”涅依米也说了一句。

亚伯一边盯着手头的地图，一边说：“不仅如此，我们还要写上斯坎德说的重要商品的装船位置。这个对商人们最有用。”他的声音有点不稳和不在意，显然是因为一心两用在回答问题。

“就像这个，看！”露丝放下了针线，指着地图上的一个港口，郑重其事地说，“那里就会被命名为‘奴隶象牙海岸’！”

“不，夫人，不是那边，”斯坎德笑着纠正她，“是这里！蒙巴萨和马林迪。”他指着东非沿海一带。

尼哥罗观察了一下亚伯的地图:“离香料岛很远，比我们预想的远很多。”

“可是，想想一路水运过来，成本多低。我不下五次看到商船在亚丁和地中海之间穿梭。一次通行费油水就多得很！”斯坎德说这话时，他像突然想到了什么，扔下了尺子，坐了回去，然后看着亚伯说，“我以前从来没想过绕过‘魔鬼洞’的航路给红海带来什么样的影响！”

亚伯语气平和地答道：“我敢说埃及苏丹肯定有想法。”

斯坎德也露出了调侃的神色：“对，如果埃及苏丹都靠通行费过活……没法想象。”他接着又怀念地说：“想象一下，曾经来来往往满载着各色各样货物的船只，汽笛鸣成一片的沸腾的红海，最后变成一片死海！”

尼哥罗不由自主想到了威尼斯——也属于地中海。威尼斯也大势将去！

涅依米的声音打断了他的思绪。她站了起来，视线从亚伯转向了斯坎德：“斯坎德，亚丁也会‘死去’，是吗？”涅依米的眼神里满是恐慌，每次提起过去她都这样。

斯坎德还是用一如既往的柔和的眼神看着她，点了点头：“孩子，短短几年时间还不好说。不过，在不久的将来，整个世界的面貌都会改变！”

亚伯揽住了斯坎德的肩膀：“而改变世界的，将是一艘敢于挑战未知的脆弱的木船！”

斯坎德说：“我不在意谁夺得香料。”

“什么？”尼哥罗反驳道，“即使伽马失败了，其他国家领先葡萄牙抢得香料贸易先机，你也毫不在意？”

斯坎德吐了一口唾沫：“不，我不在意。不管谁夺得了香料之路，都要付出沉重的代价才守得住。我只要坐在这里就好。但是，伽马大人则另当别论。要是此时此刻他能走进这里，证实我们发现的一切都是对的，我愿意用一年的生命去换。”

“您会看见的！”涅依米郑重地说，“总有一天，您会看着他回到里斯本！”说话的时候，她那双美丽的眼睛就像深潭，反射出了光亮。

突然，斐迪南从门口探出了头：“看谁？”接着，他走进了屋子，跟所有人点头示意。

“这么早，你从哪来的？”露丝问。

他走到了敞开的大门旁，擦了一把额头的汗水：“哦，国王觉得天气太热，不想出门，所以我暂时无事可做。”

“这夏天来势真凶。”斐迪南说完，又转向涅依米：“你刚才在说谁？”

涅依米正弯腰看着地图，她没抬起头看他，说：“伽马大人。”

“我猜也是！你知道不？”斐迪南继续滔滔不绝道，“我来这儿的路上在想他离开那天的场景。老天！感觉像过了很久！大家都开始谈论了，说这也太久了——已经两年了。”

“既然你来了，看看这地图，”亚伯显然完全没留心听他的话，但指着地图上新标注的内容，平静地说，“他航行了那么远的距离，两年时间根本不算长，对吧？”

“可是，大人，不可否认的是，现在有人说，伽马大人还没找到印度的航路，所以才不回来。”

尼哥罗也表示同意：“对。今天有人跟我抱怨，说生意跟伽马刚走那会儿的预期有落差。这人买了地想建仓库，可现在压根儿不知道到底还要不要建。”

亚伯放下了笔，坐回了椅子上。他的神色既怀旧又带着苦涩：“他们忘记了当初是怎样争先恐后打听航海的消息，都想大赚一笔！我还记得有人为建仓库的事特意来找我。”他又顿住不说话了。

屋子里的所有人都不由得沉默了。亚伯很少提到过去曼诺尔处处针对他犹太人身份发难的经历。他为此还放弃了官职和生意。

“好了！”斐迪南假装轻松地打破气氛，“反正他们都只是在想伽马开辟航路后葡萄牙得到的好处，而不是想着开辟这件事情本身的辉煌意义！”

尼哥罗觉得斐迪南话里有话，似乎意有所指在针对他。他有点恼火地接话：“那葡萄牙赢得荣耀，西班牙夺走贸易，你就满意了？”

“你俩都对，”亚伯大笑着说，“斐迪南不想看到探险变成纯粹的谋利，而尼哥罗觉得，如果探险不是为了发展贸易，就毫无益处？”

尼哥罗坚持着自己的观点：“如果不为了利用，为什么要去探索开发？您听到了斯坎德刚才说开普敦航线开通后对红海的影响。如果不与时俱进，就要倒退落后。威尼斯也不能幸免。”

斐迪南抬起头正要反击时，斯坎德开玩笑地又碰了碰他的肩膀：“年轻

人，你满脑子想到的都只有出海航行，然后找到点什么！”

斐迪南辩驳道：“任期一结束，我立刻上路！”他接着又对尼哥罗说：“说到威尼斯，曼诺尔国王和你那个大使这段时间聊了很多。似乎威尼斯想知道，如果伽马开辟了印度的航路，葡萄牙是不是要严格控制，独自垄断东方贸易！”

“什么？”尼哥罗吃惊地说，“我以为威尼斯觊觎的是开普敦的航线呢！”

“那肯定是他们当中有人变了主意。不过威尼斯肯定不甘罢休，”斐迪南嗤嗤地笑着，“我还听说如果我们不让他们继续垄断东方的贸易，他们就让埃及给我们使绊子！”

这话一出，四下震惊。屋子里陷入了沉默。

斐迪南赶紧补了一句：“可能只是谣传。”

亚伯最后终于开了口：“不管是谣言还是事实，都足够震撼。曼诺尔表现得心烦吗？”

“自从伽马出发，他就没那么斗志昂扬了。现在大家开始对伽马久未返回产生怀疑，他就更是低落。现在威尼斯那边传来这些话，英国两次派出了约翰·卡伯特去探险，哥伦布完成了第三次出海航行，可一丝伽马的消息都没有……”

“呸！”斯坎德轻蔑地哼了一声，“约翰·卡伯特两次航行带回了什么？一两只野兔？一些缝补渔网的针？准让稍有见识的阿拉伯人笑掉大牙！他以为自己到了东方，结果哪都不是！不管怎样，约翰·卡伯特没戏。还有哥伦布……带回了几颗珍珠！他在格拉纳达省展出的，跟我在集市看到的鹅卵石没什么两样。”

露丝试探着说：“我觉得，曼诺尔国王精神不振可能也因为结婚不久，王后就病入膏肓。”

斐迪南咧嘴笑了："不是您想的这样！他早盯上了她的妹妹。"说着又陷入若有所思的样子："不过，毫无疑问他怀念跟伽马大人和迪亚士大人交谈的日子。有一次我甚至听他说……"斐迪南偷偷打量了一下亚伯，才继续说："他希望亚伯拉罕能给他占星，看看伽马那里发生了什么。"

亚伯沉默了一会儿才说："哼！跟我想的曼诺尔一样！他那样伤害穷困潦倒又可怜的亚伯拉罕，还想利用尽他！"

"他……过得不好吗？"涅依米问。尼哥罗注意到，她的眼神十分温柔。

亚伯提醒涅依米："你知道，他什么都没带走，一分钱都没带。但现在我敢说，他活得很快乐。至少在突尼斯，他能做自己最喜欢的事情：给我们记录宗谱和历史。"

斐迪南看着亚伯，清了清嗓子，又摆正了身子，之后才说："大人，假设国王召见您，您会去吗？"

露丝十分震惊，连手上的针线都掉了；涅依米困惑地看看斐迪南，又看向亚伯；连斯坎德也被吸引了注意力。

"我？"亚伯两道眉毛几乎都要竖了起来，"我去见曼诺尔？"突然，他眼神闪过一丝狡猾，"你为什么这样问？"

斐迪南赔着笑说："大人，是这样的。我听到国王暗示，想请您为伽马占卜！"

对斐迪南的坦白，亚伯仅仅"哼"一声以作回答，显得对此不甚在意。接着他问了斯坎德一个问题，两人又重新回到桌子旁继续工作。

斐迪南也凑了过去。露丝继续手头的针线活。涅依米离开了亚伯身旁，走回屋子里，正探出身子看着窗外。

尼哥罗坐在门旁，仔细打量着涅依米。她穿着浅金色的连衣裙，垂着柔软深色的发辫……露丝是从哪里找到这些独具异域风情的闪片来装饰这裙子的呢？金色深浅不一，但显然是为了衬托涅依米那张精致、象牙般的脸庞。

她垂着头。尼哥罗知道此刻她的眼神：一定透着悲伤的暗影，带着过往的恐惧留下的印记。

正当他在内心踌躇着要不要上前的时候，涅依米离开了窗边，悄无声息地穿过了屋子，走进了庭院。没有人注意到她离开了屋子。尼哥罗看着她穿梭在花坛之间，在这边的花坛撒一抔土，在那边的花坛剪下了一朵凋谢的花。

这真像她，尼哥罗在心里想着。即使是在亲近的人身旁，她也不会待很久。如果跟她说话，她会微笑着答话，但带着疏离。有时候她会评论几句，但也还是带着距离。就像她的名字的含义那样，透着微妙和恰到好处的距离。这是有意而为呢,还是天生如此？斯坎德有一次也提到过阿拉伯女孩的特质。现在亦是如此。尼哥罗想起，每次她让他靠近，到下次她又会让两人之前建立的亲近感消失。如果他现在上前，跟她一起沉浸在花香中间……

这时，有人从他身边冲过，走进了庭院——斐迪南！然后他走到了老无花果树下，坐在了涅依米旁边。斐迪南也看到涅依米离开了屋子，但在尼哥罗犹豫的时候，他直接行动了！尼哥罗觉得脸上发烫，既对自己，也对斐迪南懊恼不已。他突然又想到，不能让他们发现自己在看他们，于是赶紧转过了头。他必须装作没在看的样子，但从他的位置可以清楚听到他们的对话。

亚伯和斯坎德的谈话渐渐只剩下一个人在讲话，偶尔露丝也打断几句。亚伯的音量越来越大，似乎在重复强调着什么。尼哥罗的注意力也终于被吸引了过来。

“大人，怎么了？”尼哥罗匆忙地问。

“我觉得威尼斯目中无人，狂妄自大，居然逼问曼诺尔对印度贸易的打算。你怎么看？”

“哦，威尼斯一直垄断贸易，任性得就像被惯坏了的孩子。我觉得伽马用不了多久就能给威尼斯一个教训。不过，至于斐迪南提到的让埃及威胁葡萄牙……”

亚伯点了点头，说：“太卑鄙了。”

露丝语气轻快地说：“我猜可能宫廷也跟民间一样，不时需要八卦来调节一下生活。可能整件事就只是谣言。”

斯坎德不认同露丝的看法：“夫人，这不好定论。换作我，我不会大费周章让埃及派军队到红海伏击我们的舰队。如果真是那样，”他停顿了一下，用拇指和手指摩挲了几下下巴，“那就是我推测得没错，香料交易一本万利！”

“我没想过埃及会从另一头袭击我们。”亚伯思索着，“虽然行得通，但太牵强。我觉得不必过虑。尼哥罗，伽马离开那么久，那些谣传有没有影响到你的生意？”

尼哥罗提起了精神答道：“大人，一点都没有。”

他刚听到斐迪南提到伽马：“哦，涅依米，为什么我不能跟他去？”正打算继续听时，被亚伯打断了，于是只好继续说：“罗德里格斯一两天前跟我说，金星号的船舱数量很足。不过他跟我的想法一样，如果对魔鬼洞没有把握，就不要继续造新船。”

斯坎德打了一个哈欠：“地图完成得那么好，等到那个时候完全派得上用场，这点我不担心。”说着，他向亚伯投去了歉意的眼神：“但如果给我填絮和木槌，我可以一整天造船！”他拉起袖子灵活地伸展了一下，露出了手臂上的文身。

亚伯卷起地图，小心翼翼地把它放到铜壶里。“亚瑟·罗德里格斯，”他边把铜壶摆回书架上边说，“一直是可靠的代名词。尼哥罗，他怎么样？”

“大人，一直很好！自打我们合伙以来，他的决策都非常可靠。目前我们在忙碌殖民地贸易，不过我希望可以拓展到香料贸易。我用自己存的钱，加上您的投资，这笔钱远远超过我们造船需要的经费。”

尼哥罗想，这真像亚伯的风格。他从不提起自己抛售了自己的股份，然后注资在他的生意上的事情；每次告诉他收益，他也不置一词。对亚伯·扎

古托来说，钱从来不重要。而对是否要投入新的商业竞争，他也像已经完成自己比赛的人，退场了。不过，值得庆幸的是，至少他现在不会离开里斯本，而是带着露丝和涅依米，住在这间可爱的屋子里。

又传来了她的声音！尼哥罗差点控制不住转过了头。不行！不能看庭院，听着就好，同时装作没在听的样子。

“斐迪南，你为什么想要去呢？”她说着，“想带回金子？香料？”

一阵沉默。突然，传来斐迪南压低的急促的声音：“涅依米，我讨厌那样！我知道交易是肯定有的，但那不是我的想法。我只想探索未知！这是多么纯粹和美好！”

尼哥罗感觉心脏被什么捏住了。这对话在驳斥他所选择的天命！她，她也会“憎恶”贸易吗?

斐迪南的声音里夹杂着兴奋：“涅依米，你可以保守一个秘密吗？可以吗？有一天，我将会找到夕阳拥抱黎明的地方，而白天就在它们的炙热的吻里面出生！我要找到东西方相遇的地方……既不属于东方也不属于西方的地方！涅依米，你明白吗？”

尼哥罗终于忍不住转过了头。斐迪南的眼神里冒着一簇簇的火花，燃烧着，跃动着，跟初次见面时一模一样。他在借着话题向涅依米倾诉衷情——一场打着东方西方旗号的奇怪对话！可奇怪的是，他在看的不是涅依米，而是现实世界以外的东西：一个遥远而令人憧憬的视野，光芒四射而又庄重肃穆。涅依米向他倾着身子，脸上挂着最陌生的笑容——夹杂着恐惧，却很高兴！

露丝抬起了头在说着话。尼哥罗羞愧地转过了头。她看到他在看着那两个人了吗？不过她只说装地图的黄铜壶需要抛光了。

尼哥罗赶紧借机掩饰自己的失态，问亚伯可以拿去哪里抛光。

“斯坎德知道，”亚伯回道，“他认识一个钳工。”

斯坎德有点赧然地说：“奇怪，一个整天在海上漂的人，居然可以在陆地上扎下根。”

“你不觉得有一天你会改变主意，”尼哥罗说，“来我们的舰队当引水员？”

“我可不行！”斯坎德那张古铜色的脸似乎都皱了起来，“我就像一条回到了窝里的狗，我觉得……”他笑了起来，似乎被自己的比喻逗笑了，“以后也是当看门狗吧！”

斯坎德说这话的时候，尼哥罗发现他的视线在庭院里转了一圈。他是指要当涅依米的“看门狗”吗？可是所有人都是那么喜欢她，她为什么需要被守护？

尼哥罗也顺着斯坎德的视线看了过去。斐迪南似乎已经走了，涅依米正蹲在百里香花坛旁边松土。尼哥罗心里涌上一股冲动，立即站了起来，往庭院走去。不要再浪费时间，不要再纠结了。

“我有时候觉得，”尼哥罗径直走到涅依米身边，“你不想跟我一个人讲话。”

听到这话，她很吃惊地看着他：“你想聊什么？”

尼哥罗对她不动声色地避开话题感觉很是无奈，却无计可施。“我不是这个意思，而且……”然后他一鼓作气地说，“你明明知道！”这样的状况她会怎么做？

可她只是继续松土，然后把土堆到根茎周围。尼哥罗左等右等没等到她的答案，明白过来她不想回答他的问题，而且还在看他笑话——或许是他自己一手造成的？他气愤地想，准备好了要跟她争论。

“是不是我还的糖的那笔债——就像你说的——让你对我心生芥蒂？”

她抬起头看向他：“最初是有点介意，不过，现在不会了。”她的脸突然红透了：“我会还清的！”

“别！”尼哥罗挣扎着说，“涅依米，别那样说！”

她继续看着他，接着又低下头继续忙活了：“你想让我还你钱！”她的声音很低很低。

尼哥罗感到胸口犹如受到一击重锤。更难受的是，他发誓他看到了涅依米眼睛里嘲笑的神色。

他还没从头晕眼花中恢复过来，斯坎德就走了过来，蹲在他身旁：“大人，该是时候走了吧？我送您到街角拐弯的地方。”

尼哥罗机械地跟亚伯和露丝道别，然后和斯坎德走下了长长的楼梯。脑子里还是混沌一片，他听到斯坎德反复提到一个熟悉的字眼：威尼斯。

“一笔烂账，”斯坎德说，“斐迪南带回的关于威尼斯的消息。”

尼哥罗脑海里隐隐约约想着：斐迪南说了什么？突然一下又清晰起来：威尼斯……东方贸易……还有关于埃及的谣言。

啊！可他印象最深刻的却是：“当夕阳拥抱黎明……炙热的吻……”

怎么都抹不去那番话！

第16章 亚伯觐见国王

亚伯披着长长的黑色袍子，戴着高顶窄边帽子，站在曼诺尔会见特殊访客专用小屋子的角落里。他以为会遇到斐迪南，但是没有。另一个男侍引导他站在等待国王会见的地方。

国王进来的时候，亚伯小小吃了一惊。不过曼诺尔本人似乎没有在意。他担心的是要在前呼后拥的朝臣和侍者面前保持淡定从容又不失威严的风度。他身上穿着一件薄薄的丝绸做成的袍子，在敞开的窗户边坐下，然后不住用手帕扇着风。这段时间，即便是早上，天气也已经很炎热了。

亚伯好笑地看着他例行公事般地会见求见的人，几乎是一口气好几个，

没有留下任何人。这时，一个身穿制服、长相不错的侍者匆匆走了进来，低声对曼诺尔说了什么。亚伯看到曼诺尔皱起了眉，两手握紧又放松，来来回回差不多一两分钟。突然，他猛地抬起头，似乎是直直地盯住亚伯——也可能是亚伯的错觉——接着又转向那个年轻侍从，只是点了点头，又继续扇起了风。访客又继续一个接一个地走了进来。

亚伯琢磨着什么时候才轮到自己。事实上，他在心底为自己在这里那么耐心等候觉得可笑。当斐迪南暗示他曼诺尔召见他的时候，他几乎是断然拒绝的。但最后，他前后思索了几下，觉得还是要去——为了解开缠绕在心头多年的困惑。为什么他的同胞们宁愿忍受耻辱和驱逐，放弃本国自由民的身份，忽略了所有可能更好的出路，也要想方设法留在这里？他和露丝是为涅依米而留，可是现在……亚伯在心底想，倘若可以不动声色地说服曼诺尔不再压迫犹太人……那，如果是这样，他一定会来！

但亚伯仔细观察着国王，发现根本是朽木不可雕也！更别提说服他做什么。瘦削结实的身体在丝绸之下隐约可见，瘦长的手臂罩在顺滑的、女气十足的长袖下。手指也是瘦长的。这是曼诺尔最引以为豪的地方，站直了身子，手超出膝盖很多——大家说这是贪婪的象征。皮肤质感柔软，稍显深色，头发整齐地梳开，短胡子也理得干劲利落。从外表上判断，他不超过三十岁，但眼神却要世故老道很多。一个常年习惯胜券在握的人，不容落败，不容阻挠。诚然，他的身体已经经历承受许多，但内在的心灵是否也能如此坚韧不拔……

觐见的队伍停住了。亚伯看到曼诺尔死死盯住一个侍从，眉毛微微地扬了起来。这时，一个男侍走了进来，低声对亚伯说："国王现在要见您。"

曼诺尔从容不迫地将视线从最后一个磨蹭着不走的觐见者身上挪开。后者明白了逐客令，立即退了出去。

"关上门。"曼诺尔吩咐侍从，"需要的时候我会敲门。"

他先是认真地打量了一下亚伯，然后示意亚伯坐到椅子上。"扎古托大人，请就座。”他的语气很是彬彬有礼，“您是亚伯·扎古托，亚伯拉罕的亲人，我没说错吧？”

亚伯站着没动，点了点头说：“我从进来就一直站着，还是继续站着好了。对的，我是亚伯·扎古托。”

这样的回应似乎让曼诺尔一下子有点措手不及，但他很快笑着解了围：“这样，那就随您！”

接着，他又看向了敞开的窗户，放空了神态看着花园更远的地方。这时，亚伯注意到他又开始紧张时的无意识动作：一只手反复握紧又松开，另一只拿着手帕的手一动不动。一只蜜蜂嗡嗡地飞到了他的头顶，他一点儿也没察觉。

他又转回脸：“扎古托大人，我召见你，是因为你和你的亲人亚伯拉罕大人一样，都是研究星体的佼佼者。”他顿了一下，拿手帕的手快速扇着风，似乎在等亚伯接话。但看到对方没有任何回应，他只好往下说。

“您知道，现在有人开始怀疑伽马是否能返回。这样的心态对一个国家的士气影响不好。”

这次他直勾勾盯着亚伯，摆明要他作答了。但亚伯还是没出声。

“最糟糕的是，”曼诺尔压低了声音，做出推心置腹的样子说，“外国已经有人传开我们对伽马的担忧了。”

“啊哈！”亚伯想起斐迪南那天的话，心里想着，“不知道是不是指威尼斯呢。”

“如今，”曼诺尔说，“如果我们发出公告，说占星结果指示着伽马会顺利返航——当然结果肯定也是这样——扎古托大人，您明白我的意思了吗？”

占星！亚伯在心底忍俊不禁。他脑海里闪过某天晚上和涅依米一起观星和众人震惊不已的场景。

亚伯用洪亮的声音答道："陛下，我对星辰唯一的研究，就是稍微用它们来指引航路。"

曼诺尔的手帕掉到了大腿上。他显得有点焦灼不安："但你肯定和亚伯拉罕大人一样，很熟悉星体吧？"

"除了知道一些天体维度和计算，没别的了。"

曼诺尔若有所思地盯着亚伯，手里捡起了手帕继续揉着，又把目光投向了窗户。亚伯看到他脸上又露出了那种茫然无措的表情，眉头皱紧了，跟刚刚那个长相好看的侍从进来递消息时一模一样。屋子里很安静。窗台上的茉莉花在微风中轻轻摇曳着。

"扎古托大人，我刚刚提到的是，有些地方传言说我们放弃了伽马。"

亚伯心想，曼诺尔在斟酌着字句，好尽可能少地透露出更多信息。

"除非我们用谎言去堵住谣言，不然我们会有麻烦。事实上，"曼诺尔一只手抓住了椅子把手，"麻烦大了。必须阻止谣言散播。"他渐渐带上了恳求的语气："扎古托大人，我不值得您的效忠吗？"

亚伯的神色立刻变了："就像亚伯拉罕那样值得？"他顿了一下，知道自己一时逞口舌之快肯定没有好下场，但开弓就没有回头箭了，"问那个一手打造了葡萄牙的辉煌的人'值不值得'？"

曼诺尔垂下了眼睛。"那样的举措是逼不得已，让人惋惜不已。"出乎意料的是，他退让了一步，"可有时候国家需要个体的牺牲。所以，如果是为了国家的利益，大家会更明白自己的使命……"

亚伯盯着对面紧张不已的君王，尽可能不带恶意地揣度他。曼诺尔是真心实意为自己的所作所为"感到遗憾"？诚然，今天上午这样剑拔弩张的话题已经很好地考验出了他的耐心——试问哪个君主能接受这样谈论军国大事？毕竟，他还是一位君王。可是他为了他的西班牙王后，是那样冷酷无情地迫害他人，视人命如草芥！亚伯硬下了心肠。

“那陛下，我为什么要关心‘国家的利益’？”他冷冰冰地问。哦，亲爱的葡萄牙，原谅他说这样的话！

那双绿色的眼珠闪过不悦。“如果你是这么想的，那我最好还是把你们犹太人全部给……”他说着，打了一个响指，“就像这样！”

亚伯在心底笑了。他做得很好！但要更好，再尖锐一点。于是他装出无所谓的样子，冷静地回答：“陛下，那是您一句话的事情。但您会发现，比起犹太人需要葡萄牙，葡萄牙更加需要犹太人！”

“圣人在上！”曼诺尔从喉咙深处发出咬牙切齿的声音。他抓住扶手的手已经用力到扭曲，努力维持着外表的镇定。内心的怒火几乎已经快从绿色的眼睛里喷涌而出了。

突然，怒火灭了，手指也放松了。曼诺尔懒洋洋地靠回了椅子上，又开始不紧不慢地扇起了风。

“既然这样，扎古托大人，我只好把你挚爱的同胞们都留下了——我不会让你们任何一个人离开！”他说，边敲了敲门。侍从进来后，他说“带走”，就没再看亚伯了。

亚伯脚步匆匆地穿过一道又一道的走廊，脑子里一片混乱。身边不断有人经过，但他都没心思去留意。来觐见的初衷呢？为什么曼诺尔放他离开？亚伯第一次愿意赌是因为曼诺尔把这番犀利的话听了进去，而且没有觉得尊严被冒犯。可是，他了然，让步一次，他就成了曼诺尔的提线木偶！现在，只要他将威胁付诸行动，下禁令不让犹太人离开……虽然亚伯心底欢欣雀跃，却还是不由得抱怨：亚伯·扎古托！看看你都对你的同胞们做了什么？！

前面就是出口了。亚伯突然有一股冲动，想要冲出去，看看灿烂的阳光照耀下的狭窄弯绕的街道，听听那驴蹄嗒嗒的声音和此起彼伏的商贩叫卖声，闻闻散发着香味的水果和蔬菜。

这时两个年轻人从侧门走了出来，走在亚伯的前面。亚伯认出其中一个

正是给曼诺尔递话后，让他不住紧张、皱眉、握手指的那个。

“我们第一次在这个季节待得那么久。”另一个抱怨道。

“一两天之后我们就能到辛特拉了。”亚伯认得的那个答道，看上去像是知道安排，“是威尼斯的事情耽搁住了，不得不忍受这炎热的天气。”

他指的是不是斐迪南那天提到的威尼斯的事情？前面还在断断续续传来说话的声音：“今天下午就是最后会面……他们的大使……”

亚伯加快了步伐，想要赶超两人。这时传来其中一个人不耐烦的语气，让他顿了顿：“那些威尼斯人真是傲慢！居然想要知道我们跟东方交易的底细！”

亚伯竖起了耳朵。还是同样的话题？他朝两人迈近了一步。

“我觉得国王今天下午会直接快刀斩乱麻，严正告诉他们他的立场！”亚伯听到年轻的那个侍从大声说。

亚伯逐渐将这些零碎的话连接了起来。“最后会面”“他们的大使”……原来这个下午，曼诺尔就要会见大使！难怪他看起来心浮气躁。可能这就是为什么他按捺住了骄傲，忍耐着跟他进行了这场对话？这就是为什么他想对伽马凯旋的事情更加有把握，然后在外交中更有底气？

另一个人大笑得出了声，又赶紧打住：“虽然他摆出坚信不疑的样子，可在他心底，跟我们所有人一样，也早就对伽马不抱希望了。”

两人边说边往花园走了。亚伯出了王宫，走到了街上，一边思索着刚听到的话。真希望他们能听到涅依米说“您会看着他回到里斯本”，看到她眼里闪烁着的坚定不移的信念！可是，威尼斯为什么在伽马离开之后态度就来了个大转变呢？

亚伯在一处门廊的阴影下站住，解开了长袍，好感受一下轻风。不经意地往对面一看，他顿时愣住了，心底漫起一阵苦涩。熟悉的墙壁，熟悉的门框，拐过那边就是他的私人小房间，是他过去做事的地方。他还记得以前自己总是早早就想溜回家。隔壁的一栋楼是做里斯本最大的出口生意的阿伯拉巴纳。虽然他们没有实现和东方交易，但伽马肯定办得到！不过，里斯本失去了他，便宜了安特卫普。再隔壁的房子是他老友塞缪尔的，他为人总是刚正不阿，爱打抱不平。镇子里的人都说他是最好的律师。他也去了安特卫普。再下一条巷子，是亚伯多纳和格罗迪的老房子。这两人家里世世代代都是银行经纪人和放贷人，如今在黎凡特，过得不错。可同时，也有千千万万的人，在寻找新的安居所途中就死于贫苦和迫害！想想老亚伯拉罕，在编纂本族人民的历史时，灵魂和身体将承受多少折磨！

亚伯又披上了长袍，迈开了步子。他发现自己更多地用犀利的眼光去看待熟悉的事情，似乎是为了更好地留住回忆。他会记得此刻里斯本夏日蒸腾的午后吗？啊，别处的天空，也会那么蓝？

一栋明绿色的巨大窗扉几乎占据一面墙的小楼房吸引了他的视线。虽然已经间隔了几个月，他还是一下子就想起来了：是绿窗户，尼哥罗住的小客栈。可能尼哥罗现在就在家。亚伯走到门前，往里面看。

屋里正在生火，呛人的烟往巨大的尖顶烟囱里钻。一个矮小的老头正坐在小凳子上搅拌着一个沸腾的炉子，一手支在旁边的桌子上，时不时抬起头向一个客人点头示意。亚伯根据尼哥罗的描述，知道这一定是佩德罗。至于唯一的这位客人，他只看到他比一般人高大的背影，身上穿着水手的衣服，披着短褂，水手帽下露出浓密的黑发。他嘴里说着的葡萄牙语尚可以听懂，但带着浓重的喉音。亚伯没看见尼哥罗，于是转身走了。

正有点不情愿离开凉爽的屋檐时，他听到了自己的名字。亚伯以为屋里有人在跟他讲话，往回一看时，却没有人在看他。

这时，那个外国口音又传了过来："扎古托就是做地图的人？"

为什么这样一个人会知道他在制作地图？亚伯退回到屋子，看到佩德罗点了点头。

“他现在在家吗？”那个水手继续问。

佩德罗看起来不太肯定，但停了一会儿，还是说：“可能在造船厂能找到他。他今天早上去看木材了。”

啊！他们在讲的是尼哥罗！木材？可能是尼哥罗改变了主意，想要再造新船。亚伯转过身继续往回走。佩德罗炉子里飘来的香味提醒了他，可能自己的晚餐也准备好了。他记得露丝提过一个豆酱浓汤，用旧的大壁炉把开胃的豆子整整煮一个晚上，再用她的独门秘方加入洋葱和百里香！之后，只剩他们两个人的时候，没旁人的时候……

这个时机在涅依米睡后就来了。亚伯让露丝坐到身旁来，和她一起赏月，顺带提起了觐见的事情。露丝听到曼诺尔派来的信使的邀请，但亚伯早上出门时特意没有告诉她他要去哪。

“什么，亚伯，”她吸了一口冷气，紧接着追问，“你去的就是那里？发生了什么事情？”

他握住了她的手，才答：“露丝，国王要对我们——我们犹太人下禁令，不得离开里斯本！”

他看到她震惊的表情，呼吸也急促了起来。她沉默了好久都没说话，也没对他抚摸她的手做出回应。

突然，他感到她颤抖着依偎了过来，低声说着：“还有很多东西等着我们去完成，亚伯，任何时候，只要你说。”

这就是她表示理解他即将说出口的艰难困境的方式！亚伯心头一片柔软，拥住了她。

过了一会儿，她还是忍不住悲伤地问：“哦，亚伯，为什么我们这些人注定要四处漂泊？”

他可以说什么来安抚她呢？对一个女人来说，她对日常体会的根基扎得比男人要深——整理屋子，打理花园，数不清的让家温馨美好的细节。

“我们不能带走任何东西，对吗？”她充满遗憾地问。

这简直是往她的伤口上撒盐，可他必须回答：“不能。除了我们的衣服，还有可以藏在衣服里面的东西，因为国王下令之后我们就要偷偷地走。”而在想好怎样跟涅依米说之前，就先缄口不谈。

“露丝，你看，”亚伯踌躇着说，“最初我们是为了她留下，而现在，现在，我们不能留下了。”

“哦，亲爱的，会有人照顾涅依米的！”露丝的眼眶湿了，却抿着嘴笑了。

“谁？”亚伯静默了一会儿才低声说，“你觉得会是谁？你看斐迪南看她的眼神！”

“还有尼哥罗克制不去看她的样子！”露丝温柔地笑着，“亚伯，真希望你当时看到他死命控制自己不去看她的样子，斐迪南和她在庭院里的时候！”

亚伯脸上又浮现了熟悉的狡猾的笑容：“我觉得涅依米心里有自己的想法！”

露丝认同：“那天下午之后，涅依米就表现得有点不一样，就像那些闭上了花瓣的百合花，把自己跟外界隔绝开来了。亚伯，不知道你有没有注意到，时间刚好是尼哥罗离开之后！”

不，他没有注意到。不过经露丝一提起，他想起了在绿窗户遇见的那个高个子的人。不知道他有没有找到尼哥罗。

第 17 章 威尼斯大使

尼哥罗很晚才回到绿窗户。这一天比原计划的要漫长得多，也难熬得多。他既没有看旁边的人，也没有像往常一样跟佩德罗打招呼，而是径直走到长椅上的空位子坐下。他已经疲倦不已，不想再理会周遭的事情。

今天他去看了上游的一船木材。价格方面让他很心动，即便现在不能用，过一段时间他转卖出去也能赚不少钱。他相信，等到伽马回来，大家都会蜂拥着加入东方贸易，造帆船和仓库的木材需求肯定很大。

“留住本钱，别总寄望于最佳时机。”身边的人都这么跟他说。

尼哥罗也很清楚。随着伽马离开时间越来越长，一年，两年，日子越发晦暗，而且越来越煎熬。

“当然了，如果能确信，”他的朋友们说，“伽马能回来，或者的确有一条通往印度的航线，那就另当别论。”

尼哥罗边听着，边思索着，那是因为他们不知道他所知道的事情！最后，他决定还是买入那批木材。

但是，当他坐下来，看着佩德罗桌子另一头形形色色的脸，听着他们嘈杂的谈话声、喝酒声，他知道那些甚嚣尘上的话也让他动摇了。不是因为他担忧没有绕开魔鬼洞的航道——他当然不担心这个！可是，在海上，什么事情都有可能发生。浩瀚的大海那么轻易就能吞没孱弱的船只，再聪明的人也一样逃不过。还有，伽马不是也常常说，在达成目标之前，他不会回来吗？

尼哥罗沉浸在自己的思绪里，直到有人碰了碰他的手肘。他回过神来，看到佩德罗把热气腾腾的食物放到了他面前。

“今天有个人来找您。”佩德罗说完，又端来了一杯红酒，“他说明天会再来拜访。”

尼哥罗点了点头，开始吃东西。他比自己想的还要饿。吃完后，他开始小口抿着酒，一边回想着早上的谈话。渐渐地，尼哥罗发现，桌子对面有一张独特的脸，在人群中很鲜明。那是一张有棱有角的脸，因为喝醉了酒涨红着。不知道为什么，尼哥罗有一种熟悉感。

他放下了酒杯，仔细打量那张脸。那双充血的红通通的眼睛也回盯着他。对了！他想起来了！两年前在街边碰见一个威尼斯水手和葡萄牙人吵架，这张脸是那个威尼斯人的。

“自打我听见你诅咒伽马后，你都在忙什么啦？”尼哥罗问。

那个人继续回盯着，然后用浓重的口音咕哝着：“伽马……伽马……我见过他！”

尼哥罗大笑出声，然后又环视周围，看有没有人听到他那番胡言乱语。

没有，每个人都在忙着聊天和喝酒。

“你可真行！”尼哥罗开心地说，“是不是伽马派你来传消息？”

“我是在开航之后见过他！”对方那浑厚的声音似乎带着怒吼。他眯了眯通红的眼睛，然后威胁着说：“但你再也见不到他了！”

在场的人都安静了，两三个人转身来看着他。他已经喝醉，坐不稳，瘫在了长凳上。这水手比他预料的还要迷糊，尼哥罗已经受够了他。于是，他站了起来，走到佩德罗身边。

“那人找我有什么事情？”尼哥罗问佩德罗。

“他想知道您在哪里。我告诉他您去看木材了，让他去海边找您。”停了一下，他又说：“他似乎知道您经常到亚伯·扎古托那儿。”

尼哥罗听着，打了一个大大的哈欠。他疲倦不已，只想躺下。往卧室走的时候，他听到一阵匆忙的脚步声。他转过身，看到一个高个子的穿着水手夹克和戴着尖顶帽子的男人站在门口，绷着脸一一扫视屋子里面的人。尼哥罗立刻想了起来，是街上发生纠纷那时帮忙摆平那个威尼斯水手的人。

下一分钟，他就看到那人猛地冲到半醉不醒的威尼斯水手身边，猛地摇晃他，接着半拖半拽地扯着他往门口走。经过佩德罗身边时，他给佩德罗扔了一个硬币。

尼哥罗听到他问：“他，他说了什么吗？”佩德罗回答自己在忙，没留心顾客们的谈话。他还是紧张不安地追问：“确定，确定他没说什么吧？”

尼哥罗走到门口，看着他们沿着狭窄的胡同走了，消失在拐角处。尼哥罗对那个高个子的人的浓密黑发和浓重喉音，还有别的，印象都很深刻。这几乎是两年前的场景重现。奇怪的是，为什么还要留着这样的一个酒鬼呢？尼哥罗漫不经心地想，自己为什么要那么在意别人的话，好像醉鬼的话都要听进去似的！而且他还对伽马的事口出妄言！

可是，那个自称商人的高个子男人总给他一种不对劲的感觉。尼哥罗记得，当初他很热切地追问伽马探险的细节，回答后，却又觉得尼哥罗敷衍他。不仅如此，斐迪南之后跟他提过，那次的街头吵闹上报到王宫里去了，而那个威尼斯大使似乎对这个人很熟悉。如果只是因为两人都是外国面孔，感觉比较亲切还好说，可这人为什么对犹太人的公开判决和处分一事早就知情的样子？这可不同寻常了。这让尼哥罗不禁怀疑这人跟宫廷的人有牵扯。

对犹太人的处分给尼哥罗留下了不可磨灭的记忆。亚伯在工作室忙碌……露丝在给伽马做罐头……涅依米和他们两人一起，刚好更熟悉彼此……不过，一切都结束了。她和斐迪南在庭院的那一幕，她还提到了“还债”……

他走出了门外，慢慢散着步，想平复一下受伤的心。想到最后那几句话他就万分难受，要是能抹去多好！“我会还清我的债……你想让我还！”她肯定知道他对她的感觉，为什么还要伤害他?

在能恢复冷静自持之前，他是不会去见她了。至于斐迪南，如果她喜欢他，那，那……他就避开斐迪南一阵子。这不难，很快国王就要到去消暑宫殿去了。

今晚有月光。尼哥罗继续走着，渐渐疲惫感消失了。是佩德罗的饭的功劳。他刻意不去想涅依米，集中注意力去想生意上的事情。

那批木材！如果罗德里格斯现在不是在马德拉群岛和佛得角的某处，而是在这儿就好了，可以问问他的建议。还不算太晚，月光也很亮。他心血来潮，想要去看看木材。于是，他跑回屋子，告诉佩德罗不要锁门，自己很快回来。

街上冷冷清清，但酒馆里还不时传来聊天的声音和笑声。走下码头时，刚好碰见一群水手。他往堆着木材的另一边码头走。码头尽头是一片沙滩，小小的浪花轻柔地舔舐着岸边。

他绕着木材踱了一圈，仔细地打量了一遍。质地坚硬，气味苦涩得像药

材，是不可多得的木材。这时，耳边传来一阵划桨的声音。尼哥罗转过身，看到一艘船正缓缓地靠近岸边。船上有两个人，一个划着桨，一个坐在船尾，都戴着宽沿帽子。船靠上岸后，坐着的人跳下了船。他穿着长长的袍子，脸被帽子遮住了，看不清楚。船上的人不动，脸也掩在阴影里看不分明。

下船的那个站稳身子后，鞠了个躬，低声说："再见，祝你好运！"

说的是意大利语。尼哥罗有点吃惊。

他又继续说："东西……那东西到手后，估计你就要离开了，那我应该不会再见到你了。"

说完，他弯下腰，推了一把船，船就顺势划了出去。接着，他转过身，沿着沙滩往码头走去。距离尼哥罗仅有几步远的时候，他猛然发现木材堆阴影后的尼哥罗，立即站住，将领子拉高挡住脸才又匆匆地走了。

尼哥罗看着他的背影渐渐消失在黑夜里。这是怎么回事？那不是威尼斯大使吗？想起船上还有另一个人，尼哥罗转身去看时，小船已经渐渐和海港的船融为了一体，分辨不出了。

尼哥罗满腹疑问地回到了绿窗户。他躺着，寻思着威尼斯大使的诡异举动：一个异国大使三更半夜出现在码头，没有随从，而且显然竭力遮掩不让人认出！

一大早尼哥罗就被一阵敲门声吵醒。还没来得及下床，斐迪南就走了进来。见到是他，尼哥罗既意外又不自在。他还在为涅依米的事痛苦不已，而斐迪南却似乎毫不在意的样子，所以他打起招呼时，就有点不情不愿。

"在去辛特拉之前，我必须见你一面。"斐迪南坐到床沿上，说，"我们今天或者明天就走了。"

尼哥罗瞬间就清醒无比。是谈涅依米的事情！

"尼哥罗，"斐迪南挨近了一点，低声说，"王宫里发生了什么，我一定要告诉你！"他焦灼地看着尼哥罗，"可能你觉得这是我胡思乱想，但我肯定一定是发生了什么。”

“你说，我先穿好衣服。”尼哥罗说完，就开始穿衣服。令他意外的是，他一时忘了要和斐迪南保持距离。

“是这样，昨晚，威尼斯大使……”

尼哥罗系着纽扣，听到这话，紧身裤差点掉了下去。但他立即假装咳嗽了起来，以此掩饰自己的惊讶。昨晚的事情还是保密的好。

斐迪南继续说着：“那个威尼斯大使来找我，对我很和善。之前他都没怎么注意到我，但我们还是谈了一会儿。他说之前在王宫见过占星家亚伯拉罕，问我有没有去过他的亲戚亚伯·扎古托那儿。”

“他跟我说，他听亚伯拉罕大人提到过他的表亲很擅长收集东方的地图。然后我说，他还会做地图呢，他有关于探索东方的第一手资料——你知道，从斯坎德那儿。他突然很激动地问：‘可以让你安排我的一个朋友去看看扎古托的地图吗？’下一刻他又冷静了下来，为自己表现得太激动而道歉。他的朋友似乎在收藏地图，他问我能否带他朋友去亚伯大人家里……我说没问题，只是我就要去消暑的宫殿了。没稍加思考，我就说我有个朋友可以带他。”斐迪南给尼哥罗递了一个眼色。两个人都笑了起来。

“你是说我？”尼哥罗把手伸进大衣袖子，迅速系紧了紧身上衣。

斐迪南点了点头，神色却又严肃了起来。

“如果只是这样也没什么，可是，尼哥罗，威尼斯大使又立即接着问：‘我可以把这事交给你吗？我会给你一笔丰厚的酬劳。’就是这里让我觉得不对劲。而且问得很迫切！我当时表情肯定很惊讶，因为他笑了出来，又紧接着问：‘你的朋友是谁？’

“我告诉了他你的名字。接着又有不对劲的地方。他露出了很奇怪的表情，半是自言自语地说：‘哦，是他！小康梯？住在绿窗户的那个，对不对？’他居然这么了解你！”

“这是他第二次表现得很熟悉我的样子了，”尼哥罗吸了一口气，“记得第一次吗？”

“忘了。”斐迪南说。

尼哥罗跟他提起伽马离开之前，一次街头纠纷传到了宫里，那个大使掺和了，还提到了他的名字。

他一边说，一边系好了大衣，坐在斐迪南身边：“不知道他为什么总是留意我。”

“尼哥罗！”斐迪南抓住了他的手臂，“这就是为什么我一夜没睡好的原因。他那么心急火燎地要付我钱，让我叫你带他的朋友去看亚伯大人的地图。”

“你还说了别的吗？”

“有，我告诉了他你的住址，让他来这里找你。我一直感觉不妥。”

“你们什么时候谈话的？”尼哥罗问。

“昨天下午。”

尼哥罗想，那威尼斯大使的这位“朋友”就不可能知道他去过扎古托家里，因为佩德罗说找他的那个人是中午时分到的。

斐迪南继续说：“我躺上床的时候，又从头到尾理了一遍。我觉得不对劲。然后我又突然想到，大使在下午的时候，已经知道我们对伽马返航之后对东方贸易的打算。宫里有传言说，曼诺尔断然拒绝告诉大使。尼哥罗，你想想，肯定是在那之后大使立即找到我的！”

尼哥罗踌躇着，不知道要不要把昨晚的所见说出来。

“这两件事情加起来实在很古怪。我一直在想这个事情，一整晚都没睡，才决定告诉你。真希望当时没有答应他让你带他的朋友到亚伯大人那里去。”

好一会儿，尼哥罗都没有作声。他在心底这样非议斐迪南，甚至想避而不见，他却为自己担忧焦灼，一整晚没睡！

他握住了斐迪南的手，真诚地说："伙计，别多想了，我会提防大使的'朋友'。你见过他本人吗？"

"啊，我还以为自己告诉你了！是的，我见过他了。晚上的时候，大使带我到花园，然后把我介绍给了他。"

尼哥罗心里一动："他长什么样子？"

"很高，深色皮肤，说话带很重的口音，喉音也很重……"

"等等！"尼哥罗拍了拍他头顶的帽子，一把拉住他往佩德罗那里带，"跟佩德罗对一下，看看跟找我的是不是同一个人。"

"对，就是昨天那个人，"斐迪南刚开始描述，佩德罗就立即答道，"外国口音。现在想想，康梯大人，可能您本人也见过他。记得昨晚那个走进来带走那个醉鬼的人吗？"

尼哥罗倒吸一口气："就是中午上门找我的那个？"

佩德罗点点头："他有朋友在旁，我觉得您可能不想跟他聊。后来您走了出去，我就忘记提了。但他说今天会再来。是的，他知道您是扎古托的朋友，知道他在着手地图的事情。"

斐迪南和尼哥罗交换了一下眼神。

"打住！"斐迪南喃喃道，"是地图！"接着他懊恼地说，"如果不必离开，我们就可以一起追查这事了。可是现在国王要去消暑……如果发生了什么，我能帮上……"

尼哥罗握住他的双手："一切都没事。即便有事，我可留心着呢！"他决定了，还是不说出在码头碰见威尼斯大使的事。

尼哥罗站在门边，看着斐迪南急匆匆地离开，心头慢慢涌上一股暖流。他记得两人第一次也是在这里、在这个门框边，建立了友谊。那双熠熠生辉的眼睛，似乎总是看着不可思议的世界……还有那颗孩童般坦荡纯洁的心！尼哥罗在心底默默发誓，再也不要在心底生出任何嫌隙！

至于威尼斯大使！打听亚伯的地图，半夜时分在码头下船，以及和那个高个子水手的来往……那船上另一个人有没有可能正是他的那位“朋友”？尼哥罗不安地回想着那句话：“那东西到手后，估计你就要离开了。”东西，总觉得别有深意。是他多心了吗？

要是能和亚伯商量一下就好了。可那样就会遇见涅依米，还有斯坎德——对了！先跟斯坎德说。尼哥罗知道罗德里格斯的船最近就要抵达，他正忙着找人手帮忙卸货。

尼哥罗到斯坎德住处的时候，看到他正急匆匆离开。他之前说过，好的搬运工不多，所以得早早赶到码头雇人，所以一分钟也不愿意耽搁。尼哥罗只好追上他的步伐，一五一十把整件事和斐迪南的猜测告诉他。

然而，斯坎德却不当一回事：“现在大家都对地图感兴趣，制作也有，收藏也有。至于您听到的威尼斯大使的话，都是垃圾！为什么‘东西’一定大有深意？他可能说的是咸鱼或者新的船帆呢！斐迪南又在幻想了。您也是。”

“可是，大使拉起领子挡住了自己的脸！如果给他划船的那个人正好是斐迪南、佩德罗和我看到的同一个人……”

“您看见了他？之前您没提到。所以您看见了他，对吧？”

“只是一面，那时他来佩德罗那里带走了一个喝醉的伙伴……可是他的伙伴醉了！”尼哥罗努力地回想着，“他神智已经完全不清醒了，像个疯子一样，坐在我对面胡说八道，而且谁都不提，偏偏诅咒伽马！他发誓说在启航之后有见过伽马，但我们再也见不到他了，还反反复复说了好几次，那么信誓旦旦！简直是滑稽透顶！”

斯坎德发出了一种奇怪的声音，尼哥罗不由得看向他。他张着嘴，喘着粗气，满脸通红，眼睛闪闪发亮。

“在我们之后见过他，”他说，“圣人在上，这真有可能！”

尼哥罗笑了起来："你在说什么？难道你也醉了？"

"上天！"斯坎德还在反反复复说着那句话，似乎完全没有听到尼哥罗的话，"老谋深算，好算计！"

"什么？"尼哥罗急不可耐地问。

斯坎德惋惜地看着尼哥罗，最后才终于开口。"如果我不是为您效劳，我真要说您是我见过的最蠢的笨蛋了。只要将事情一件件连起来，"他打了一个响指，"就像循着地图去看，然而您却错过了事情的关键点。那个喝醉的家伙当然有可能见过伽马！"

"怎么会？"尼哥罗有点恼了，"除非他追着伽马！可葡萄牙到几内亚有那么多要塞和贸易站，他一艘鬼鬼祟祟的船怎么可能通过！"

斯坎德叹了一口气："看在您还懂算术的份上，我来给您解释。"他温和地问："您忘记了，我和涅依米是怎样离开印度海域的？"

斯坎德停下来了。接着，尼哥罗一脸震惊，渐渐露出恍然大悟的样子。

"再简单不过了，"斯坎德说，"从地中海坐轻帆船和小船抄近道到亚丁，接着只需要在要塞岸边等着。如果伽马出现，他们肯定知道。"他又沉思了一会儿，突然两掌一击，"就是这样！"

"斯坎德，再说明白一点！"尼哥罗满是佩服。

斯坎德说："有人很聪明，先想到了这个法子。里斯本这里肯定有探子在监视着探险活动，伽马一开航，探子就从别的地方绕过去追上他：经过地中海和红海进入印度洋。他们认为，如果伽马没有出现，就说明根本没有通向印度的新航路。"

"上天！"尼哥罗抓住斯坎德的肩膀，"我打赌，向佩德罗打听我的那个人就是探子。他，还有那个醉酒胡说的家伙，两年前我就在这见过他们！他追着我打听探险的事，什么都问。我敢说他现在又来了！"

斯坎德没有直接回答，而是露出了疑惑的表情："如果是那样，那斐迪

南提到的那个威尼斯大使的朋友不正是他？”

“我的天！”尼哥罗也睁大了眼，想到当中可能的牵连，也不寒而栗。这就是威尼斯没再鄙夷香料之路的原因？就是一直那么强硬地想知道曼诺尔对东方贸易的政策的原因？

“我就说这个是老谋深算。”斯坎德嗤嗤地笑出了声，“让我们费尽人力物力去开辟通往印度的新航路，他们却坐享其成！”

“打住！”尼哥罗不认同地说，“只是一个喝得醉醉醺醺的、连站都站不起来的家伙的胡言乱语，太当回事了。在见到那个高个子男人之前，我不会做任何决定。佩德罗说他今天会再来找我。”

斯坎德若有所思，沉默了一会儿才说：“要抓住那个醉酒的家伙，趁他落单的时候。来，我们一起去酒馆和码头上转转。一看到他，您指出他，让我来处置这事。水手们有水手们的处事方式，您把他交给我就好。”

尼哥罗立刻答应了：“不过，首先我们还是去佩德罗那儿一趟。要是那人上门，让他帮我捎话给那人。”

第 18 章　安拉的意志

“很好！”斯坎德大声应答。两人一个酒馆接着一个地找。“他不在。只有他清醒着，而且单独一人，才有用处。”这时，他们看到港口传来一阵骚动。气氛很热烈，船只层层叠叠，甲板上的水手们在闲聊。码头上聚集了一群人。

斯坎德和尼哥罗走上前，听到人群中间有两个人在讲述着自己的经历。

“离开丰沙尔三天，我就发现了这群害虫，于是尽量贴着摩洛哥岸边行驶。终于等到可以抄近道切入圣文森特的时候，突然冒出两艘双桅船……”

“哈！”斯坎德对尼哥罗说，“是海盗！”

“我也一样，”两人之中的另一个人说，“只是我是从加纳利群岛回来的，途经摩洛哥。我肯定只是落后你一天。我运的是羊皮和奶酪，你呢？”

“蜂蜜、酒和马德拉群岛的山毛榉材。那些海盗放过了木材，可是，上天——我的蜂蜜和酒！”

“我的天啊！”尼哥罗低声说，“金星号正好也是这个时候经过马德拉和加纳利群岛，说不定罗德里格斯也碰上了！”

斯坎德显然听故事听入了迷，没留心尼哥罗的话，跟着周围的人一起大笑了起来：“听听！”

“他们没动我的羊皮，”加纳利群岛那个船长说，“可他们把奶酪塞满了肚子。吃不完的他们就拿来玩，直到甲板变成一个烂泥潭，臭熏熏的，跟猪圈一样！”

人群又发出了哄笑声。斯坎德慢吞吞地退出了圈子。

“大人！”他说，“这样的场景让我万分怀念甲板！”

“嗯，可是罗德里格斯……”

“啊，我们可以做点什么？”斯坎德显然不大高兴。

他又顿住不说话了，突然紧紧盯住其中一个船长。

“他们一上来就问我有没有辣椒，”那船长说，“辣椒！你能想象吗？”

“我也是！”另一个人也附和着，“还有‘丁香’，一群野蛮人的样子。”

“我跟他们说‘肯定误以为我是伽马了’。”第一个人说。他突然严肃了起来，“说到这个，”他朝人群问，“有没有伽马的消息？”

尼哥罗注意到两人旁边有一个人突然动了动。是那个醉酒的水手！只是他现在身手灵敏，眼神迫切，显然神志清醒。

“就是他。”尼哥罗在斯坎德耳边低声说。

他们看到他慢慢凑近正在谈话的两人，显然想一字不漏地听。

“让我来对付他，”斯坎德低声答道，“另一个上门找你的时候，拖住他，别让他离开绿窗户。”尼哥罗转身就要离开时，他又说了一句：“离开的时候告诉佩德罗一声。”

尼哥罗在绿窗户等着，眼睛盯着前门。一个又一个小时过去了，直到中午，佩德罗的老常客们来了又去，那个长着浓密头发、带着外国口音的人都没出现。一群群水手坐在一起喝酒吹嘘，尼哥罗不时听到他们在谈早上的话题。只是这次海盗涌上船，俘获了整艘船，甲板上流淌着的不是奶酪，而是血迹。

“你确定他说过今天要来？”尼哥罗问佩德罗。他答道：“他是这么说的。”

不知道斯坎德有没有挖到什么。尼哥罗心想，一边又将昨晚的见闻过了一遍：醉酒水手的话，意外巧遇威尼斯大使，还有斐迪南早上带来的秘密。这一系列的事情之间的关联难道只是他自己的臆想吗？要再等等再做决定……老天，他今天早上打算去买的木材！他焦急地想，现在先去见木材商，告诉佩德罗傍晚之前他会回来吧！正打算起身，他就看见斯坎德和那个威尼斯水手一起走进了客栈。

他们坐了下来。佩德罗给他们上了热饭菜和红酒。尼哥罗虽然坐在角落里，但还是看到斯坎德不动声色的表面下隐藏着一丝激动。他只是抿着酒，然后留下那个正狼吞虎咽的水手，走到了佩德罗那边。后者给他示意了尼哥罗的方向。

斯坎德慢悠悠地走到了尼哥罗身边。但刚坐下，他立马就放下了假装轻松悠闲的姿态。他深吸了一口气，说：“他一直反复说着他昨晚跟您说的那些——还说他脑子当时是清醒的！”

尼哥罗难以置信地看着他：“你是怎么问到的？”

“我会告诉您。”斯坎德说，“但动作得快点。我们不能跟丢了他，要是他走了出去……”

他在尼哥罗旁边坐下，然后调整到能看到他的猎物的角度。

“一开始，我借着要雇佣他帮罗德里格斯卸货的由头跟他搭话。”

“他们干了那样的事，还有货可卸吗？！”尼哥罗愤愤地说。

“我问他在这里做什么，”斯坎德继续说，“他说他还有一个伙伴，在打鱼。两人有一艘小艇。我问他什么时候走，他说‘看情况’。他就只说了‘看情况’，别的不肯再说。”

尼哥罗想起了那个大使说的话，“东西一到手就离开。”显然，不管这“东西”是什么，到手之日，就是“情况合适”离开的时候。

“顺带一提，那人名字叫马尔科。”斯坎德停住，“等等，我让佩德罗给他满上酒，这样他就不会走了。”

“好了，”斯坎德走了回来，“我告诉他，船到岸的时候，我愿意付给他更高的酬劳让他帮忙卸货。他同意了，但前提是那时候他还没离开。我注意到他反复提到那些在摩洛哥海岸被海盗袭击的船，而且提起来眉飞色舞，就问他是不是也了解那里。他说不了解，但打赌说他对地中海了如指掌，无所不知！我让他自我吹捧，然后装作不经意地说，我也要经过红海。他当然说自己也去过！然后我就提了几个地方：亚丁、马迪林、蒙巴萨……他都知道——都去过！”

尼哥罗满是钦佩，打断了话问：“你到底是怎么撬开他的口的？”

“比起食物的诱惑，一个水手更愿意滔滔不绝地吹嘘他去过的地方。要是我到现在还不了解他们，就太遗憾了。只要开了话头，他就停不下来了，只想不停地炫耀自己去过哪里——我再不停给他抛话引子！不过，这整个过程我都对自己说：‘慢点，斯坎德，稳住——别触了礁！’最后，他讲到兴致最高的时候，我说：‘比起我跟着迪亚士船长的时候，这都算不了什么！’”

“什么？你曾经给迪亚士效劳？”

“那是自然！在我心里！”斯坎德憨憨地笑了，“千千万万次！不管怎样，他上钩了。然后他说：‘比起这次我看到伽马满载着船往下驶……’这时他立马刹住了。我发誓他脸上汗水涟涟，被自己脱口而出的话吓个半死。”

“不可能！”尼哥罗激动地说，半是慌乱，半是惊讶，“伽马！”

斯坎德继续说：“我感觉到他盯着我，似乎在判断我有没有注意听。这时候只能装傻了，我装作不在意，大声笑着说：‘那有没有听到果阿的鲨鱼唱歌？’”

“唱歌的鲨鱼！”尼哥罗大笑，“又是你编出来的？”

“那只是一个常用来糊弄陆上的傻大个的故事。我用这个问题，发现了他没去过卡利卡特和柯钦。我试着把印度那些港口都说了一遍，发现他一个都没去过。可每隔一会儿，他都要把话题扯回到早上的海盗话题上。最后，我嘲笑他是害怕海盗。他从眼角奇怪地瞥了我一眼，然后换了话题，再也不肯说伽马的事了。”

“那这是怎么回事？”尼哥罗琢磨着，“假如他见过伽马……假如他告诉了威尼斯……”

“我也想不通，所以我一直在寻思马尔科说漏了嘴的话：‘这次我看到伽马满载着船往下驶。’”斯坎德又重复了一次，“往下。”

“怎么了？”尼哥罗困惑地问。

“我反反复复把后半句话理通了之后，想到这个：这个马尔科肯定在亚丁南岸某个地方见过伽马的舰队。这是肯定的，因为他很熟悉马迪林和蒙巴萨，却对印度海岸一无所知。您记得我试探过他吧？那现在，如果现在有一艘往北的船，还有一艘往南的船，你会用‘往上走’来描述哪艘船？”斯坎德认真地问。

“当然是往北的。”

斯坎德的眼神一亮：“那往南的船……”

“往下走。”尼哥罗顺着话说。接着，他盯住斯坎德，似乎整个人都懵了：

“他是说伽马正从印度‘往下走’？‘往下’——他正在回家的路上？”

“您明白过来了！”斯坎德虽然很是自得，也禁不住双手颤抖了，“所以，如果他们在离魔鬼洞不远的马林迪或者蒙巴萨见过伽马，而魔鬼洞回到里斯本最多不过六个月时间。”

“上天！伽马可能——可能就快回来了！”尼哥罗大吸了一口气。必须告诉曼诺尔，告诉整个葡萄牙，伽马没有像他们担忧的那样迷路了，而是活着回来了！可威尼斯，那个大使！倘若马尔科和他的同伙是探子，他能躲过他们告知曼诺尔吗？可是……

“斯坎德，”他憋出了一句话，“我们必须告诉国王。”

“不行，”斯坎德当即否定，“国王两个小时前已经离开王宫了。再说，我们没有足够的把握。您要知道，这可能会惹祸上身。”

“那我要去亚伯大人那里！这事情压得我喘不过气了。”

“等着，我先把那家伙弄走。不能让他看见您。”斯坎德往前迈了一步，“他已经吃完，准备要走了。在搞清楚他要偷溜去哪里之前，不能让他逃出我的视线。”他又回头看了尼哥罗一眼，“那个高个子的男人来过了吗？没有？那就更要盯紧马尔科了。这两人肯定要一起离开里斯本。”

“难怪他对马尔科的话表现得那么紧张兮兮！”看到斯坎德就要离开，尼哥罗低声说，“今晚再过来一趟，好知道亚伯大人说了什么话。”

一路走上山坡的时候，他都在心中天人交战，消化着斯坎德的那番话。伽马可能正在回来的路上！可是，出于正义和荣誉，他该向曼诺尔隐瞒整件事吗？但是，如果是威尼斯策划实施了这场阴谋，甚至还投入了钱，那该怎么办？他会揭露威尼斯吗？可是，他不是早就将自己的财富和葡萄牙绑在一起了吗？再说，如果这件事曝光了，他在里斯本苦心经营的一切，他的未来出路，他怎么抬得起头？

他竭力不去想要见到涅依米的事。他不想见到她。实际上，他刻意想避开她，希望她不会出现。

可他走进庭院时，第一个看到的，就是坐在工作室门槛上的涅依米。她穿着那件浅金色的美丽长裙，头靠着门框。那双黑色的眼睛里，是不是盛满了忧郁，甚至是悲伤?

她转过了头，看着他。那双眼睛——不知道有没有变得欢欣鼓舞呢?

他摆出镇定的样子，随意地打了招呼，就走过她的身边进工作室去了。亚伯看到他进来，从地图上抬起了头："年轻人，你好久没来了！"

"尼哥罗，真高兴又见到你。"露丝从另一个房间匆匆走过来，仔细打量了一下他，然后温和地说，"在窗户边坐下。你看起来很热，把袍子脱了吧。"

"我不能久留。"他喃喃地说。

"不留下？不行！我给你准备晚饭。如果，如果别的东西留不住你，我炖了鲜嫩的鸽子，包管你喜欢！"

尼哥罗耳边嗡地响了一声。露丝那浑圆明亮的大眼睛是不是闪过一丝了然？她为什么特意加了那句话?

"我很想留下来，"他说，"但我跟斯坎德约好了，给亚伯大人带话后，尽快跟他会合。我觉得这件事很棘手。"

亚伯听出尼哥罗声音中的困扰，立刻抬头看了过来："孩子，过来，坐在我旁边。"说着，他将手头的工作放下，集中注意力看着尼哥罗："怎么了？"

尼哥罗没有立即回答。这就像一团乱麻，该从哪里开始讲呢？怎样才能合情合理地将所有事情整理出来？他甩掉头脑中的各种疑虑，决定先从最重要的一个人开始。

"亚伯大人，有人在印度洋看到了伽马！"

亚伯吸了一口气："有人看见伽马？是伽马？"

这时，涅依米也走进来坐到了桌子旁。虽然不发一言，尼哥罗还是看到她的眼睛里盛满了金光。她激动的时候就会这样。

“你是怎么知道的？”露丝震惊地问，“听谁说的？”

“他还活着？”亚伯把脸贴得更近了点，“伽马，还活着？”

“是的，看到他的时候。”

接着，尼哥罗跟他一一讲述了昨夜见到威尼斯大使、马尔科酒醉吐露的话和斯坎德如何套马尔科的话。

“想想！有人看到了伽马！”亚伯抑制不住激动地说，“这简直像是先知一样！在一切没发生前就知道未来！香料之路肯定存在！”

“大人，可是，”尼哥罗谨慎地说，“如果威尼斯，比如说，早几个月以前，就知道了……”

亚伯的表情严肃了起来：“我明白了！你是说最近威尼斯频繁地追问葡萄牙对东方贸易的打算？”

“除此之外，没有别的解释了。您看，这个马尔科和他的同伙在探险开始筹备的时候就出现了。从他的同伙问我的问题来看，我肯定他是个探子。”尼哥罗突然想起，还没告诉亚伯斐迪南说大使迫不及待想让他的“朋友”来看亚伯的地图的话——斯坎德认为事情无关紧要让他无意识忽略了这事，“那家伙甚至到绿窗户找我带人来您这儿。”

“什么时候？”

“昨天……”

“那我见过他！我路过那里，进去看了一下。我听到有人提到我的名字，还说了地图之类的话。佩德罗说你去看木材了。那个就是两年前问你舰队的事情的人？”

“同一个人。斐迪南很确定，一开始我也赞同，因为大使那么迫切地想让这位‘朋友’来看您的地图，还不惜重金，这举止本身就显得非常可疑。”

这时，涅依米轻轻动了一下。尼哥罗转过头看她。她双手支着，掌心托着下巴，聚精会神地听着尼哥罗的话。尼哥罗发现露丝也在看着她。他停了一下，不知道她是不是想说点什么。但她只是继续静静地看着他。于是他又继续讲："但斯坎德说这没什么大不了的。现在很多人都对地图感兴趣。"

亚伯点头同意："就像大使和他的朋友收集地图，我也收集。不，我不觉得这有什么不对劲的地方。"

"当然有！斐迪南是对的。"亚伯话音刚落，涅依米低低的声音传来，犹如一颗石子打破了平静的池水。

"他们当然想要我们的地图。"她又像自言自语般地说了一句。

亚伯和尼哥罗惊呆了。露丝却很理所当然地接着说："孩子，是谁想要地图？"

一开始涅依米没有作声，而是继续用一种令人出乎意料的眼神全神贯注地看着尼哥罗——只是，这次透着悲伤？

"答案很明显。"她的声音几乎听不见。

尼哥罗顿时醍醐灌顶。他脑海里又迅速过了一遍：斐迪南说威尼斯大使对亚伯的地图表现出不同寻常的热衷时，自己是担忧的。可斯坎德和亚伯很快断定事情无关紧要，还有之后马尔科吐露出惊天的秘密，都分散了他的注意力。但现在，大使那天对那个划桨的人说的话又清清楚楚在耳边响起："那东西到手后，估计你就要离开了。"虽然最初的怀疑被斯坎德嘲笑了，但尼哥罗还是又默默寻思起这话的潜台词。现在，再加上斯坎德问马尔科什么时候离开里斯本时，他回答的"看情况"，一切就解释得通了。原话的意思是："看什么时候我们拿到地图！"

"你是说……威尼斯想要亚伯大人的地图。"他尽量平稳地说。

"你还记得吗？"她问他，"斐迪南那天跟我们说过，威尼斯人想知道曼诺尔对东方贸易的政策。大家都对威尼斯的态度转变感到困惑不解，因为

最初说不可能有到印度的航路的正是威尼斯。”

他沉默表示认同。那一天！他从来不会遗忘细节！只是实话说，比起他在工作室往庭院里看到的场景，斐迪南的话留下的印象就没那么深刻而已。这时，他看到她突然垂下了眼睑，姣好的脸庞渐渐红了。她猜到了他的想法？

“如果威尼斯知道有人看到伽马，那一定知道有新航路。所以，他们威尼斯人才想要地图，好抢在葡萄牙之前知道新航路。”她声音很低，似乎压抑着情绪，让尼哥罗感到一阵阵心疼。

“再正确不过了！”亚伯大声喊道，“赶在伽马回来之前，先下手为强，抢占葡萄牙的功劳和成果！尼哥罗，我们怎么会忽略这个？斐迪南对大使的怀疑是正确的。你看，威尼斯肯定垂死挣扎着保持自己的贸易地位呢。”

尼哥罗绝望地喊出了声：“如果事情败露，那，那我，一个威尼斯人，怎么抬起头做人？我的生意、我的朋友……”他的话说不下去了，赶紧站了起来，想掩饰情绪。

亚伯把他按回了椅子上:“我亲爱的孩子,从来贸易争夺都伴随着战争。”

“换作葡萄牙，葡萄牙也会做和威尼斯一样的事情。”露丝安慰他，“尼哥罗，不必往心里去，这不是你的错。”

“肯定，换作葡萄牙也会那样做。”亚伯也说道，“再说，即便有一天阴谋被揭开，凭你在这里的过往和为人，大家也不会责怪你。”

“您觉得，要是曼诺尔知道了，他不会把账算在我头上？”尼哥罗痛苦地问，“还有伽马，他会怎么说？我已经陷入了绝境，一无所有了。我会名誉扫地，遭人唾骂。”

他看到涅依米的身影闪出了屋子。就像她希望离开他的生命的方式，尼哥罗痛苦地想着。

这时，他逐渐听清了亚伯的声音，讲着什么“造化弄人”。

“真是造化弄人。”亚伯说着，“现在要是我要向曼诺尔复仇，是不是该把地图交给威尼斯？”

“亚伯！”露丝吸了一口气。

“不管怎么说，我还是人类！他对我们做了这样的事情，难道不是罪有应得吗？”

工作室陷入了死一般的沉默。尼哥罗震惊地看着亚伯。还是那张精明的脸，下巴微微往前倾，眯着眼睛。现在，扎古托的面孔是工于算计的银行家的模样！终于，他握住了足够的筹码，至少能抵消一部分同胞们所长期遭受的厄难了。

突然，他扯起嘴角，露出了那个熟悉的古怪的笑容。“尼哥罗，不要害怕！露丝，你觉得我会这样做吗？”他眼睛里透出了孩子气一样的光芒，或许还有点潮湿了，“你觉得，我会毁掉迪亚士和我苦心多年照顾的孩子，甚至是在曼诺尔出生以前就开始了的香料之路吗？”

“亚伯，”露丝激动地说，“亲爱的，你是无人能及的！”

“我也这么觉得。”尼哥罗接着说。

“拍马屁！”亚伯斥了一声后，又振奋地清了清嗓子，“好了，至于那个想要我地图的家伙……”

“大人，我没见过他。不过肯定会见到他。或许他会先来您这。”

“甭管他什么时候来，我来对付他！”亚伯说。

“那，”尼哥罗郑重地说，“我最好现在告诉斯坎德你——涅依米和你对地图的想法。”

“时刻保持联系。”亚伯叮嘱他，“尤其是伽马的消息。”

比预期走得要晚，尼哥罗边想着边走过院子，往大门走去。星星已经出来了，月亮刚爬上高墙。这时，涅依米从藤蔓架子后面走了出来，径直走到了他的面前。尼哥罗闪过一个念头，她成了夜晚所有美好的化身。他一下子手足无措，连思考都不利索了。

“尼哥罗，”她喘着气，低声说，“你说……我听到你说……你一无所有了。”

这个问题让尼哥罗摸不着头脑，但还是说：“对，我说过这话。”

“那，尼哥罗，如果你现在一无所有了，那现在就是我还债的时候了。”

尼哥罗给自己鼓劲，重新面对这道旧伤疤。可是她是那么温柔地看着他，颤动的嘴唇是那么柔软，怎么回事？难道是同情他？尼哥罗觉得心脏怦怦跳着，耳朵一阵阵轰鸣，眼前发晕。虽然如此，他还是看到她是那么柔弱。

突然，她一下子靠近他，然后说：

“尼哥罗，我爱你！”

尼哥罗呆若木鸡，几乎不相信自己的耳朵。是他疯了——还是她？

“你是指斐迪南？”他说。他觉得那声音不是自己的。

“我知道你心里是这么想的，”她小声抽噎着说，“啊，不，尼哥罗。你！我没有东西可以还你，除了，除了……爱。”

“没有东西可以还你，”这句话终于让尼哥罗从震惊中恢复了过来。“没有东西”并不是她一直一无所有。尼哥罗听过斯坎德的描述，想象过她的父亲的房子的样子，高大的仓库，曾经属于她的财富……而这时，另一个影像闯进了脑海：空的酒桶，柔弱的身躯，一无所有，满是绝望！他伸出手臂抱起了她。

最后，他放开了她一点，距离刚好可以完整地看着她。月影疏斜，洒在盛开的花瓣上，照在涅依米的手臂上，落在她仰起的脸庞上，似乎都只是为了衬托她快乐的情绪。这情绪跟她的美丽一样，无法形容，不可捉摸。

“可是，那天斐迪南跟你说东方和西方‘炙热的吻’，他是传达给你他的爱意。你没注意看的时候，我看到了！”

“我知道，”她温柔地笑了，“你没在看的时候，我看着你呢！不，斐迪南不是在跟我表白，他只是在诉说自己的抱负。”

但尼哥罗想再确认一下："那他的抱负是什么？"

"对冒险的热爱，"她迟疑了一下，斟酌着用词，"寻找新世界！尼哥罗，那是他最大的心愿，一直以来都是。"

"我那时是那么确信你爱上了他！看到你的脸上洋溢着快乐，我既痛苦又绝望。但不知道你为什么有点害怕的样子……"

"'害怕'，没错。"她声音很小，"因为我看见你在工作室门口的表情！我很害怕是自己多想，因为……"她提了一口气，"因为我希望我想的没错！我怕自己克制不住，露出了真实想法……"她把自己的脸埋在他的肩膀上，"哦，尼哥罗，我该怎么说？"

他把她拉近了一点："亲爱的，你想隐瞒什么？"

"你记得吗，那只鸟？你告诉过我不要害怕？啊，尼哥罗，自那以后，我就爱上了你！这就是我一直想对你隐瞒的，直到敢告诉你我要用爱情来偿还你！"

尼哥罗正色道："当你说要还债的时候，我觉得你很残忍！那为什么你决定在今晚告诉我？"

"因为我听到你说，你没有了朋友，一无所有。我知道是时候偿还了，所以来了这里——为了鼓足勇气说出来！"

"可是，如果我们对威尼斯的怀疑成真，那会对我不利。你不会希望看到我名誉受损吧？"

"尼哥罗，如果是对你不利，我和你一起承受。可只要我们有爱情，其他又有什么区别呢？"

对啊，有什么区别呢？他又满心欢喜地抱紧了她。可为了她，一定要洗掉这污点！

他又温柔地问："那你为什么一直和我保持着距离，几乎不让我和你单独说话？"

她没有回答。尼哥罗又催促了一句："亲爱的，为什么？"

"尼哥罗，你知道，"她终于开口了，"亚伯大人和露丝妈妈如果不是为了我，很早以前就离开了。我怎么可以有别的心思呢？"

"不会分开的。"他保证，"我会让你陪着他们，这样他们就不会孤单。"

"还有，"她继续说，"小时候的教养还给我留下很深的烙印。我的族人，我妈妈的亲人们，都觉得女孩儿应该有女孩儿的教养方式。"

尼哥罗想起来了，斯坎德说过她这个阶层的阿拉伯女性是与外界隔绝的。

"而现在，"她用手捂住了脸，"看看我做的！我的族人肯定会唾弃我。可是，当我说是威尼斯肖想地图的时候，你是那么不开心……哦，尼哥罗，我必须偿还你！"

"比起失去你，失去什么都不重要了。"尼哥罗热切地说。接着，他又好奇地问："但是我不能让你对我心存芥蒂。涅依米，你是怎么想到威尼斯的企图的？"

"我不知道。那个念头就像黑暗夜空中划过的亮光。我们阿拉伯人说，这是安拉给的指示。"

尼哥罗边听边思索着，不知道现在斯坎德对地图的事会说什么。

"尼哥罗，我有时候觉得，虽然我的父亲是欧洲人，我的整颗心却是属于阿拉伯的！"

虽然不是很理解这话，尼哥罗还是点了点头。

"你记得吗，这么久以来，我是多么憎恨所有有关新航路的任何东西？最开始我逼着自己去听，触摸地图和那些仪器工具，因为我是那么爱亚伯大人。你还记得那晚我在擦拭罗盘吗？"

"而从现在开始，我明白了，是安拉的意志，让我的命运和航路牵绊在了一起，不然为什么……"她用手做了一个姿势，尼哥罗认出是东方人特有的手势，“为什么，我的父亲和母亲，之后是那些水手，最后是亚伯大人和工作室，都要经历这些恐惧？”

“你是说，”尼哥罗突然明白过来，“这些都是开辟新航路的一部分？”

“能成功找到新航路，都是安拉的意志！”她柔声矫正他，“尼哥罗，你看，如果将我的所有苦难，甚至是我的全部生命，和安拉的伟大的意志相比，是多么微不足道！所以，从以前憎恨航路，到为了亚伯大人努力去喜欢它，我想到了自己也可以做点什么。而现在，我和亚伯大人和迪亚士大人的想法一样：我愿意为新航路做任何事情！”

“我喜欢新航路，”他温柔地说，“因为它把我们带到了一起。自打第一眼看到你美丽的眼睛里的恐惧，我就一直想，要让所有的痛苦和挣扎离你远去。这也是我现在开始要做的事情，一直持续下去，直到永远！”

“永远！”她重复了一句，露出奇怪的神色，“尼哥罗，你有没有想过，永远意味着多久？是不是贯穿了过去和未来？”

“你是说，”他温柔地说，“我们的爱，也是安拉的意志？”

她握起了他的手，盖住了自己的眼睛：“从一开始就是，直到永远！”

第 19 章　国王的狨猴

尼哥罗匆匆地往绿窗户赶，一路上遇见一拨又一拨的水手，耳边不断传来他们的谈话："有二十只狨猴……是特意带回给国王的……没有一只活下来……"他边走边漫不经心地想：为什么'一只'都没有活下来？这时，迎面又走来一拨水手，他不得不停下让路。他们都打哪儿来，怎么都突然聚在了一起？放眼望去，随处可见戴着尖顶帽子的水手：酒馆门口、街上。镇子上从来没有聚集过那么多水手，而且是在这样的深夜里。

现在，没有任何事情比和涅依米在一起更加重要！这个世界任何事情都不及她的快乐重要！没有任何东西可以阻止这点。虽然她不介意他的名誉会受损，但他不会让丝毫的猜疑出现。现在，他的名誉显得更加重要，尤为珍贵，一定不能沾上污点。可要怎样才能在对接受他的国家尽忠的同时，不让生养他的国家蒙羞呢？

出乎意料的是，他发现绿窗户里熙熙攘攘地挤满了水手，满酒的吆喝声此起彼伏。佩德罗就像一个棕色的小矮人，匆匆忙忙地穿梭在人群中间。

尼哥罗趁他回到柜台前面时截住了他："我看到全是水手，一直坐到这边。"

"当然了，"佩德罗说，"他们都回来了，没有人开船。"

"没有人开船？为什么？"

"您没听说有海盗吗？"

尼哥罗模模糊糊想起，那天早上他和斯坎德在码头上也听过一些有关海盗的话。

"对了，斯坎德回来了吗？"他问。

"在这里了。他想知道你什么时候回来，我去告诉他。"

佩德罗急急忙忙地走开了。不一会儿，斯坎德打着哈欠走了过来。

"那个马尔科一刻都不消停，"他抱怨道，"他逮住人就扯着对方说海盗的事情。在没搞清楚他把船停在哪儿之前，我都要盯着他。您听说海盗的新消息了吧？"

"不，还没有。我要先告诉你一些事情！"

"亚伯大人说了什么？"

"不，是涅依米的话！那个大使和斐迪南之间关于地图的谈话，你说毫无意义，其实这是整个阴谋的关键！"尼哥罗接着把原话告诉了他。

"那个孩子！"斯坎德温和恭敬地说，"她是对的！"

"可当我说我们该追查地图的事的时候，你只说我是个笨蛋。"尼哥罗提醒他。

“我知道，”斯坎德承认，“但您只是想到，涅依米是知道了整件事！就像她说的，当你脑中有光亮一闪而过时，或许您就可以确信这是真的了。”

他瞥了正在聊天喝酒的马尔科一眼，揶揄着说：“这就是他在等待那个高个子的同伙拿到地图的原因了。”

“没错。”尼哥罗赞同，“现在，我也在等着那家伙随时上门，让我带他去见亚伯大人。”

“您有想过可能他会自己去吗？”

“我也提到了这个。亚伯大人看起来有信心对付他。”

斯坎德噘了一下嘴：“哼！如果他真那么想要地图，要阻止他可不是小孩子过家家。”

“你的意思是，我们应该让一个人守着亚伯大人，以防万一？”

他的话被突然的一阵喧闹打断。一大群水手涌进了客栈，骂骂咧咧地说着什么。其中一个水手粗鲁地叫骂着：“然后那些小崽子像恶魔那样叫嚣着，爬上了绳索……”

另一个人接腔：“对！我朝他们喊，那些是献给国王的狨猴，要是谁胆敢碰他们……”

“国王的狨猴！”尼哥罗吃惊地说，“这是我今晚第二次听到这个了。”

“没错。”斯坎德说，“一艘从佛得角群岛回来的船带了一船金子和狨猴，途径摩洛哥的时候被海盗袭击了。”

“又一起？”尼哥罗神色警惕了起来，“继今天早上的两起之后？如果罗德里格斯……”

“您忘了？您刚进来我正要提起海盗袭击的新消息时，马尔科已经在全神贯注地听了。”斯坎德转过身，迅速地环视了一圈屋子，“我得盯着他。看，他就在那儿！”

马尔科挤到了讲述狨猴之事的那个人旁边，坐在了最近的位置，正聚精会神地听着，还问了一个问题："除了狨猴，你还运了什么？"

"大部分是生黄金，是我见过的含量最高的。"那人沮丧地答道，"我拿它们跟那些崽子交换，只要他们不伤害狨猴。那些狨猴可是要特意献给国王曼诺尔的，肯定能换来不少赏赐！"

"金子也被抢了？"他们听到马尔科问。

"所有东西！他们把所有东西翻了个底朝天，想要找香料！你有听说过那样的东西吗？"他大声问着观众，"香料！"

众人都沉默了一会儿。那些坐在他旁边的人，挪得更近了一些，其他的有的伸长了脖子，有的站到了长凳上看。

"我问他们我怎么可能找到香料，因为这些只有印度会产。他们只继续翻，连隔板都没放过！"

"没错！"另一个声音说，"他们一口咬定，说我们帮伽马把货物偷偷运到了里斯本！"

斯坎德用肩膀顶了一下尼哥罗："看马尔科！"

马尔科眼神发亮，咬紧着牙关，目不转睛地盯着刚说话的人。

尼哥罗看了他一会儿，猛然醒悟过来："他知道海盗袭击！"

"我正在等着您说出来呢！"斯坎德赞同道，"圣人……"

突然，马尔科站了起来。

"他要走了，我去追！"

"这边，快！"尼哥罗打开了后门。马尔科很快挤出了人群，消失在了门口。斯坎德也从后门赶了上去。

佩德罗经过的时候，手舞足蹈地告诉尼哥罗他的钱包从来没有感觉这么沉过。这些水手再让海盗给滞留在镇子一阵子，或许就足够他安享晚年了。

对，没错，尼哥罗心想。但是如果罗德里格斯的船没载货就遇上了海盗呢？

他回到位子上坐下，把自己隐在暗处，静静地听着，看着人群。太奇怪了。为什么会突然冒出一批海盗，而且还疯抢着香料？

又一批水手涌了进来，大声说着国王的狒猴的事。这次还说到了要抢丁香、肉蔻！

“肯定误认你是从印度回来的伽马了！”有人嗤笑了一声，其他醉酒的水手同时大笑了起来。

但坐在黑暗中的尼哥罗既没有注意到也没有加入众人的笑声，而是昏昏沉沉地重复着刚才听到的话：“肯定误认你是从印度回来的伽马。”他想起来了，跟今天早上码头上的那个船长说的话几乎一模一样：“肯定误以为我是伽马。”

突然，他脑海里闪过一张涨红的脸，那人用愤怒的声音喊着：“我见过伽马。你再也见不到他了！”想着那张脸，尼哥罗突然涌上一股冲动，想要大声嘲笑自己，嘲笑这满屋子的傻瓜。他自己在这里迷茫、纠结、苦思冥想真相，可这张脸，不明摆着就是真相嘛！如果不是那么明显，不是那么直接，说不定他更容易发现：这些海盗等着伏击伽马！做先锋的，当然就是来监视他的人：马尔科和他的同伙，或许还有其他人。

虽然他一直把马尔科最后的那句“你再也见不到他了”当作废话，但此刻，他意识到自己的心猛烈地跳动着。一种冰冷的恐惧袭上心头：不只是伏击或者劫掠伽马那么简单——而是“再也见不到他”！

“必须去救伽马！必须救伽马！”他听到自己心底呐喊着。直到身上传来了疼痛感，他才意识到，原来自己一直用拳头捶着膝盖。他真傻，怎么没早点发现，现在时间不多了！斯坎德不是说过，从魔鬼洞到里斯本只要六个月吗？如果马尔科在那附近见过他，现在马尔科回到了这里，那伽马肯定也不远了。还有，如果马尔科的同伙来这里问亚伯地图的事该怎么办？

地图！刚刚沉浸在惊天的发现中，他完全忘了它们。伽马和地图，哪个是诱因？他该怎么做？马尔科和同伙在扮演什么角色？是跟窃取地图的威尼斯同一阵线，还是隶属想摧毁伽马的海盗阵线？这时，他脑海里突然跳出一个新的可能的答案：威尼斯跟海盗勾结了？

这一系列的可能让尼哥罗陷入了剧烈的挣扎，但始终有一个念头清醒无比：必须救下伽马！为葡萄牙救下伽马和新航路！一定不能失去新航路！凝结了梦想的航路，历经了超乎想象的磨难，付出了那么多代价！

他交叠两臂放在椅子上，头也搁在了上面。他必须理清一切。自己的损失、朋友、生意等，比起葡萄牙的损失不值一提。他对涅依米说过，新航路将两人带到了一起，他要去爱它。而现在，他知道自己必须为爱航路本身而爱它。

他抬起头，仔细地看着屋子里的喧嚣。各种年纪、各色各样的水手们仍挤在一起痛饮狂欢，天南海北地聊天。只要他们停泊在里斯本港口的船只当中有一艘愿意去驻点待命——在伽马必经的点：佛得角、加纳利群岛、马德拉群岛，最北边去到圣文森特——那现在摩洛哥的那些海盗肯定闻风丧胆，落荒而逃，伽马也就能得救。可他要说什么才能让他们答应？他们不会听一个久居陆地的人的话。或许斯坎德可以——要是他在就好了！

那就在这儿等他吧，尼哥罗决定。现在已经过夜半，天也快亮了。他把头埋在手臂里，伴着酒馆里鼎沸的吵闹声沉沉入睡了。睡得迷迷糊糊的时候，他听到自己的声音在讲："必须救伽马！"他是不是讲梦话了？

这时，他感觉有人在轻轻地摇晃自己。他睁开眼睛，看到斯坎德弯下腰朝他笑着。旭阳已经东升，阳光穿透巨大的窗户照了进来。小酒馆安安静静、空无一人，只有佩德罗在打扫着屋子。屋外不时传来行人路过时讲话的声音，热烈地讨论着什么。是什么呢？

"小伙子，整晚没睡，对吧？"

尼哥罗注视着眼前古铜色的脸，看到他那双锐利深邃的眼睛里跳跃着奇

异的火光："斯坎德，是不是有新消息？"

"您也是，对吧？"斯坎德立即说，"我们来分享。"

"必须救下伽马。"这是尼哥罗入睡前最后记得的话，"斯坎德，我们必须去救他！"

"您为什么这样决定？"斯坎德问，眼睛里还闪烁着那道奇异的光。

"我奇怪的是为什么我不早点明白！我听着他们一直在说海盗搜寻香料和寻找伽马的话，才突然想到，除了伏击伽马，那一系列集中发生在伽马必经之地的袭击还能有什么目的呢？还有关于香料的那些对话！除了伽马，谁会有？我们葡萄牙的水手们怎么会想不到？"

"只要他们还没一直想着伽马已经死了，大概也会想到。海盗们之所以没有这样想，是因为……"斯坎德意味深长地停顿了一下，"因为他们知道实情。"

尼哥罗点了点头："由马尔科和他的同伙看来，这是肯定的。昨晚我猛然想起马尔科跟我说的那句话，'但你再也见不到他了'。"

"这样看来，"斯坎德说，"您说的那句话'必须救伽马'是替我说出了口。"

尼哥罗眼神一下热切了起来："那一定是我说了这话以后你发现了什么，第一眼看到你，我就发现你有点不一样。"

"没错，"斯坎德说，"在今天早上我上岸的时候。"

"上岸？你去了哪？"

"我也整晚没睡，"斯坎德咧嘴笑了，"您记得我从后门追马尔科去了吧？后来，我跟着他一路走到了码头。一路上，他忙着打听谁开船了。我看出了不寻常，心想：'打听这些是什么目的，为什么这么兴奋？'"

这时，佩德罗脸上带着笑，向他们走了过来。斯坎德低声嘱咐："别让他发现蛛丝马迹了。"

“哇，佩德罗，”尼哥罗大笑着说，“看来昨晚赚得不错。”

佩德罗回答希望那些船在里斯本再逗留一段时间。

“康梯大人，您休息得好吗？”佩德罗焦急地问，“我想叫醒您好让您回床上躺着，可您睡死了！”他又对斯坎德说：“他在那么大的吵闹声中睡了过去，那边广场的敲鼓声都没吵醒他！后来，门口不时传来人们的讨论声，可康梯大人连眼皮都没睁开过！”

尼哥罗这才想起了刚醒来的时候听到不少脚步声和说话的声音，随口问道：“大家都在讨论什么？”

斯坎德答道：“是判决犹太人的公告会。”

尼哥罗立刻严肃了起来，震惊地问：“判决？判决什么？”要是真的，亚伯大人会受到影响，涅依米也会被牵连。

斯坎德大笑出声：“我听说是要禁止犹太人离开葡萄牙。”

“禁止他们离开？”尼哥罗吃惊地说，“两年前国王才下令赶他们走！”不过这样一来，亚伯和露丝就不用担心要离开，涅依米也不会跟着他们走。他不由得大松了一口气。

佩德罗说：“是的，我听说国王是趁着消暑的机会公布这个消息的，为了避免听到议论说他飘忽不定！要我说，他是发现了犹太人是最好的子民，不想失去他们。”他边说着边往外走了：“传唤的人说，今天日落前一个小时，所有的犹太人，包括孩子都要去听公告会。”

“事情没有变得更坏，我很开心，”斯坎德说，“我不忍心看到亚伯大人承受更多的磨难。”

“这其实是对亚伯大人，还有所有犹太人的骄傲的侮辱。可对我来说，我很开心看到他们留下来。”尼哥罗开心地说。

“我也是。”斯坎德温和地说，“佩德罗说得对，他们是葡萄牙最好的子民。”说完，他凑近尼哥罗低声说，“佩德罗来之前我们说到哪了？哦，

对了，我说到跟踪马尔科。一到码头，他就径直走向一只绑着的小船，跳上去划走了。我没赶得及借到船去追。”

“你肯定后来找到了他，我保证！”

斯坎德微笑着，接受了这句称赞：“不难！我知道他在晚上那个时间肯定不会离开里斯本，即使他走了，也是唯一一艘出海的船，肯定不费力气就能看见。所以我在附近划着船等着。果然不久后我就发现月光下有什么东西闪着光亮。过去一看，原来是一艘小艇后面停着一只小船，上面搁着一双湿了的船桨。”

“他忘记收起桨了！”尼哥罗激动地说。

“我也这么想，太兴奋一时忘记了。我在附近一直转悠，凌晨的时候看见了他。哈哈，他正从船上下来，爬到小船上。”

“没有看见另一个家伙？”

“没有。马尔科独自在镇子上晃悠了一整晚。我跟着他上了岸。他看起来忧心忡忡，在街上一个接一个人地逮着问。最后我假装不经意地闲逛，经过他身边时，他追了上来，紧张兮兮地说：‘我找不到人带我们出海，他们都害怕海盗，付了三倍的钱都不肯！’”

“那他们是在准备逃跑了！”尼哥罗大喊道。

“我凑近了看他，”斯坎德说，“看到他以为自己逃不了吓个半死的样子。我心想：‘你现在还指望着你的同伙抢到亚伯大人的地图，两人都很忙嘛！’如果我吓他个措手不及，或许能趁机套出他的真话！所以，我装作随意的样子说：‘如果你找不到引水员，要去威尼斯可就有点赶不及了。’”

“‘威尼斯！’他咕哝着立刻否定，‘我们才不去威尼斯！’就是在那个时候，我脑子里一道灵光闪过，”斯坎德的声音低得几乎听不见，“我知道他要去哪了！”

两人同时抓住了对方的手。尼哥罗也压着嗓音说：“去加入袭击伽马的海盗。”

“奇怪，”斯坎德说，“我们俩都瞬间想通了。我发誓那时候我颤抖着，生怕被他发现，但还是拼命镇定地对他说，我和海盗也有点生意。如果他和他的伙伴准备好了，我可以带他们到贝伦市去。”

“我们不能等他们！我们去找伽马，一分钟也不能浪费。你知道那些海盗可不只是劫掠货物那么简单！”

斯坎德点了点头：“我知道，他们是要将谣言变成真的！”

“那就是要他死！我们没有时间了，你说过从开普敦到里斯本只要六个月。如果我们能让那些滞留的船长组织起一支舰队，直接开往某个伽马必经的地方……”

“不，组织不起来，”斯坎德简短地打断，“您最好还是另想法子。”

“你的意思是，”尼哥罗反驳道，“他们害怕为伽马冒险吗？就在伽马自己一次又一次冒险的时候！”

“也不全然是那样。先不提他们相不相信伽马还活着，就凭我们两个，也说服不了他们。”

尼哥罗握紧了拳头，放到了膝盖上：“那……你和我只能尽力做点什么了。”

斯坎德试探着问：“您打算做到什么程度？”

“尽我所能。”他耳边响起涅依米说的那句“我愿意为新航路做任何事情”。尼哥罗转而注视着斯坎德的眼睛：“我有一艘船，随时可以听命。”

“可是，您现在连罗德里格斯在哪里都不知道，这样做对您有什么好处呢？”

尼哥罗没有正面回答：“我们先吃点东西，稍后再谈。”

他站了起来，伸了一个大懒腰。两人一起走到正在拨弄火盘的佩德罗身边，让他弄点吃的。

“您也差不多饿了！”佩德罗应着，让两人坐下，然后端来两串烤羊肉和两碟面包。

“斯坎德，”尼哥罗边撕开面包，边往果汁里面蘸着，“你和亚伯大人负责看管好地图，因为一找到船，我就出发到卡斯凯什 。”

斯坎德停下来看着他：“您要去卡斯凯什做什么？”

尼哥罗郑重地说：“我要去那儿等着罗德里格斯，他在那里补给船。如果他没有遇上海盗，这两天应该就能到了，这样一来，伽马到底是在佛得角还是在别的什么地方，我们都不用浪费时间等他和揣测。”

“什么？”斯坎德吃惊地说，“您不打算让他先把货运回里斯本吗？”

“不。我们把货留在卡斯凯什，前提是货物还在的话！”

“可是，那样您就会蒙受损失！在卡斯凯什卸货又装货，再运回里斯本，就得……”

“我说过要尽我所能！”尼哥罗不耐烦打断了他。

斯坎德沉默了一会儿，眼神渐渐温和了起来。他有点不自在地说：“如果不是我得盯着马尔科，我就求您和罗德里格斯让我担任引水员了。但我们不能让他们有任何空子可钻。”顿了一下，他又信心十足地说：“我肯定会知道他们什么时候走，现在他们可找不到人带他们出海。”

“你看现在立刻出发到卡斯凯什怎么样？这样你还赶得及回来这里等着他们。”

“好！”斯坎德同意了，从桌子一边站了起来，笑着说，“我们租一艘小艇，立刻出发。您来系帆，我来掌舵，然后指导您怎么做。”说话间，两人走出了绿窗户，拐入了小巷子。

“可以，或者换过来也可以！”尼哥罗也笑着答道。他突然想起一件事：“我等罗德里格斯的时间不能超过两天。”

“我想知道，要是他没有出现，您会怎么打算。”斯坎德说，“但我不想问。”

“另雇一艘船。卡斯凯什的一些水手可不怕海盗。”尼哥罗揣摩着斯坎德的想法，说，“我希望你来，可是地图的事情，还有马尔科和他的同伙要盯着……”

“我确信，”斯坎德笑了起来，“只要海盗的阴谋没破产，那两个家伙最远也只在里斯本的海湾转悠。估计他们自己也搞不清楚海盗那边的情况，但又想对伽马不利，所以只好在这里待着了。”

“那你得准备好了，要是他们发现你不带他们出海。”

“让他们尽管试试！我只需要把马尔科见过伽马的事情说出来，大伙儿就会好好收拾他！”

“我真希望你和我一同到卡斯凯什去，”尼哥罗不安地说，“可要是那些家伙对地图动手……”

“这个我已经想过了，”斯坎德安抚他，“以防万一，我决定不时到亚伯大人那里去。再说，即使他们真拿到了地图，他们也无路可逃——因为我才是他们唯一的救星！对了，如果亚伯大人问起您，我该怎么说呢？毕竟，说不准您要离开多久。”

这个问题顿时让尼哥罗陷入惊慌和困惑。先前，他满脑子想着的都是去救伽马，居然完全没去想到去卡斯凯什之后的事情。可是，就像斯坎德说的，谁知道到底要离开多久？他现在才意识到，自己要做的事情，面临着怎样的重重危险。要是他永远回不来了呢？对了，他必须见涅依米一面！他必须完完整整地告诉她自己要去的地方，以及非去不可的理由。可那样就会耽搁去卡斯凯什，耽搁斯坎德回到里斯本。

他犹豫不决，不知所措。接着他想起自己还没告诉佩德罗自己要离开。得跑回去绿窗户告诉他一声。

“斯坎德，”他说，“我忘记告诉佩德罗一声了。我会在码头等你。”

站在绿窗户门口的时候，他又陷入了挣扎。他现在离她已经那么近，就在山上，楼梯的尽头！谁知道在卡斯凯什会发生什么？

“康梯大人，看！”佩德罗匆匆朝他跑过来，手掌里小心翼翼地托着什么，“那个高个子的人刚来过，想跟您聊聊地图还是什么东西的那个人。”

“什么时候？”尼哥罗问。

“就在您刚走之后。不过这次他没找您，只是说要跟扎古托大人聊聊。他让我在下午判决公告会的时候给他带路，看，”他举起了一枚金币，“这是他给的酬劳！”

尼哥罗瞥了一眼棕色手指捏着的金币。马尔科的同伙行动了！他当机立断：“佩德罗，我要离开一段时间，没那么快回来。”

尼哥罗走进小巷子，匆匆地往码头赶。他们必须尽快去卡斯凯什。斯坎德可能很快就要赶回里斯本。

奇怪！他心想，就这样直接决定了，却不是自己做出的！还是这是自己的决定，而他到现在才发现？“我愿意为新航路做任何事情！”涅依米说过。是不是正因为想要追逐她，他才也决定“为新航路做任何事情”呢？

第 20 章　工作室的台灯

露丝和亚伯从楼梯上走下来，然后转过身来，回头看了一眼涅依米。涅依米朝他们挥挥手。他们两人离得很近，一个肩膀宽阔，戴着锥形帽子，穿着黑色大衣；一个矮小壮实，穿着长大衣，戴着头巾。虽然两个人都站得十分笔直，没有挨着对方，但这样的画面让涅依米联想到两个互相安慰的孤独孩子。不，他们才不会孤单！看着他们消失在街道拐角，一股温柔的冲动涌上涅依米的心头。她和尼哥罗会倾尽所有温暖和爱意，来抵偿曼诺尔国王给他们的苦痛，不让孤单有机可乘。虽然这一次的公告会有羞辱的意味，不过，她认真寻思着，其实没有实质的伤害。

等他们再次回到家的时候，一切应该准备妥当：做好了晚饭，屋里点起了灯。公告会到黄昏应该还未结束，而且亚伯大人说了，他们在公告结束之后可能会去看望一下约瑟夫拉比，他年纪大了，身体日渐衰弱，已经到了不能出门的地步。涅依米一边往院子里走一边想，或许她还可以让门半开着，这样亚伯和露丝一回到楼下就能看到工作室里台灯透出的光线。

但赶在天色完全暗下来之前，她还必须做一件事情。尼哥罗曾提过："如果那个威尼斯大使的朋友来了怎么办？"亚伯大人似乎没有放在心上，但在她听来这像是一个指示：必须藏好地图。由她来藏更好，这样一来，若是有人逼问地图的下落，亚伯也毫不知情。

她穿过院子来到工作室，在门槛旁边停下脚步。她环视了一圈屋子：书架、茶柜、书桌，都不适合藏东西。木匠的工作椅下面？她弯下腰去看。空间虽然不小，但是藏在这里任何人都能猜到。于是，她又把整间屋子一一打量了一遍，从地板到天花板，一个角落也没有放过。突然，她的目光不经意间掠过台面上那盏巨大的工作灯。风轻轻地从门和窗之间的通道吹进来，灯晃动了一下。她的视线又回到摇晃的灯上，盯住了它。任何人都意料不到的地方。

她跑到了那排铜壶旁边，把地图取出来，然后轻轻地卷起来。接着，她站上桌子，打开了亚伯的"灯塔"，小心翼翼地把地图放了进去。现在只需要锁上就万事大吉了。等等！那是什么声音？大门被谁推开了？可能是尼哥罗来了！亚伯大人和露丝妈妈肯定没那么快回到家。她赶紧跳下桌子跑向大门。

院子门口站着一个高大的身影，他穿着引水员的大衣，一动也不动。如果不是发亮的眼神、翕动的鼻孔和嚅动的嘴唇，乍一看还以为是一具雕像。

天色更暗了。空气中扬起了千万颗小尘土。涅依米感觉自己的身体似乎已经飘离了工作室的门口，失去了知觉，然后又不断往下坠，落入死气沉沉、令人绝望而又无边无际的深井。突然，有什么可怕的东西一跃而出，撕扯着她的胸口。如果她不能行动和说话，这具身体里跳动的心还是她吗？她被一种奇怪的想法攫住了，仿佛她变成了一只鸟，挣脱不了邪恶的眼睛编织而成的网；又仿佛变成了野外的一只小动物，逃脱不出盘旋着的枭的阴影。

突然，她一下子清醒过来！她想到了反抗，就像做噩梦的人，拼命挣脱死亡一般的恐惧。她感到喉咙发冷，视线往下移，手也已经握紧。再往门口看，那个身影仿佛摸索着，渐渐往她走了过来。

啊！尼哥罗！斯坎德！亲爱的亚伯大人！你们在哪？上天不公！在经历过亚丁的苦痛经历、奴隶市场和苏丹娜号之后，为什么还要让她遭遇这样的厄运？！

现在，那人走到了她的面前，他喘着粗气，鼻孔的一张一合更加清楚了。她记得，他被触犯或者发怒的时候就是这副表情。她还记得他尖顶的帽檐下露出的浓黑头发。记忆里的恐惧瞬间淹没了她。她的膝盖在发抖，她花了好大力气才紧紧把手指扣在一起。啊，上帝啊，让她振作起来吧，去面对这比死亡还要可怕的恐惧。

“看来你还没有忘记我！”

男人从喉咙深处发出熟悉的阿拉伯口音，令她作呕。

“喊我的名字！”他命令道。

她张开焦干的嘴唇，舌头费力地想发出声音，但是她一个字也说不出来。唯一能做的似乎只有把双手攥得更紧。

他又走近了一步：“说！说出我的名字！”

“阿卜杜勒！”她终于喊出了声音。

他眯起了眼睛，跟她印象中分毫不差。她此生都不会忘记，他是怎样和斯莱曼谈论着要把她当作礼物呈给这个或者那个首长的。

“哼，”他低声咒骂道，“看来你还没忘记啊！”紧接着，他死死盯住她的脸，逼问道，“你怎么会在这儿？”

对，就是这样的眼神！这就跟当初他隔着特意为她而做的铁笼时，看着她的眼神一模一样。但她现在必须鼓起勇气，就像当时那样，不畏惧，否则流露出来的憎恶会招致更可怕的报复。

“你为什么会在这儿？”他又问了一遍。

“不管什么……”正当她想要编个理由时，就被打断了。

“我现在赶时间。你告诉我，扎古托把地图藏在哪儿？”他说。

涅依米盯着他，心里既恐慌又疑惑。为什么他会知道亚伯大人的地图？他想要地图做什么？上帝啊！或许，难道阿卜杜勒和那位威尼斯大使的“朋友”其实是同一个人？难道他知道亚伯和露丝都不在家？她下意识地往藏着地图的方向看。她忘记上锁了！但想到阿卜杜勒可能会循着她的视线看，涅依米立刻把目光收回来。

“你知道地图在哪！你的表情已经出卖你了！”

啊！他注意到了她的神色变化！

“快！交出来！扎古托就要回来了。”

涅依米看到，阿卜杜勒看了一下天色。此时，太阳已经西斜，公告会肯定快结束了。如果她跟他周旋一下，说不定亚伯会临时改变主意，不去看望约瑟夫拉比，而是直接回家。

“我知道你在想什么！别以为你能拖住我等到他们回来，” 阿卜杜勒上前一步攥住她的手腕，“把地图拿出来，现在！”

阿卜杜勒的碰触使涅依米一下子全身战栗，血管里冰冷的血液似乎一下子沸腾起来。她抬起头看着他。

“对，没错，你最好乖乖交出来。看这儿！”他另一只手从皮带那里抽出了什么。下一刻，一把匕首就抵在了她的喉咙上，反射出阵阵亮光。

她回想起来了，就是这把匕首，曾经捅进了斯莱曼的后背。她努力地回想。这一次，她不会再让表情出卖自己。

“杀了我，”她冷静地问，“你就能拿到地图吗？”

“不管怎样我都会杀了你！”阿卜杜勒暴怒，“就要杀了你！”箍住她手腕的力道更大了，“我发誓，我会在这里等到扎古托回来。如果他不听我的话，我就把他也杀了。”

“杀了他也无济于事，”她冷静地引导他，“杀了我们，你永远也别想得到地图。”涅依米心里大声祈祷着:“啊,安拉！请保佑他们不会回家来吧！拖住他们！”

涅依米看见他的视线越过她望向屋里，逐一扫过书架、椅子和桌子。

突然，他一把推开涅依米往屋子里冲，嘴里喃喃道：“一定是那里！他制作地图的地方！”

涅依米偷偷往仍在轻风中微微晃动的大灯瞥了一眼。还没锁上！万一再敞开一点，然后他无意往上看一眼……噢！怎样才能让他走呢？

她惊恐地看着阿卜杜勒冲向书架，拉开抽屉，打翻床头柜，搜寻凳子底下，翻过空铜管。当他紧紧盯着灯的那一刻，她心跳都停住了。哦，不，他看的是窗户！松一口气后，她瞬间觉得虚软无比。

但随即她又听到一声可怕的咒骂。太阳就要下山了，阿卜杜勒还没得逞。哦，安拉，让他在发现未上锁的灯之前离开吧！在亚伯大人和露丝妈妈回来之前！她知道阿卜杜勒是说到做到的狠角色。她竭力让自己不要去回想斯莱曼背上插着刀，随着苏丹娜号慢慢沉入海里的场景。不！不要让这样的事发生在这个可爱的庭院里。还有尼哥罗，仁慈的安拉，要是他恰好走进来怎么办？他和亚伯都不像阿卜杜勒那样随身带刀——而且阿卜杜勒没有什么事做不出来。

“我再给你一次机会！”阿卜杜勒站在刚制造出来的一片狼藉中间，两人的距离还能使涅依米清楚地看到他鼓动的鼻孔，“如果不把地图交出来，你的下场更凄惨！我只会给你两个选择，交，还是不交！听到没有？”

涅依米马上就发现了他前后语气的变化。起初他说“把地图拿来，交给

我”，现在是“交，还是不交”。可以确定的是他接受了自己可能会失败的结局，开始妥协了。只差一步，说不定他就会放弃搜寻。只要她提出建议，他就会顺着台阶下，如此一来亚伯大人他们就会安然无恙了！但天色在迅速地暗下来，她得赶快，不然等他们回到家，就不知道阿卜杜勒会做出什么事情了。

哦，尼哥罗！哦，爱与生命，我将你们置之度外！这对任何人的身体与心灵都太苛刻。她会拖延着，争取一丝丝的机会，逃离这黑色的深渊！必须得有什么东西，必须得做些什么，才能让她和尼哥罗解救彼此！

但是，万一最终，阿卜杜勒还是找到了地图，葡萄牙被夺去了新航路的先机呢？她脑海里一闪而过昨晚她对尼哥罗说的话。她说，为了新航道，她哪怕牺牲一切也在所不辞。她的双手紧紧攥着，给自己打气。哦，安拉，让您无上的智慧的力量，指示我该走的路吧！

涅依米感觉到自己的舌头和嘴唇动了，但发出的声音却不像自己的。

“如果我跟你走，你会现在立即离开吗？”那个不真实的声音说。

他会带她到哪里去呢？无所谓了！只要地图是安全的。

他猛地把刀架在她裸露的脖子上，狠狠地咒骂：“你要我，是不是？”就像曾经扎在斯莱曼背上的刀那样，这把刀也会插进她的喉咙。

“我准备好了，我跟你走。”她冷静地告诉他。

他后退了一步，把刀收了回去。“你不怕死？”他语气里带着一丝残酷的好奇，“我记得当时我们特意做了个笼子才把你带到海上。”他又靠近一步，近到他可以看到他困惑地绷着的脸上的浓黑眉毛：“那些地图对你意味着什么？为什么不肯交出来？”

他的好奇心是否有一丝是出于对于她的怜悯？她的心里涌现出希望。但他似乎又很快地忘记了刚问的话。她看见他盯着暗下来的光，神情渐渐冰冷下来。

“杀掉她没什么用处！”她听到他自言自语，仿佛在和一个看不到的控告者辩解。然后又把刀插回皮带，不耐烦地看着她：“我们必须赶到船上。

穿上衣服，快！”

这话犹如重击，一瞬间抽走了她的呼吸，眼前一片漆黑。她现在明白过来，她以为自己早已经绝望，但到这一刻才知道自己没有！他说了“船上”。感谢真主安拉！到了船上就到了海边！不过这次她一定要掩饰好自己的想法。

“快！”他重复道，“穿上能遮住你的衣服。”

当然了。她浅金色的衣服在街上一定引人注目。她想起露丝有一件旧披风。鬼使神差地，她走进房间里，从大箱子里抽了出来穿上，然后走回到阿卜杜勒身边。阿卜杜勒紧盯着她套上兜帽。

“低一点，遮住你的脸！”他命令道。

他一把扯住她的胳膊往门口走。随着门在后面关上的声音，涅依米感觉，自己与这个庇佑她的避难所最后的联系，也是最初的联系，仿佛被关上了。她压抑着内心的痛苦，想象着当亚伯和露丝打开门，没有人出门迎接他们时疑惑的样子。他们看到那些空铜壶和凌乱的工作室时，会不会知道发生了什么？他们能在珍贵的“灯塔”里找到并明白她藏着的讯息吗？还有尼哥罗……他们会什么时候告诉他？啊！现在还是不要让她想到尼哥罗，只要记住地图安然无恙就好！

走下楼梯后，阿卜杜勒让她再把兜帽拉低一点。“紧跟着我，”他低声说，“一旦你做出求救的举动……”

她无声地答应了。她需要求救的只是大海。只要她表现得十分顺从，他就会忘记盯紧她。只要到海上……她突然惊恐地想道：会不会有一个像苏丹娜号上那样的引航员？不管了！她会装作服从。这次她不再需要笼子，还要想办法躲过他们所有人。安拉会保佑她的。

涅依米看到阿卜杜勒绕了道往港口走，因为街道上肯定满是公告会结束后回家的人。亚伯大人和露丝妈妈永远不会知道，他们曾经那么近距离地擦肩而过！但是，是谁告诉了阿卜杜勒他们不在家呢？威尼斯大使？他应该知

道皇宫里要发新公告，而且所有犹太人都要求出席呀！

一阵冰冷的恐惧攫住了她：尼哥罗或者斯坎德常待在码头，有可能会遇上。这种时候任何人都很难控制自己开口求救。可一旦开口，阿卜杜勒的匕首就会让她长记性。

涅依米沉浸在痛苦的思绪中，不知不觉地就已经被带到了码头。自在威尼斯被掳走后，她就再没有踏上的码头！现在码头和之前一样，安静荒凉。翻涌的海浪吸引了她的视线，她才注意到风很大，云层挡住了月光。

阿卜杜勒和她快步走着。她看到一个人从阴影中走了出来，离他们越来越近。她的心几乎要跳出来了。窄小的臀部、裸露着的双腿，几乎跟斯坎德一样！

但下一秒她看到帽子下露出了一张陌生的面孔。

阿卜杜勒顿住："马尔科！"

马尔科？尼哥罗提过的那个马尔科？那个散播伽马的惊天消息的马尔科？

听到阿卜杜勒的声音后，那个人走得更近了一点。他疑惑地看看她，接着看向阿卜杜勒。涅依米读出了惊讶的意味。但他一开口却是冷冰冰地询问："到手了没？"

"不关你事！"阿卜杜勒大声回嘴，"船和引航员都准备好了没？"

"去他的，我找不到他！"马尔科断断续续地说。涅依米看到他后退一步，仿佛是下意识地避开拳头。

"我整个镇子都搜了一遍，可……"

"什么？他不在那？"

阿卜杜勒脸都快扭曲了，接连骂出一连串脏话。涅依米感觉自己颤抖得更加厉害了。

"见鬼去！"他怒吼，"我指望着你弄好，好让我……"

“我办到了，不是吗？”涅依米发现马尔科的淡定语气只是在掩饰沉稳的表情下的惊慌。“我找到了镇子里唯一一个引航员，不是吗？要是你更早一点告诉我你改变明天一早要走的主意，说不定我就找到了。”

“别扯这些鬼话！蠢货！”阿卜杜勒喘着粗气大喊，“快找另一个人！”他上下盯着泊着的船，仿佛在向它们求救。

“我告诉你，不可能，没有一个人能！”

“那，那就我们自己来！”阿卜杜勒抓住涅依米的手臂，“船在哪里？”

她试图稳住自己，克服他的碰触带来的恐惧感。不过不能引起他的注意，还没到他完全放下戒心的时候。只有跳到海里，她才有一线生机。

“船在那边。”马尔科的手指向码头尽头，四下看了一下港口后，他用低沉的声音说，“我们逆风。我们那船挺不住。”

说话时，他偷偷瞥了她一眼。涅依米立刻猜到，他是在揣度，万一有什么危险，有她在身边，自己的风险能降低多少。

“去你的，”阿卜杜勒打断他，“解开船！”他把涅依米抓得更紧，迎着风朝船的方向走去。马尔科跑到了前面。

马尔科解开绳子拉过船的时候，他们也刚好走到船边。阿卜杜勒把涅依米举起，把她甩到小船上，接着立马绕到她后面，把她绑在船尾栏杆上。马尔科跳上船，抓起了桨。

船猛地向大海驶去。阿卜杜勒问：“那边都准备好了？”涅依米看到他侧头指了指。

“只剩下起锚。”马尔科回答道。

哦，他们要把她带到哪儿？另一艘苏丹娜号？！一波巨浪突破重围冲上了船，水花飞溅到了身上。她屏住了呼吸。

“如果这里已经那么糟糕，”马尔科的声音模模糊糊地传来，“那接下来会怎样？我们最好还是等到风弱些吧！”

阿卜杜勒张口就是一串毫不留情的咒骂："难道你就等着伽马逃离我们掌心？怎么？说不定现在他们瞧不起他呢！让他去死！"

伽马！她的心脏在一瞬间似乎停止了跳动，接着又怦怦猛烈地在胸腔碰撞起来。是她听错了吗？是不是她搞错了地名字？忽然，她回想了起来。这难道就是尼哥罗之前怀疑过的，马尔科在印度海域看见伽马的阴谋真相？而她当时满脑子想着地图，疏忽了！"难道你就等着伽马逃离我们掌心？"她现在知道阿卜杜勒要把她带去哪儿了。他要单枪匹马去伏击伽马！一个念头从脑海里一闪而过：或许她会见到伽马！然后告诉他危险！不管怎样她都会找到办法。她有一种奇怪的感觉，把视线又落到前一刻自己还当作避难所的海浪翻涌的水面上，不！还不到时候！

她几乎不曾留意到船停了下来，任由阿卜杜勒把她放到另一艘船上。她看着马尔科解开划艇的绳索，然后起了锚。两人合力拉起了船帆。

"掌舵！"阿卜杜勒喊道，"我来弄帆脚索。"

马尔科犹豫了一下，接着勉勉强强地走向了艉部。"我不熟悉这片海域，"他嘟囔道，"没有引航员，我不会去比贝伦市更远的地方。"

"听我的命令，闭嘴，你这傻大个！"阿卜杜勒吼道。涅依米看到他怒火腾腾的脸，一只手搭在了皮带上。她闭了闭眼，知道如果不是需要人掌舵，阿卜杜勒的刀早就插在马尔科的脖子上了。

船头慢慢转向，船开了，行驶在被月色照亮的翻滚的河面上。涅依米看着阿卜杜勒收拾着帆脚索。

她偷偷转过头眺望里斯本那团模糊的暗影，以免被发觉。双手紧扣着，她抱住胸口，似乎要压住即将喷涌而出的痛苦。

啊！尼哥罗！尼哥罗！

但，安拉，让她只记住地图安然无恙这一点。提醒她，在某个地方，伽马需要帮助！

第 21 章　亚瑟 · 罗德里格斯

黄昏时分，尼哥罗和斯坎德沿着卡斯凯什海滩走着。船头翘起的小渔船打完渔后停靠在岸边，七零八落地散落在沙滩上。远处，海滩一路伸向海洋，摩尔人古老的灯塔上发出的灯光一下探向昏沉沉的天空，一下又照入明亮的月亮底下波涛汹涌的海面。

之前渐渐起了风，浪潮也涨高了，他们航行不快。斯坎德在寻思着同尼哥罗一道出发。

“我最快在半夜前去到里斯本。那帮人那时候还没出发。”他坚定地说。

后面传来声音。他们往回一看，有两个人漫步走到了一张渔网旁，双手

搭着膝盖坐了下来。这时，又有一个人加入。乍一看三人就像三只疲惫的老鹰在寻觅食物。

“我跟你打赌，引水员们在等活儿。”斯坎德说，接着又大声笑着说，“我说，佩德罗拆穿他的时候，不知道那个高个子的家伙怎么跟扎古托大人解释。”

“我担心的是，”尼哥罗说，“他收买了佩德罗，要不为什么不让我带他到扎古托那儿？”

“我也担心这点，”斯坎德赞同，“他从来没有帮你联系绿窗户的人，对不对？不过，不管他和亚伯大人之间有什么情况，傍晚公告会才结束，一个晚上的时间他绝对掀不起大风浪。第二天天一亮我就赶回去了。那帮家伙跑不了多远。”

说完，他抬起头嗅了嗅空气：“起风了。不过我们顺风。”

尼哥罗担忧地看着水面，说：“你自己一个人可不轻松。”

斯坎德变得严肃了起来：“掌舵或者帆对我而言都不是问题。真正在冒险的是你，康梯大人。”

“比起伽马出发后每天经历的危险，我的不值一提，更遑论眼下他在经历的。可怜的家伙！他自己都完全没意识到！”尼哥罗答道，“如果罗德里格斯来了，不要卸货，立即出海！难说伽马是不是正向海盗的老窝驶去！”

他俩转身往回走。那三个人还坐在那儿，看到有人走近，就抬起了头。那憔悴枯瘦的脸色，绷紧的面部肌肉，和那种长久以来与海打交道形成的特有的专注神态，又让尼哥罗想到了鹰。没错，他们这些人，即使罗德里格斯无法一道出发，也会跑这趟。

“潮水什么时候涨高了？”斯坎德和尼哥罗停下来问道。

“刚涨。”其中一个人指着被水淹没得几乎看不见的桩子。“你要出海吗？”

“对，”斯坎德回答，“到里斯本。你们都是引水员吗”

他们点了点头。其中一人问：“需要梯子上去吗？”

“我应该可以。我能自个儿下来。”

尼哥罗提议：“如果你们在找活儿，我在佛得角那边有要紧事。”

一人笑着说：“难不成是追海盗？”

突然一个人指向海面，急声叫道：“看那边！”

斯坎德和尼哥罗转过身。

月光照亮的翻涌的水面上，一艘船正朝卡斯凯什沙滩靠近。

“你觉得会是罗德里格斯吗？”尼哥罗朝斯坎德喊道。

“罗德里格斯？”一个引水员重复了一声，“你也听说过他？我常常帮他泊船。不管是哪个罗德里格斯了，看这帆，这风，动作要快了！”

“情况更紧急了！”斯坎德大喊，“船还没停下来！”

船以雷霆万钧之势靠近，速度未减分毫。可距离抛锚点还太远，引水员只能在桅杆上拼命打信号灯。

尼哥罗喊道：“那肯定是金星号！”

一个引水员跳起来往沙滩上跑：“我来帮它停靠！”

尼哥罗抓住依然呆滞的斯坎德的袖子，两人跟着跑了起来：“我们也一起！”

尼哥罗问：“介意我们一道吗？如果是罗德里格斯，他是我的旧识，我们共事过。”看到那人迟疑，尼哥罗又提议：“一起坐我们的船去吧！随时可以出发。”

“也好，”领航员答道，“可以省去不少时间。”

他们迅速把船推进水里，然后跳了上去。

“对，是金星号！”船驶近那艘帆船后，斯坎德大喊，“从它行驶的样子我就能看出来！”

话音未落，突然传来隆隆的抛锚声。

一个引水员喊道：“什么？需要引水员却在那边抛锚？什么意思？”

两艘船靠近后，帆船那边传来一阵招呼声。

“是罗德里格斯！”尼哥罗和斯坎德一起叫道。尼哥罗立即准备上船，想争分夺秒地告诉罗德里格斯自己的计划。

几个人出现在围栏边上。透过灯笼的光，尼哥罗看到了罗德里格斯的脸。

“退到一边，扔缆绳！”一个引水员喊道。

“罗德里格斯！我这就上船！”尼哥罗盯着他，以为会看到那张熟悉、满是笑容的脸，心里想着：“他看到我在这儿肯定很吃惊。”

但尼哥罗看到的却是意料之外的深沉神色。“发生了什么事？”尼哥罗想，“难道是遇上了海盗？”

罗德里格斯往前倾着身子，完全不理会引水员，只问了一个奇怪的问题：“康梯大人，国王在里斯本还是辛特拉？”

“国王！”尼哥罗喃喃地重复着，差点脱口而出骂道“那个恶魔”，还好控制住了，断断续续地说，“他昨天去辛特拉了。”

“你让我到这儿来是为了八卦？”引水员愤怒地骂道，“你的船还要不要到里斯本？我给你两秒钟决定！”

“我的船爱待哪儿就待哪儿，”罗德里格斯打断，“但你要让我的船停在卡斯凯什！”

尼哥罗难以相信，罗德里格斯会那样生硬地下命令。他喊道：“等下！罗德里格斯！我这就上来，我必须要见你！”

话音刚落，罗德里格斯已经踏上了围栏，滑下了金星号。

“他怎么回事？”斯坎德低声说，“从来没见过他这样。”

一分钟后，罗德里格斯脚落到了甲板上，稳住了身子，然后让引水员解开了缆绳。

“不，等一下！”尼哥罗猛然出声，“我要告诉你一件事，你知道后，一定会改变主意，不在卡斯凯什停靠。我们必须立即出海！”

“康梯大人，抱歉，”罗德里格斯打断道，“我要一分钟都不耽搁地去辛特拉。我要给国王捎信，十万火急。让你的引水员解开缆绳，先生，照我说的做！”

尼哥罗紧紧盯着他。罗德里格斯显然顶着巨大压力，语气也十分诚恳。但是,如果现在每一分钟伽马都命悬一线,还有什么消息比告诉国王更重要？再说，引水员们对拖延已经有怨言了。

“听着，罗德里格斯！”他俯身往前，低声快速地讲，“伽马正在返航！但现在摩洛哥海岸有一群海盗想要袭击他。我们必须告诉他，我和你。必须尽快，赶在那之前截住他！”

尼哥罗说话的时候，看到对方脸上渐渐露出一种奇怪的表情。“天！”他听到低喃声。可没想到，罗德里格斯举起了手臂，朝引水员喊了一声：“放绳！”

“你这是什么意思？”尼哥罗愤怒地喊道，“我才跟你说……”

“康梯大人，”罗德里格斯凑过来，“画个十字，发誓别再问我问题，也别泄露一个字！”尼哥罗茫然地照做，摸了摸额头和胸口后，罗德里格斯把嘴凑到他耳边说：“放心吧！伽马没事！”

这一瞬间，尼哥罗目瞪口呆地盯住罗德里格斯。身边的引水员们还在互相叫骂，斯坎德踉踉跄跄地走到跟前。

“我来应付，”斯坎德经过他身边时道，“你来说服罗德里格斯！”

两人走到了船尾。尼哥罗仍在努力消化这个令人震撼的消息，控制着不让自己大喊出来。

罗德里格斯先发话了：“你是怎么知道有对付伽马的阴谋的？”

尼哥罗简单地总结了最近三天得到的消息：“结合马尔科放出的话，还

有船只被攻击的消息，斯坎德和我确信有海盗船想要一举消灭伽马的船队。”

罗德里格斯神色严峻地摇了摇头：“如果真是这样，葡萄牙就损失惨重了，一切都要付诸流水，伽马本人的成果也会化为乌有。那些恶棍没有得逞，全是老天庇佑。”

“我一直忧心忡忡，要是真是如此，我们的货物，所有的东西，都打水漂了！”

“我要是按计划出发到阿尔加维和佛得角，我就会正面迎上他们。让我幸免于难的是，四天前我在特塞拉岛装货的时候，得知了这个消息，于是改道而行，并且开足马力，鼓起所有的帆，日夜不停地赶路。”

“四天从特塞拉岛回到这里？”尼哥罗惊呼，“罗德里格斯，你打破了纪录！但你还得去辛特拉，那你怎么……”

“哦，只需要在这里找一个相识的人借一匹马就行，午夜前就可以到辛特拉。”罗德里格斯停顿了一下，然后又略带赧然地说，“我想将你为伽马所做的事告诉国王。”

“别，罗德里格斯。你知道这种事情有时候变得很快，转身就是翻脸。别，一个字都不要提。”

“如你所愿，康梯大人。”罗德里格斯不情不愿地让了步，“不过我要告诉你，能让金星号为您航行，我感到十分荣幸。我也十分荣幸能为您驾驶这艘船。日出之前我会赶回来。”

尼哥罗望了一眼越来越近的岸边。在这个时候是否应该把整个阴谋和地图的事全盘托出呢？不过，没必要暴露威尼斯大使那边吧？不，他和斯坎德会处理好。不过，斯坎德理应知道整个秘密。

“罗德里格斯，”他低声道，“告诉斯坎德刚刚你跟我说的那些话吧！在调查时，他出的力气不比我少。你可以信任他！”

“好！”罗德里格斯痛快地答应了，“不过现在得动作快点了，我们到了！”说话间，船只已经驶上沙滩，龙骨发出了摩擦声。他跳到了湿漉漉的沙滩上，尼哥罗紧跟其后。斯坎德也从吃惊中回过了神来。

“罗德里格斯有话要跟你说。”尼哥罗告诉他，又转身朝引水员们喊，“船就停这儿，我们直接出发。”

一行三人走上海滩。罗德里格斯脚步不停，先让斯坎德保证保守秘密，接着才严肃地告诉他：“伽马现在是安全的。”斯坎德也震惊不已。然后他迅速继续道：“我发过誓要保密，国王知道之前，我绝不泄露一个字。所以我才在距离岸边那么远的地方抛锚。这样一来不会有外人上船，二来我的船员也不会走漏风声。”

他突然跑了起来，只挥了挥手示意他听到了尼哥罗的道别：“再见，祝你好运！”

斯坎德快活地说：“第一眼看到他，我就知道肯定发生了什么。大人，这棒极了！你觉得伽马会在哪？”

“不管他在哪，他不需要我。”尼哥罗内心默默祈祷，自己没有对返回里斯本表现得太开心。

“我们还是要先一起继续完成这事，不过我不觉得遗憾！”斯坎德说。两人一起往小船走。

尼哥罗付了钱给引水员，两个人就出发了。这次斯坎德负责升帆，尼哥罗负责掌舵。

“咱们运气不错，顺风。”尼哥罗说，“除开涨潮。”

“月色明朗，还不用经过名南运河。那里的涌流可是会把船卷到浅滩上的。”

“如果只是涌流还好！”尼哥罗回答，“我感觉地图的事情没那么简单。”

“哦，没关系，我不在他们走不了。只要天一亮，我们就可以从亚伯大人那里知道发生了什么。”

“只要等天亮了！”尼哥罗开心地想着。早上到那个院子去！被露珠打湿的盛开的花朵散发出阵阵清幽的香气。早晨的阳光踮着脚尖，驱散昏昏沉沉的黑暗，慢慢触摸过那件轻薄的裙子，那双柔软、裸露着的手臂，落在那双甜美的羞涩的眼眸上。

靠近名南运河的海峡时，斯坎德出声：“我俩要不要换一下？你知道我在卡少普可是老手！”

“待着别动，留神航道！”尼哥罗回答，“可以看到卡斯凯什的灯塔。乘着这阵风，我们肯定可以稳稳当当地冲过海峡！”

剩下的一段江峡，由尼哥罗掌舵，斯坎德无声指引着。

船最后安然无恙地驶入港湾。

“刚才那里可真窄！”斯坎德笑着说。

“话虽如此，每次都我还是想挑战名南运河这些让人胆战心惊的涡流。”尼哥罗答道，“如果不是月色够亮，说不定咱俩现在已经在北卡绍普上了！”

“放松点，”斯坎德边喊边升起了帆，“到贝伦市之前我们都是顺风的。”

“到南卡绍普这船可得经历不少风浪。”尼哥罗说道。

“对，相比这里的海浪平缓多了。”斯坎德边说边转过了半边的帆脚索。

接下来两人都不说话了。小船鼓足了帆，乘风破浪地往前驶。“应该不到半个小时就可以到贝伦市，接着里斯本，然后……”尼哥罗心里盘算着。

贝伦市岸边一抹白色的影子吸引住了他。

一艘出海的船！

“奇怪，”他听到斯坎德说，“在这样的大风天气下，张了那么大的帆！”

尼哥罗心里赞同。是挺奇怪的。那船挺大，比他们的要大，可绝不该在逆风的时候出海。

那船被风携着，渐渐靠向了南岸。不知道为什么，他觉得船只是在胡乱往海的方向行驶而已。

“会撞上我们的！”他听到斯坎德低声说。

“对，我们要靠后。”尼哥罗答道。突然，他感到船帆猛地转了方向。“怎么了？”他转过身问，却看到斯坎德眼睛一动不动地死死盯着那艘正在驶近的船。接着，他猛地升起了更多的帆。

尼哥罗喊道：“你想跟他们打招呼吗？”

斯坎德点头，用同样低沉的声音回道：“嗯，再靠近一点。”

尼哥罗感到有点奇怪，但还是减慢了速度。两艘船肯定会挨着擦身而过，他都能听见船头破浪的声音。斯坎德为什么那么在意那艘船，要这样死死盯着看？

突然，他听到一声恐慌的大叫：“我们疏漏了！”他还没反应过来斯坎德的话是什么意思，两艘船已经擦肩而过。他清晰地看到了对面船上的两张也正朝这边望过来的脸：马尔科和他的同伴！

但是！马尔科后面那张一闪而过的脸是谁？一张脸，而且是女人的脸！是他疯了吗？怎么可能！但，的确是！那张像是由象牙雕刻而成的脸——哦，仁慈的上天，是涅依米！

尼哥罗震惊地看着斯坎德。他看到他古铜色的皮肤居然阵阵发白。

“快！”他就像疯了似的朝他喊，“我们必须追上他们！”

斯坎德已经拼命地扯起了吊帆索。“太慢了！”他喊着回答，“我们必须调转船头！必须拼一把！那是阿卜杜勒，苏丹娜号的船长！

第22章　在船上

听到斯坎德的叫喊，尼哥罗觉得浑身的血液似乎都冻住了。想要看亚伯地图的外国船长、威尼斯大使的朋友、苏丹娜号的船长——其实都是同一个人！而且这人刚挟持了涅依米！他是怎么找到她的？发生了什么事？为什么在他把斯坎德带到卡斯凯什的时候，碰巧遇上这件事？不可避免地，斯坎德一定会跟阿卜杜勒正面交锋，救下涅依米。陷在混乱和煎熬中，他渐渐把跟地图有关的一切抛在了脑后。涅依米就在那艘船上，而且他们之间的距离每一秒钟都在拉大！

他猛然回神过来：不能再让距离拉大！拼上全部也在所不惜！斯坎德刚

才喊什么来着？他说了他们必须拼尽全力，奋力一搏？拼了！怎么能眼睁睁看着生命中的至爱被夺走？他立即使出生平所学，与斯坎德一起，两人用不可思议的力气拉吊帆索。他意识到，从下一刻起，他们就要竭尽全力去避免灾难的发生。情况很危急，扬起了帆后，他必须让船身保持方向并稳住。他知道船会非常颠簸。

小船突然猛地一颤，船帆被大风刮过，发出枪击一般的声音。他下意识使尽浑身力气抓住舵柄，斯坎德也做好了迎接风浪的准备。似乎过了一个世纪那么久，船帆终于猛然全部张开。小船出乎意料地顺利调转了方向，沿着阿卜杜勒的船劈开的波浪追了上去。

两人都沉默了几秒，没有说话。尼哥罗看着前方颠簸起舞的船只，心中交织着希望和恐惧。刚才就已经那么费力，真的有人能赶超那艘船吗？可是，他们别无选择！如果他们也失败了，那就再也没人能救下涅依米了。或许刚刚她看见了他们，现在也在看着他们赶过去！

不过，尼哥罗想到，如果阿卜杜勒看到了斯坎德，一定会拼尽全力逃之夭夭。命运是多么不公平，才让涅依米落在他手上？哦，怎么会这样？那样残酷，那样讽刺，在她逃脱他的掌心，得到亚伯小心翼翼的保护后！想到他向她许下的承诺，答应让她不再害怕，他的心脏就一阵阵紧缩地抽痛。当时肯定发生了冲突，因为亚伯和露丝绝对不会把她交出去。哦！真希望他当时让斯坎德留在里斯本！

海浪砸在船围栏上的声音更大了。尼哥罗看到斯坎德把吊帆索解松了一点。

又一波巨浪在他们面前砸开。“呼！”斯坎德大声叫道，“看！进入名南运河后，风浪和潮都大了！越过了围栏！”

小船在巨大的波浪之间颠簸着，偶尔看不见阿卜杜勒的船。浪声还在不断加大，尼哥罗看到斯坎德嘴唇一张一合地说着什么，但他完全听不见。现

在，他们已经完全顾不上自己的安危，因为正在往险境走去的，是涅依米！

“只要他离岸边近一点，”斯坎德声音盖过波浪的声音传了过来，“他就会不见——岸边的海浪会卷走他！”

“我们的机会到了！”尼哥罗喊道，“如果他转变方向，我们就能截住他！”

情势十分危急。两艘船都在名南运河汹涌的浪涛间颠簸着。尼哥罗已经感觉到近岸流巨大的拉力。阿卜杜勒的船在半英里之外，改变了航道。

月光不动声色地照在行驶着的船上，洒在船梁端上。船有那么一瞬间似乎完全定格了。随着帆被拉扯的一下，对方的船划向了北面波涛汹涌的水面。但就在这一瞬间，小船赶上了。

大船缓缓地稳住了船身，但似乎又定住了。往前驶了几秒后，沉重地调转船头，往小船过来了。

斯坎德大喊：“它没船舵了！”两人看到船帆又掉转了，几乎已经完全铺在了水面上。

“我们也会那样，”尼哥罗使劲全身力气压住船舵，“海浪太大了！”

小船晃动了一下。出乎他们意料的是，小船立即灵活地动了起来，缓缓载着两人往右舷驶开。两船现在的间隔几乎小到能互相听到对方说话了。

糟糕！阿卜杜勒的船只在海浪中无力地打转，船头完全偏了方向，船帆猛烈作响。

“船就要沉了！”斯坎德喊道，“所有人都会掉水里！”

在这片浪涛中沉掉！尼哥罗在心里咒骂。会有人挺得过这样的险境吗？他猛地把水花甩出了眼眶。“挺住！”他吼道，“这是我们救她的唯一机会！我们必须冒一把险！”比起涅依米现在每秒钟都可能丧命，还有什么更危险？

小船又一次升上浪尖，顿了一下，然后猛地划向西南，直头对上怒浪。现在，就像尼哥罗说的，真正令人绝望的，却是唯一的危险——迎接层层滔天的巨浪。

他们看到前方的船摇摇晃晃地驶着，无力地向前倾。突然，船身似乎晃了一下。透过明亮的月光下，他们看到一个人从船上飞了出去。下一刻，船身落下。两人的小船也迅速驶过。

斯坎德大声喊道："他砍掉了吊索！"

大船的船帆皱成了一团。同时，一个巨浪正中船身，接着又是一个。"咔嚓"一声，船的前桅杆无力支撑起巨大的船帆，被折断了，掉进了水里。

"再往西一点，"斯坎德说，"她就能浮起来了。这里的水更深。"

但尼哥罗紧紧盯着另一艘船，几乎没注意到他。甲板上有两个人紧紧攀着围栏！突然，斯坎德一把抢过他手里的船舵，把他推到驾驶舱位上。小船又正面迎上了风，往北边漂着。尼哥罗的视线一直未离开那艘船。他现在眼里也只能看到那两个身影。

"你在做什么？！"他大喊道。

"不能让船沉了，不是吗？这样浪平缓下来的时候我们就可以从深水区靠近阿卜杜勒的船了。"斯坎德背对着他，侧身回答。

"白痴！"尼哥罗怒声吼道，"我们必须现在就赶过去！那艘船一个小时都挺不了了！"

斯坎德摇了摇头："船陷在软沙里，几个星期都不会解体。"

海浪声很大，尼哥罗几乎听不清楚回话。

"可是，斯坎德，"他喊了回去，"看那边！"他指向卷着阿卜杜勒的船上下漂浮的海域，"那样的浪，没有人能平安无事！"

"除非他们被绑住！"斯坎德回答。

尼哥罗怒火中烧："我们必须去那，现在！"

但斯坎德不让步，他快速简短地说："我知道，现在谁下水，浪立即就要卷走谁。所以我们才应该待在外沿这儿，尽可能接近。"

很快尼哥罗就会明白斯坎德的话。又一股浪花携着他们的小船冲向大船后方，几乎跟巨浪迎头撞上，命悬一线。

“虽然这里浪更大，但水还很深，”斯卡德叫喊道，“底下是软沙，应该有一英寻深。”

尼哥罗突然明白到斯坎德是多么经验老到，才醒悟过来那句“在卡绍普是个老手”的真正意味。

距离他们遇到阿卜杜勒的船还没过一个小时。尼哥罗看了看月亮。希望他们的小船能再挺一个小时！

斯坎德转身指着船帆，风从船帆中间灌了过去。“风力减弱了！”他大喊。

虽然看似不可思议，但尼哥罗明白，事实确实如此，船舵更容易驾驭了。斯坎德以惊人的力气，娴熟地撤起了船帆，使船头朝着上风向，判断碎浪的大小或拉紧或松开吊帆索。一次又一次，他们在浪花的冲击中稳住了船身。

尼哥罗焦灼地看着浪花冲刷着那艘被困的船。如果他们试图靠近，潮水会一直不转向吗？可即便这样，情况也丝毫没有好转。斯坎德说了，船在软沙中陷得很快。

又是一波巨浪。整艘大船都被淹没在浪花泡沫里。他战栗了一下。人能挺得过那样的浪花吗？

视角合适的时候，他时不时能够勉强地分辨出那艘船上的身影。啊！如果当中没有涅依米该如何是好！他内心不由得涌出一股深深的恐惧，又赶紧把注意力都集中到船舵上。不管怎样，他们已经在接近那艘船！

突然，风声海浪声中似乎传来一声微弱的呼叫声。一个男人的声音！尼哥罗竖起了耳朵。

“扔缆绳！退后，绳子！”斯坎德开始降下船帆。尼哥罗把船驶得更近一些。

这时，一把绳子精确地夹着风声投了过来。但尼哥罗惊恐地发现，绳子不够长。一瞬间千万思绪在脑海里翻滚：难道那些恶棍忙着自救，把她独自扔下了？

哈！呼喊声又响了起来，在海浪碰撞间断断续续地传过来："再靠近一点！越近越好！船上有一个女人！"

一个女人，一个女人！感谢上帝！一个女人！尼哥罗大松一口气，几乎要抓不住船舵，但又赶紧回过了神。斯坎德把船帆降得更低。波浪平缓了一些后，两人一起使劲把小船往大船边上靠。

"那不是阿卜杜勒的声音。"他听到斯坎德大声叫喊。斯坎德已经完全把船帆收了起来。

绳子又掷了过来。这次尼哥罗抓住了，往卡盘上盘了一圈固定住。虽然小船颠簸得还很厉害，但还是靠近了大船的船尾。

"说船上有女人的话可能只是让我们放松警惕，"斯坎德简短地说，"最好让我在前面，你没有带刀！"

"什么！阿卜杜勒会……当我们救他的时候？"

"哼！他肯定会抹了我们脖子然后坐我们的船逃跑！"

现在两艘船已经非常接近，可以清晰地看到船上只有两个身影。"尼哥罗！"突然传来涅依米的叫声。尼哥罗欣喜若狂。

"涅依米！"他回答，哽咽着几乎要发不出声音。

斯坎德低头看了一眼。汹涌的潮水还在把他们的船推开，连着的绳子绷得很紧。

"先让女孩过来！"尼哥罗喊道。

模模糊糊的应答声传了过来。这时，斯坎德的一声叫唤吓了他一跳。

"只有马尔科和涅依米！阿卜杜勒不见了！被冲走了！"

"感谢上天！"尼哥罗缓过气后也叫了一声。

"再好不过了！"斯坎德回应，"来了！"第二根绳子抛了过来，他一

把抓住，两脚张开分别踏在船上，“我来拉住，你准备好接住她。”

尼哥罗已经浑身湿透，但看到绳子另一端的身影时，眼眶不由得就湿润了。要是马尔科玩弄他们……要是绳子断了……不过最后，那个瘦弱的人从大船上被吊了下来。他看到斯坎德喘着粗气，动作熟练灵活地操纵着绳子。现在到一半了。他已经能清楚地看到她美丽的脸庞和湿透了紧贴在身上的衣服。

终于，他伸出手臂，使出浑身力气接过了她，把她放在了船上。她还感到头晕目眩，快要透不过气来。下一刻，他把她举起来，把她湿透了的、柔软无力的身体抱入自己怀里。

“尼哥罗！”她喘着气，闭上了眼。“伽马！”她喃喃道，“他们在谋划杀了他！”

尼哥罗的视线模糊了，喉咙像被塞住了一般。她自己面对着死神，却时时刻刻惦记着伽马和那条航道！

“涅依米，亲爱的！”他拉近她，一边想着怎样说才能保守罗德里格斯的秘密，“伽马没有大碍，亲爱的，”他低声说，“他们现在伤害不到他！我暂时只能告诉你这些，我跟人保证过。”

她身子往后倚了一点，震惊地盯住他的眼睛，上气不接下气地问：“尼哥罗！你要去哪？”

“我刚从卡斯凯什回来，在那儿听说了我刚告诉你的消息。”

停顿了一会儿，他感到她抱住了自己。

这时候，斯坎德温柔地说：“我的孩子，我要解开绳子了。”

她抬起头看他，似乎才刚发现他的存在。“斯坎德！亲爱的斯坎德，”她哭着把头靠在他的肩膀上，“你总是来救我！”

他用粗糙的大手抚摸着她：“我愿意用我十年的生命来换你免于经历这些，我的孩子！”

“是我的错！我把他带到了卡斯凯什。”尼哥罗喊道，“涅依米，你知道我们刚擦肩而过吗？”

“知道！我害怕极了，担心阿卜杜勒发现！”她喘着气，“我知道你肯定会来，我看到你一路追了过来……”突然，她痛苦地叫道，“亚伯大人！露丝妈妈！他们现在会在想什么？哦，斯坎德，快，我们赶快回到他们身边。”她抓住斯坎德的手，神色十分慌乱，“我们必须赶回他们身边！”

“他们还安全活着吗？”尼哥罗和斯坎德异口同声地问。

“阿卜杜勒没看见他们，”她揣测到他们的想法，答道，“他来的时候，我，我……”她闭上了眼，身体不由自主地发抖。

“斯坎德，外套让她盖一下！”尼哥罗一边喊一边解开她腰间的绳子，“也把我的递过来，在座位下面。她现在不能再继续说话了。我们知道了，亚伯大人他们安然无恙。”

“苍天保佑！”斯坎德激动地喊出来，一边把一件外套铺在船舱上，把一件外套扔给尼哥罗。尼哥罗接住，把涅依米湿透的大衣脱下来后，用外套把她裹住。

尼哥罗把她抱进船舱后，她睁开了眼睛。“阿卜杜勒没有找到地图，”她低声说，“地图是安全的！”

“地图！”两人又同时惊呼了一声。

尼哥罗说：“我已经完全忘掉这事了！”

“所以那恶棍就是这样找到她的！”斯坎德咬牙切齿地说，“我这就把马尔科那恶棍扔在那儿，让他付出代价！”说完，他愤怒地冲出去。

“不，斯坎德，”涅依米伸出手抓住了他的袖子，“是马尔科救了我！如果他没有把我绑在栏杆上，我早就，早就跟阿卜杜勒那样被冲走了。斯坎德，救救他。”涅依米哆哆嗦嗦地说着，“你，你不知道那里多么恐怖！”

斯坎德只硬邦邦地“哼”了一声，不过还是抛出了绳子。接着，一具庞

大笨重的身躯就慢慢地从大船上滑到了甲板上。

这次斯坎德和尼哥罗都来拉住绳子，毕竟马尔科的体重不是涅依米可比的。

“风力减弱得很快，”尼哥罗边拉绳子边观察着，“涅依米过来后，浪涛就很不一样了。我们回程不会再有问题。”家！涅依米、亚伯、露丝，大家全都平安无事。阳光会洒满院子和工作室。他几乎要张开手臂拥抱整个里斯本了！

“把你扔在那才是你罪有应得的，”斯坎德跟浑身脏兮兮的马尔科打招呼，“让你帮你的同伙掳走这个可怜的孩子！”

“不，他没有！阿卜杜勒独自来的！”涅依米喊道。

“我发誓在阿卜杜勒把她带上码头之前我从来没见过她。”马尔科辩白。

“这还好一点。”尼哥罗简短地告诉他，“我们待会儿再处置你。坐下来把自己收拾收拾。”马尔科狼狈不堪，神情茫然地照做了。

斯坎德挥刀砍断了绳子。尼哥罗把涅依米的大衣裹得更紧，伸手去握住她的手。然后才掌起舵。这时候斯坎德也升起了船帆。才几分钟却感觉像是过了几个小时，他们乘着浪尾，慢慢朝着贝伦市的灯塔方向驶去。

“阿卜杜勒发生了什么？”尼哥罗问。现在已经无须全神贯注地掌舵，只要方向不偏离就好。

“我最后看到他的时候，”马尔科回答，“他正砍着大帆。一个大浪从舷侧拍来，退下去的时候，他已经不见了。”

涅依米把头伸出了大衣一会儿：“如果马尔科没有把我绑到桅杆上，下一次浪来时或许我也被卷走了。”说完，她疲惫地靠了回去，很快就沉沉入睡了。

过了一会儿，尼哥罗问：“为什么在名南运河浪潮和风那么大的时候冒险出海？”

“不是我的决定，”马尔科消沉地回答，“我四处找斯坎德把我们带出海。实在找不到后，阿卜杜勒赌誓要自己来。”

斯坎德耸了耸肩：“你指望他？他就知道地中海，一个风浪都没见过！”沉默地思索了一会，他又接着说：“难以相信，像阿卜杜勒那样嘲笑安拉和恶魔的存在，杀掉任何惹怒他的人，最后竟然落得被浪花卷走的下场！这完全扰乱了你的计划，对吧？”他意有所指。

马尔科目光闪烁了一下，在位子上显得坐立不安。

“就是！”尼哥罗嘲讽地说，“你以为会给伽马重重一击，我说错了吗？”

马尔科整张脸都皱了起来，像受到了天大委屈的婴儿。“你怎么会知道那么多？”他呜咽出声，“你知道我也不在意！”他又迅速补了一句，“一切已经结束了。”

“阿卜杜勒为什么那么快改变主意要走？”斯坎德逼问。

“他听到消息说，扎古托要在黄昏时参加公告会。他觉得可以趁扎古托不在家时偷到地图，然后赶在他回家前逃走。”

“这就是他该死的把戏！”尼哥罗惊叫，他突然想起佩德罗给他看的硬币，“斯坎德，他利用了佩德罗，好确认亚伯大人不在家！”

斯坎德也恍然大悟：“他就是那样发现涅依米独自在家的！”接着，他看了一眼睡着的人儿：“我们小声点！”

“但他没有找到地图。”马尔科低声说，“自他踏上码头起，我就知道哪里不对劲了。”

尼哥罗的视线不由自主地落在涅依米身上。就是这样柔弱、美丽的身躯，孤单而又手无寸铁，面对着这样的恐惧——比自己死亡更可怕的恐惧！如果他们在河上没有看到她怎么办？如果她跟阿卜杜勒一样被卷走了怎么办？让大海了结了阿卜杜勒，这正是仁慈的上天最公正的处罚！

他抬起头，看到斯坎德正看着他。他似乎猜到了尼哥罗的想法，微微展开了笑容："她再也不用害怕了。"然后脸色又立即严肃起来："希望亚伯大人和露丝夫人知道她平安无事！我真不愿去想他们发现她失踪了时的样子。"

"我们很快就能见到他们了。"尼科罗告诉他，"潮水转向了，对我们最有利不过！"

"风向也是！我身上干了一半，你也是。"

贝伦市已经出现在前方。再往前，就是家的港湾！

马尔科垂着头，闷闷不乐地盯着自己的脚。斯坎德锐利的眼睛紧紧盯着地平线，视线偶尔落在船舱里睡着的涅依米的身上。

尼哥罗发现东方的星辰变暗了。太阳就要升起。新的一天！新的世界！今天，就会带来伽马的消息，新航路的消息，一个在好望角以外的新大陆！

在远处某个波浪翻滚的海面上，坚定不移、忠贞不变的人儿已经在返家的路上！顶着阿拉伯世界的威力，迎着西方世界的虎视眈眈甚至是背后捅刀，伽马和他的小舰队都挺过来了！尼哥罗看着紧紧贴着他的外套的那张象牙般的脸，身体深处似乎有什么涌了上来，刺痛了他的眼。

他们永远不会知道，有一个女孩为他们做出了什么样的牺牲。一个身体里融合着西方和东方的血液的女孩！

第 23 章　涅依米的嫁妆

到达的时候，天色才蒙蒙亮。里斯本海湾密密麻麻泊满了鬼魂一般的船。小船轻飘飘地划入了港口。

“很快，等大家醒过来，”斯坎德咯咯笑着，“很快就会知道我们了解到的消息！”

尼哥罗安静了一会儿，才点头回答道：“今天某个时刻，罗德里格斯说过，”他的神情突然振奋起来，“斯坎德！斐迪南现在知道了一切！”

“我猜，斐迪南听到罗德里格斯带去的消息后，肯定一整夜都睡不着！曼诺尔应该会很快回到里斯本吧？”

尼哥罗盯着最近的码头，心不在焉地点了点头：“我们就拴最老的那架梯子，她能最轻松地爬上去。”

“你要怎么处置我？”马尔科一边穿上外套，一边惴惴不安地问。

“晚点告诉你。”斯坎德告诉他，“现在先跟着我。我走你就走，我停你就停，听懂了没有？”虽然语气随意，锐利的眼睛里却流露出了不可抗拒的意味。

尼哥罗把船驶近梯子。“快一点，”他命令马尔科。斯坎德则抓住了桩子。

船挨上码头，发出“砰”的撞击声，停了下来。涅依米坐了起来，看了看四周。尼哥罗扔下船舵，俯视着她。她看着他，眼睛里闪烁着星光。突然，她清醒过来。

“尼哥罗！我们必须快点！”她一跃而起。尼哥罗把外套还给斯坎德，然后把自己的外套披在她身上。

“都上岸！”斯坎德喊，然后爬上梯子。马尔科紧跟着他。接着是涅依米和尼哥罗。斯坎德一边爬一边提醒她抓紧湿滑的横木。

尼哥罗也爬上码头后，斯坎德对他说：“你们最好现在先去扎古托大人那里，我稍后跟上。”接着又对马尔科简短地说：“我们得先处理好一些事情。跟上，记得我说过的没？不要离开我的视线。”

两人走开了，最后终于只剩下尼哥罗和涅依米。他一把抱住她。

“啊，涅依米！我以为自己就要失去你……”

“尼哥罗！尼哥罗！那时候我回头望着里斯本，以为自己永远不能再见到你……”她喘着气把阿卜杜勒掳走她的过程一一讲了出来。

“除了跟他走，似乎没有别的办法可以保护地图和亚伯大人他们。不过，我的意思是，只要出海……”

“涅依米，如果你不在了，我的整个世界也会随你而去！”

“我脑海里只有想着帮助伽马，才冷静了下来。”她低声说，“然后，我看到了你……啊，尼哥罗，我知道你会追上来。即便是被绑在桅杆上恐慌万分的时候，我也坚信着。”

“再也没有什么能把你从我身边夺走，”他告诉她，“整个世界上没有任何东西，任何人！”

他垂下头，看到她的脸色苍白无比，精疲力竭，身子还在微微颤抖。他把外套拢得更紧一些，然后两人迈开了步子。

“你会着凉的。”她不同意。

“不，已经被风吹干了。摸一下！”他把袖子塞到她手里。

两人继续肩并肩走着，走过安静曲折的街道，走上山丘。中途他们停下眺望。整个港湾和河水已经平静下来了，就像哭闹的孩子，终于疲惫地睡着了。

“看！你后面！”尼哥罗说。他把她扳过来。在两人头顶，工作室的窗户在清晨第一缕阳光的照耀下反射出玫瑰色的光芒。他听到她屏住了呼吸，身子往前倾。

“啊，尼哥罗，快！他们在等着。”

他想拉住她，好让她省下力气爬楼梯。走过一小截路，拐过拐角——那道长长的楼梯就出现在了他们面前。他感觉涅依米紧紧抓住了他的手，然后往上看。那个在慢慢往上走的身影，肩膀垂着，头低着，那顶标志性的锥帽和长长的大衣，不就是那个可爱的人吗？！

两人一起迈步跟上那个身影。几乎同时，那个人也转身回望——那一瞬，尼哥罗看到的是一张写满了不可言说的痛苦和疲惫的脸。但下一刻，似乎有什么一闪而过，好像黑暗中亮起了光。亚伯朝他们走来，张开了手臂。涅依米不发一言，冲进了他的怀抱。亚伯用头抵着她的头，抚摸着她颤抖的肩膀。

两人很有默契地都不说话。终于，亚伯开口了，说的却是：“孩子，你得换上干衣服，吃点东西。”

“还是每天听到的这样温和、平缓的音调。”尼哥罗对自己说，如果不是注意到他颤抖的双手的话。

“来，露丝在等着我们。”亚伯示意尼哥罗跟上。三人一起慢慢走上楼梯，涅依米走在中间。

中途她想开口说话。尼哥罗听到了“地图”的字眼。但亚伯打断了：“等一会儿再说，孩子。还有很多的时间。”

“她一整晚都在河上度过。”尼哥罗在旁边轻声告诉他，打手势指着海湾。

亚伯表示了然地点了点头：“第一眼我就知道了。”

走上楼梯后，亚伯低声说：“尼哥罗，小心点开门。露丝昨晚一夜都在等，现在可能刚入睡。”

尼哥罗轻轻地退回到大门口，踏进了院子。清晨就像从阴冷深沉的阴影中，从零碎的阳光和沾着露水的半开的花瓣上，遥望着他。这一切比他在海浪上亲眼所见的一切都要甜美！这是至今见过的最美景色！

突然，他背后传来一阵低喃声。他转过身，看见涅依米和亚伯在他的背后看着什么。顺着他们的视线看，原来是露丝在那棵老无花果树下沉沉睡着。她脸上每条下垂的细纹都昭示着，昨晚是个煎熬的不眠之夜。

涅依米轻声说：“我去看看她。”说完就蹑着脚走过院子。亚伯和尼哥罗也跟上了。

她静静地、温柔地注视着那张疲惫的脸。突然，露丝醒了过来。她惊呼了一声，脸上顿时溢满了无与伦比的快乐。接着她忍不住开始痛哭，说着她和亚伯不应该让她独自一人。涅依米蹲下来，抱住她并安抚她，恳求着让她不要哭泣。

“现在一切都平安无事了。”涅依米安抚她，“一切都好好的，亲爱的露丝妈妈！”

“可你跑去哪了，孩子，”露丝泣不成声，“噢，我们喊你的时候，你没有回答……”

“露丝，”亚伯打断了，“涅依米现在浑身湿透，疲惫劳累，你先给她一些热的吃吧，其他的等等再说。”

露丝跳了起来，内疚地擦着眼泪：“我的孩子！你肯定也饿了，亚伯，尼哥罗，你们也是。我给你们弄些热的来吃。不过，涅依米，你先跟我来！”

说着把涅依米匆匆推进了屋子。亚伯也坐了下来。

“我沿着岸边走了一整夜，”他一边被尼哥罗让座，一边愧疚地说，“发现地图失踪了的那一刻……”

“在工作室那盏灯里面！”尼哥罗打断他，“涅依米告诉了我。”

“我立即就明白过来，那个海盗贼子肯定来过，向佩德罗打听我的那个。而且没有得到地图，他还向我们可怜的孩子发泄了仇恨。我不敢告诉露丝，生怕……”

“恐怕您还不知道事情的真相！那个人是阿卜杜勒！”

“阿卜杜勒？”亚伯看起来像在回想这个人，突然，他跳了起来，“那个海盗头子？他怎么知道她在这儿？”

“他不知道！”尼哥罗告诉他，然后解释了整件事。

“那个恶棍！”亚伯喊道，“黑……”

“先生，用不着为他劳神了。他已经死了，以后制造不了麻烦。他带着涅依米和帮手马尔科到名南运河时，自己被浪卷走了。幸好马尔科把涅依米绑在桅杆上，她才逃过一劫，等到了斯坎德和我把她救下。”

“佩德罗跟我说你走了，”亚伯说，“我做的第一件事情就是赶紧去找你。你是怎么发现阿卜杜勒掳走了涅依米的？”

“我们不知道！我们是从卡斯凯什返回的路上偶然遇上的。”

“卡斯凯什！为什么去那里？”

尼哥罗迟疑了一下。如果他说“提醒伽马有危险”，那很自然亚伯会接着问“那为什么你又回来了？”。

“我们听说有海盗。”他随意地答道，“我担心罗德里格斯会跟他们冲突，所以我们跑去卡斯凯什——你知道那里消息总是比较灵通——然后回来的时候，借着月光，斯坎德认出了阿卜杜勒，我们就都看见了涅依米，然后……”

露丝捧着两个冒着热气的大碗走来进来，尼哥罗打住了话。露丝说：“这是我昨天做的鸡肉汤，还有很多。”她在一旁等着他们吃完，压低了声音惊恐地问亚伯：“尼哥罗告诉你，是，是阿卜杜勒带走了她？”

他揽住她：“不过你知道他永远不会再来了。”

“是，”她打了个寒战，然后又迅速弯下腰，亲了一下尼哥罗的额头，“涅依米告诉我，尼哥罗和斯坎德救下了她。”

亚伯抬起头望着尼哥罗，眼睛里闪烁着熟悉的光芒：“如果说以前你配不上她，那么现在你已经可以了！”在尼哥罗满脸通红，结结巴巴地想说些什么的时候，亚伯抓住他的手臂：“其实我一直想要一个儿子。露丝，你也是对吧？”

“如果不是斯坎德，”尼哥罗严肃了起来，“那我和涅依米都不会在这儿。真希望你们能看到那个场景！还有，如果马尔科没有绑住她……”

工作室里一闪而过的亮光吸引住了他的目光：涅依米换上了樱草色的裙子，美得不可思议。她正俯身从大桌子上抱起一卷卷的地图，然后一一放入铜壶里面。

“把地图拿出来后，我忘记藏起来了。”亚伯低声说道。

“亚伯！”露丝感慨地说，“亚伯，就好像，自始至终，那个孩子的生命都和新航路紧紧绑在一起！”

突然传来一阵敲门声，把他们都吓了一跳。涅依米听到响动，走到了工作室门口。看到是斯坎德走进院子，就奔向了他。尼哥罗也跳起来迎了上去。

三人一起往露丝和亚伯那边去。

“斯坎德，”亚伯温和地说，“有太多的话要对你说，我不知该从哪里说起。”他伸出手，把他拉着坐到椅子上。

露丝也接着说，“用言语无法描述我们内心对你的感谢，无法表达。”

“每个人都功不可没。”斯坎德赶紧说，“是康梯大人，在我以为已经走投无路的时候，让我不失去希望。”

“你才是不止一次让我打起精神的人！”尼哥罗反驳道，“如果不是仰仗你对名南运河的了解，我现在肯定悲痛欲绝了。”

涅依米感动地看着斯坎德：“似乎每次我遇到危险，您都准备好了来救我！”

“这就是我一直在里斯本待着的原因，”他说，“我一刻都不会忘记，苏丹娜号沉了后，阿卜杜勒侥幸逃脱，还一直活着！”

“什么？”尼哥罗喊道，“你一直怀疑他会来这儿？”

斯坎德耸了耸肩：“我一直随身带着这个。”他用手指抚摸了一下皮带上的刀柄，“而且我时时刻刻确保它足够锋利！然而，他来的时候我却不在。”他靠近涅依米认真打量着，“孩子，你怎么样？除了衣服湿了，没受别的伤吧？”

“斯坎德你呢？”她柔软的手拉住了他的袖子，语带焦灼地问，“你吃了东西没？”

“我给他弄点鸡肉汤！”露丝说道。

“夫人，谢谢您，我已经吃过了。”斯坎德拒绝了，“再说，现在我有比吃东西更重要的事情。”他停了一下，看了看在场的所有人，“我要告诉你们一些事情。在处置马尔科之前，我从他那儿问清楚了所有事情的来龙去脉！”

“他在哪？”涅依米和尼哥罗异口同声地问道。

亚伯问："那个放出伽马的谣言的家伙？"

"他救了我！"涅依米在一旁低声说道。

"他现在暂时待在惹不了事的地方。"斯坎德回答，"我给他找了一艘这两天出发到南安普敦的船。到那边他可以找一艘帆船到威尼斯去。不过，我先是请他吃了一顿丰盛的早餐，才撬开了他的嘴，嘘！光从他透露的话里拼凑起来的消息就已经很糟糕了，而这只是阴谋的一半都不到！似乎从两年以前他们就开始谋划了！而且从那时候开始，康梯大人，威尼斯大使就处处在留意你了！"

"所以，威尼斯还是掺了一脚！"亚伯忿忿不平地说。

"马尔科说，就是从这开始。如果我现在有地图，"斯坎德用询问的眼神看着亚伯，"那我就可以说得清楚一点。"

"对，"露丝插了话，招呼大家一起到工作室去，"外面也开始热起来了。"

所有人围着桌子坐了下来。涅依米坐在亚伯和斯坎德中间，露丝和尼哥罗坐在对面。

"简而言之，事情是这样的。"斯坎德展开了一张地图，然后沉思地看着地图。

"马尔科说，威尼斯有商人认为在去往印度的航海线上有利可图，于是不知道怎么找到了阿卜杜勒。碰巧，阿卜杜勒是威尼斯和摩尔人的混血。他们就贿赂他，让他监视伽马。他这才带上了马尔科。"

"等一下！"尼哥罗打断，"在备船的时候我就怀疑过，这就是他们来这儿的动机，我跟你说过的，对吧？"

"你是说，阿卜杜勒当时就在这儿？"涅依米喊道。

"你记不记得当时我告诉亚伯大人，我看见了马尔科和另一个陌生人在一起，那人还派人过来问我伽马的准备状况？那个就是阿卜杜勒！"

"这样想来，"亚伯说，"我一定见过他本人！我听到他向佩德罗打听我的地图！尼哥罗，你知道的。”

“似乎所有人都见过他。”斯坎德想着，“除了跟这事最相关的人：我和涅依米！我不知道为什么他第一次来这儿的时候我没认出他来。”

“你当时在迪亚士船长那里值夜班，”尼哥罗提醒他，“难道你忘了？”

“对，没错。所以这次传来海盗的消息的时候，他似乎从威尼斯大使那里得到风声，藏起来了。”

“那他的确是涉足了海盗勾当，”尼哥罗说，“跟我们想的一样！”

“他想去袭击伽马，”涅依米也补充道，“我听到他跟马尔科这么说。”

斯坎德点了点头：“那就是他的大阴谋。你看，伽马前脚刚离开里斯本，阿卜杜勒和马尔科就出发到埃及，然后沿着大陆往南驶。他们一路从原住民那里搜集他的消息，最后发现他往印度那儿去了。于是，他们等了好几个月，最后，终于，在蒙巴萨……”一直往南划着的粗短的手指停在了一个标注着“象牙海岸”的港湾上，“他们恰好看到伽马的船从印度返航。马尔科描述了在蒙巴萨船只被焚毁的可怕场景。我不相信，不过他坚持这是真的。”

“有可能是真的。”亚伯说，“那船可能已经航行不了，也修复不了。”

“嗯，他们一看到船，阿卜杜勒和马尔科就赶回威尼斯通知伙伴。”

“所以威尼斯那边的确比我们更早知道有‘香料之道’！”露丝喊出了声。

“或许早在所有人之前，夫人。威尼斯那边有担忧国王曼诺尔图谋东方的动机！”

“那威尼斯为什么又突然改变了态度？”亚伯思索着。

斯坎德继续说：“威尼斯严阵以待，各方面都做足了准备。政府先提出，如果伽马找到了新航路，威尼斯的贸易要怎么应对。与此同时，就是我提到的这批商人，跟政府一直密切合作着，但是在暗中往来。他们知道伽马会经过摩洛哥和圣文森特海域一带后，就付了阿卜杜勒一大笔钱，让他组建了一支海盗舰队去巡逻。阿卜杜勒和威尼斯大使保持着联系，根据曼诺尔对威尼

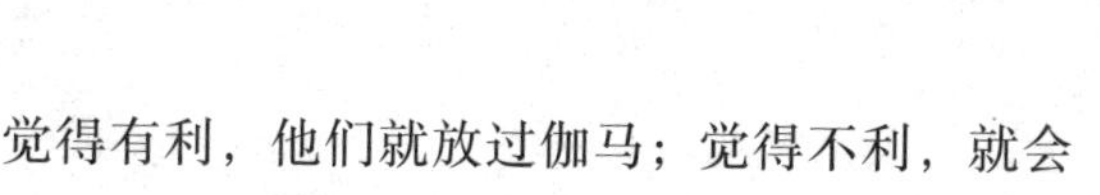

斯的反应给海盗舰队发指令。觉得有利，他们就放过伽马；觉得不利，就会把货抢光，把船全部沉掉。这样一来，不管伽马有没有找到过航路，都永远不会有人知道了。”

亚伯双手抱住了头，低声吼道：“损失船没什么，但如果葡萄牙失去了新航路……”

“经历了那么多之后，”露丝喃喃道，“在即将回到家的时候功亏一篑！”

“我知道阿卜杜勒要伤害伽马，”涅依米说，“他告诉过马尔科。”

“可是，尼哥罗……斯坎德！”亚伯惊恐地看着他们，额头都快皱成一团，“那些海盗并不知道阿卜杜勒已经死了，还在等着伏击伽马！”

“放心吧，先生！”尼哥罗无意识地用罗德里格斯说过的话打断了他。他向斯坎德使了使眼色。两人琢磨着：怎样说才能不违背跟罗德里格斯的承诺呢？

“我了解到，几个小时后，”尼哥罗斟酌着用词，“那些海盗就不会伤害伽马了。”在露丝的注视下和亚伯问出更多问题之前，他迅速说，“我只能说那么多了，先生。我发过誓！”

亚伯紧紧盯住他看了一会儿，仿佛要将他看穿似的。接着慢慢地，眼神里开始溢出喜悦。他好像怕问到忌讳的问题似的，赶紧转向斯坎德，说：“难以置信！威尼斯政府居然组建了海盗船队！”

“当然是秘密进行的，政府睁一只眼闭一只眼。您知道，威尼斯靠着他们就可以做得神不知鬼不觉。海盗自己也面临困境。如果可以通过开普敦到达印度，他们还怎么在地中海混饭吃？威尼斯也是如此。不过，”斯坎德停顿了一下，加重了语气，“马尔科告诉我，这个海盗计划比起当下正在发生的，算不了什么。看这里！”他俯下身子，把粗短的手指指在一个地方，“看到地中海和红海之间的这个地方没？现在，假设威尼斯人在那里开辟了新通道……”他停住不说话了。亚伯和尼哥罗震惊地将视线由地图转移到他的身上，然后又互相看着对方。

但亚伯是满脸的憧憬痴迷。“这想法棒极了！”他边说边来来回回看着地图，惊叹不已，“这就是为什么威尼斯总能将东方占为己有！”

“我觉得毫不逊色于开辟新航路！”斯坎德充满了敬意，附和道，“这就是马尔科告诉我的威尼斯的计划：在和东方贸易的主要海港中间的陆地上开凿通道。他们甚至还派了代理人到埃及苏丹那里帮忙展开计划。”

“那就是为什么那个大使想要亚伯大人的地图！”尼哥罗恍然大悟，然后朝涅依米笑了，“你猜到了！”

斯坎德也咧嘴大笑了：“康梯大人，那就是大使想给您的任务：把地图带到威尼斯，这样他们就可以知道在哪里开辟通道！但他后来发现你是亚伯大人的朋友，贿赂不了！”

“但阿卜杜勒一直告诉佩德罗，他会让我同意邀请他来这儿看地图！”

“那个只是个掩护罢了。他一直谋划着等亚伯大人去出席国王的公告会时，就去偷出来。那个大使提前给他透露了消息。”

露丝不赞同地摇了摇头：“可是大使不是为了让国家间避免战争吗？”

“可怜的佩德罗，如果他知道自己为虎作伥了，肯定要疯了。”尼哥罗笑着说，然后把阿卜杜勒给金币一事说了出来。

“真奇怪，”斯坎德嗤嗤笑着，“阿卜杜勒的目标是地图。如果他不一直等着公告会，马尔科也不会一直在镇子上晃悠，四处乱吹，我们更不会注意到发生在我们鼻子底下的事情！”

“到底是为什么，”亚伯突然问道，“才会让马尔科那个长舌的来完成这项任务？”

“我也这样问了他！”斯坎德答道，“‘再简单不过了。阿卜杜勒必须找个帮手。’他吹嘘道，‘然后又没人想跟他——他捅人可是出了名的。’这个真是再自然不过的答案了！”

“我在想，”尼哥罗想着，“不知道大使对这事会怎么解释。”

亚伯挑了挑眉：“不用担心这个。如果你说了出来，他说不定现在已经逃之夭夭了。”

“没有人可以从我嘴里知道一星半点儿这事。”尼哥罗郑重地说，他环视了一下众人，“让我们把这事埋在心底，不管是斐迪南还是伽马，都不要说。”

亚伯赞同地说：“那是唯一的办法，否则会有更多危险。”他脸色突然一亮，又弯腰看地图，“我一直想着那个通道。太聪明了！只要有人指出，所有人都会认同。多么巧妙！”他一边让露丝和涅依米过来看，一边沿着地中海、红海到斯坎德指出的地方迅速画了一条线，“有一天，这条通道打开后，所有人都会讨论它，就像现在的新航路。”

“可是，这样岂不是，”露丝迟疑着问，“会把贸易从葡萄牙手里抢走？”

他给她递了个揶揄的眼神：“说不定那个时候葡萄牙的时代也差不多完结了！再说，亲爱的……”

这时从院子传来一阵急促的脚步声，亚伯停止了说话。大家还没转过身来，斐迪南就已经破门而入。他穿着骑装，大汗淋漓，风尘仆仆。尼哥罗和斯坎德迅速交换了一下眼神：来了！

虽然匆忙狼狈，但尼哥罗还是从斐迪南通红的脸上发现了一丝不寻常的神色。跟平常一样，他一激动，眼睛就像喷出火花一样。但这次还掺杂了一种敬仰，几乎是神圣的崇拜。

他无视露丝的惊呼“我以为你在辛特拉！”，涅依米小声的询问“斐迪南，怎么了？”，和亚伯的寒暄“怎么了，小伙子？”，冲过人群，直直走到亚伯面前。

“先生，”他说，“伽马回来了！”尼哥罗看到他神色更激动了。

死一般的沉默，似乎世界为这伟大的一刻停止了。亚伯的脸色也开始变了，呼吸开始急促了起来：“他，他在哪？”

“先生，我一定知无不言。”斐迪南回答，“但得赶紧，因为我保证了告诉你这个消息后立即赶回王宫。”

他一屁股坐在桌子边缘上，顺便蹭掉了灰尘。“我跟国王差不多是同一时间知道的！”他开心地嚷嚷，“当时我正给国王端酒，仆人进来通报说，有个人要告诉国王一个重要的消息，但是一定要单独告诉国王。你想，那时候是半夜，这个节点很奇怪。不过最后他们还是把人带了进来。你猜猜这人是谁？”斐迪南神气十足地环视了一圈，享受着观众们期待的表情，“罗德里格斯！是亚瑟·罗德里格斯！尼哥罗，你认识的。”

“不会吧？”尼哥罗不去看斯坎德，努力装作很吃惊的样子，也喊了出来，“你说笑吧？”他知道涅依米也在偷偷打量他。亚伯则是露出一种奇怪的表情。

“他穿着海军服装，”斐迪南继续说，“但看到他的那一刻，我就知道发生了什么不寻常的事。他跪在曼诺尔面前，低声说了一会儿话。突然国王就抬起头，大喊了一声‘伽马回来了！’。”斐迪南深呼了一口气，然后又狠狠地咽了下去，“我感觉有点晕乎乎的，里里外外都是！”

“不奇怪，”露丝说，“要是我，我会哭出来的！”

“当然，如果是真的，那可就不得了了。”斐迪南继续说，“所有人立刻聚拢在一起讨论。曼诺尔国王让他们全部安静，听罗德里格斯讲话。”

“他说，四天前他正从特塞拉岛赶回葡萄牙，中途遇到一艘船艰难地航行着。他上前打招呼，船上有人回应说这是达·伽马手下的圣盖博号，正从印度返航！他说这话的时候，周围静得地上掉一根针都能听到。然后大家都沸腾了。我看到国王假装抚顺着头发，但其实他是在擦掉眼泪！罗德里格斯日夜兼程地赶到卡斯凯什，又全速赶回辛特拉，就是为了第一时间把消息带回！”

“那伽马很快就会回来，”亚伯喊道，“可能就是今天！”

斯坎德问："那其他两艘船呢？贝里奥号和圣拉斐尔号呢？"

斐迪南的脸耷拉了下来。"等一等，"他告诉斯坎德，"不全是好消息。保罗·达·伽马死了，在特塞拉岛。所以伽马……"

"保罗死了？"尼哥罗打断，差一点他就脱口而出，"罗德里格斯没有跟我们说这个！"

"可怜的保罗！"露丝喃喃道。但涅依米柔声地说："可怜的伽马！"

"对，可怜的伽马。"亚伯重复了一遍，"他是那么爱他的哥哥。"

"我们今天早上从辛特拉骑马回来的时候，以为伽马已经到了。我们并不知道保罗的情况。"斐迪南接着说，"罗德里格斯也不知情。他只知道伽马回来了。但是在王宫我们收到了圣盖博和贝里奥号带回的消息。它们……"他喘了一口气，"它们都回港了！就在贝伦市港口！"

"太好了！"斯坎德兴奋地叫道，"你说贝里奥号在港口，对吧？我真怀念它的鸣笛声！我现在就要去看看！圣拉斐尔号呢？"

"别嚷嚷了，"斐迪南大笑，"让我把话说完！我不是说自己是赶着来的吗？"他转向亚伯，"先生，您不知道，我可是握紧了手鼓起勇气向国王请求，让我来告诉你这个消息的！"

亚伯的嘴角翘了起来，但只说了一句："最多他不同意。快继续说，小伙子。"

"圣盖博刚传到王宫的消息是说，圣拉斐尔号没了！"

尼哥罗眼角余光看到斯坎德使眼色。斐迪南急急忙忙地解释：

"船损毁得很严重，而且很多船员也牺牲了，他们就把它烧了。不久后，另外两艘船在一次暴风中分开，贝里奥号就独自回到了这里。保罗病得很重，伽马不得不停在佛得角岛，让圣盖博号独自起航。他则带着保罗乘小船到了特塞拉岛。已经有一些船带回了他的葬礼的消息，听说伽马也会留在那里悼念他！"

没有人说话。斯坎德先打破了沉默：“现在我猜大家都在说，自己早就知道伽马会回来！”

“哦，抢着谁喊得最多最大声，尤其是国王就在附近能听见的时候！”斐迪南说，“国王跟他们一样坏心眼！”

“我猜他甚至会信誓旦旦地说自己从来没有怀疑过这次探险。”亚伯温和地附和着。

斐迪南兴奋地甩着自己的帽子：“他已经开始策划下一次的冒险旅程了，先生！我要看看自己是不是也能偷溜上去！”他俯身靠近亚伯低声说：“我一见到伽马就要问，看他能不能捎上我。”

他站直了身子，伸了一个懒腰：“我昨晚都没睡，一直在想着新的冒险！”接着他边走向门口边说：“我一时半会儿可能走不开，不过伽马要是要过来，我立马送消息过来。”

在门口时，他突然转过身来：“尼哥罗！我忘了告诉你国王奖励了罗德里格斯什么。国王给他和他的儿子们封赏了！对了，你受到嘉奖了吗？”

“没有。”尼哥罗心不在焉地回答，但门一关上，他立马松了一口气，“明明知道事实却要装作惊讶的样子，真不容易！”

“关于焚毁船只的事情，马尔科没有说谎。”涅依米说，有点羞怯怯地看着尼哥罗，“是罗德里格斯，对不对？告诉了你……”

“对，伽马的事！”亚伯笑着打断，瞥了尼哥罗一眼，“在斐迪南提到他的名字的时候，看你拼命装作不知情的样子我就猜到了！”

“我打赌，您不知道康梯大人为什么要到卡斯凯什。”斯坎德主动说。尼哥罗还没来得及阻止，他就把两人出发的真正原因说了出来，并说出了要派金星号去寻找伽马的计划。

“我真希望大家都能知道！”亚伯的声音很温和，但眼眶已经红了。站在旁边的尼哥罗脸也涨红了。

“罗德里格斯也说了这话，先生，”他结结巴巴地说，“但我让他保证不提这个。”他又对斯坎德说：“我想他已经完成了他和金星号的最后一次航行。现在是寻找接替他的人选的时候了。”

“我跟你赌，他一定会怀念沥青的气味，怀念手抓住帆的感觉！”斯坎德感慨地说。

“我在想，他的妻子受封为夫人后会是什么样子。”露丝低声说道。

“我们必须找个人接替罗德里格斯的位子。”尼哥罗又说了一遍，“而且我恰好知道一个不错的人选！”他凝视着斯坎德，“怎么样？”

那双深邃锐利的眼睛望了回来。突然，那张紫铜色的脸上爬上了深红色。

“我是认真的。”尼哥罗大笑着。他伸出手，拍了拍斯坎德的背。

“哦，我好开心！”涅依米说，“斯坎德应该得到我们的……”发现自己的用词后，她一时语塞，“我们最好的回报！你和我的，尼哥罗！”她磕巴着说完了，脸红了，眼睛焕发出光彩。

斯坎德看着众人，脸上也神采飞扬：“我愿意用一切去交换金星号的船长！一分钟也不会犹豫，不过，现在既然阿卜杜勒不会再来……”

他突然停了下来，摸索着自己的皮带，然后抽出了一个褪了色的缠着皮鞭的皮革包。“除了我的刀，我身上还带着这个。”他说着，没有抬起头，“你还记得我之前跟你提过，说我是怎么知道我以前的船长在亚丁市场花了多少钱买下涅依米的吗？”

“斯坎德！那个是……”涅依米好像不相信自己的眼睛，小心翼翼地碰触着那双棕色的手掌间的东西。

斯坎德沉默着把包递给了亚伯。亚伯接过，掂量了一下，吃惊地吹了一下口哨，然后又递到了桌子对面。

“上帝，我的天！”尼哥罗大声说。在露丝和尼哥罗手里转了一圈后，那个破旧的包又回到了斯坎德手中。

“你告诉我说刚来里斯本的时候，饿到不行。现在你的皮带上挂着那么多钱……”

“觉得我会花在吃喝上？”斯坎德鄙夷地说，他的视线落在涅依米身上时，变得柔和起来：“我一直觉得，有一天她会需要嫁妆，而我想……”他把包绑到了她的衣带上，“现在就是时候了！”

第 24 章 伽马回来了

又是里斯本夏季热气蒸腾的一天。远处山峰的棱角耸人深蓝色的天空。阵阵清风拂过，吹皱了港口密密麻麻停泊着的船上翻飞的旗帜。

处处人头攒动。人们挤在陡峭的街道上，蜂拥着赶往港口边和河岸边。有的挤在码头险险站稳脚跟；有的紧紧攀住桩子。

人群里不时爆发出一阵阵欢呼声、呐喊声、大笑声。人们屏住呼吸，等候着，张望着。在这间隙里，不时又忍不住大喊出声。这就是伽马凯旋里斯本时的盛大场景！

亚伯·扎古托站在矿业部占据的一处码头角落上。背后人群密不透风，他几乎连挪动分寸或者转身都做不到。不过，至少没有人挡在他面前！他特意在日出时分就来到了这里，就是为了占据这无可争议的视角最好之处和桩子最稳固的地方。没有任何人能挡住他看伽马的船只！毫无疑问伽马会在这个码头靠岸。即便他离开得再久，他也不会忘记国王总是坐在阳台上，眺望着这边的海湾。当然，这里也是曼诺尔最先接见伽马的地方。

他随时可能就在下一刻出现。早有消息传说他已经离开了贝伦市。距离斐迪南第一次跑来通知喜讯似乎已经过了很长时间。这几周的时间里，不时传来消息说圣盖博号和贝里奥号随着伽马，先在特塞拉岛追悼保罗，然后到了贝伦市。当然，亚伯也想过要自己去看一下船队。很多人都去了，斯坎德也是其中一个。他回来的时候，眉飞色舞地讲述自己看到的伽马带回来的外国引水员。不过这些都不是他想看的！他要在船队出发的地方等着，直到看到船长亲自把他们带回来！

哦，为了巴塞洛缪，他们本来有可能一起站在那里的！还有科维良！向你英勇无畏的灵魂致敬，佩德罗·科维良！虽然有很多部门等着，但那个年轻小伙斐迪南，肯定是第一个抢着跟伽马握手的人！可能伽马要过几天才能回到熟悉的老地方，因为他要会见成批的访客，参加各种庆功宴会，等等。而还没从保罗去世的悲痛中恢复过来就要面对这些喧嚣和杂事，伽马一定也不好过。

阳台上的骚动引起亚伯的注意：曼诺尔国王盛装打扮出场了。在这样的场合，穿着最好的貂皮再适合不过了！现在他坐了下来，兴奋得像个孩子一样：手臂扶在栏杆上，身子往前探出，跟所有的群众一样朝着一个方向盯着，凝视着伽马即将出现的海平面。

亚伯握紧了手，又把视线投回了涌动的人头上。在某个高处的窗户边，尼哥罗给露丝和涅依米找到了一个安全的观看位置，隔离了拥挤的人群。

那个孩子，涅依米！如果人们知道她在这样重大的事件中做了这么大的贡献，会有什么反应呢？

一声像雷声低滚过的声音！大炮的声音！在这紧张的一刻，整个里斯本似乎都屏住了呼吸——然后，传来惊天动地的喊声，似乎全场的人都张开了喉咙呐喊：“伽马！伽马！”一瞬间，码头和岸上的加农炮都齐声响起，回应着远处的问候。

炮声一阵接一阵，越来越近。接着，缓缓地，两艘帆船，桅顶上飘着代表皇家颜色的旗帜的船只出现在视线中。亚伯感觉心口如受重击，几乎喘不过气。

里斯本陷入了空前的欢乐，过往的欢庆都相形逊色。这个城市已经沉浸在狂欢的海洋中：人群的呼喊声，加农炮的响声，震动了空气，几乎让人震耳欲聋，头晕目眩。亚伯怀疑自己还能不能站得住脚了。

帆船乘着微微漾起的波浪，缓缓驶来。亚伯忘掉了一切，眼中只剩下驶得越来越近的船。打头的是圣盖博号，飘扬着残旧的鲜红色的旗帜，标志着船长的所在。伽马一定就在这艘船上！紧紧尾随着的是贝里奥号。欢迎回家，尼可拉斯·奎略！即便相距较远，人们还是可以清楚地看到破损不堪、布满伤痕的船体。亚伯狂喜不已，视线一一落在脏污了的帆上、磨损了的桅杆上，和褪了色的缆绳上，在心底默默地向它们致敬。啊，饱经战争的征服者的英勇印记！他知道眼泪沿着脸颊慢慢流下，但他毫不在意。

现在可以清晰地看到圣盖博号了。他可以看到水手们大笑着，在围栏上挥舞着手示意。官员们齐齐站在主甲板上。亚伯不知道是不是一瞬间的错觉，他们在看到里斯本那标志性的密集的斜屋顶后，眼神瞬间亮了起来，似乎带着一种欣喜若狂的怀念？还有！看那些在人群中鹤立鸡群一般的黑色面孔！是斯坎德提过的异邦引水员！他们身着或大红或大黄的花里胡哨的服饰，活像一只只俗丽的鹦鹉，脸上却带着一股男孩儿的迫切。

啊，船尾那个人！那个人一身黑衣，戴着圆边小帽，身着束腰外衣，披着长袍。他脸色苍白，面容悲痛，而身上的沉静气息却让全场一瞬间肃静了。

是船长！众人反应过来，欢呼声又冲破了天际："伽马！伽马！"

伽马走上前，严肃地鞠了个躬。

这时，亚伯听到了一个女人痛哭出声："如果能换回他的兄弟，他一定会用尽一切去交换！"他往回看，原来是一个抱着婴儿的年轻女人，眼睛在长时间哭泣过后浮肿着。亚伯从斯坎德那儿听过，他去贝里奥号时，见到一个濒死的水手，但陪伴在身边的只有寥寥几人。

一阵金属的碰撞声又把亚伯的视线吸引了回去：是圣盖博号在抛锚，接着贝里奥号也放下了锚。国王的水手坐上了皇家的船，驶近了圣盖博号。亚伯就只等着船把伽马接上岸，之后他就会回家，细细回想从第一天到今天的所有过程，在脑海里将所有的细节重温一遍，直到确认他能铭记到生命最后的一刻。今天过后，世界将焕然一新！

他全然忘记了周围的喧嚣声，目光追随着伽马走下船，看着他沉着地跟划桨船员致意，然后坐下。跟身着鲜色制服的人相比，他显得黯淡消沉。船猛地划了出去，终于可以清楚地看到他的脸了：憔悴，带着悲痛，更成熟了。亚伯的心一阵抽疼。但比起出发时，他身上多了一股沉静的气息。是属于灵魂的平静祥和，亚伯对自己说。正是这样，他才义无反顾、不变初心地走到今天。

船掉了个头向岸边驶去，伽马的身影被挡住了。这时，人群立即涌着追了过去。亚伯终于可以走动了。接下来还有各式各样的庆功宴，但他都不在意。他已经看到了自己想见证的：巴塞洛缪的船队，还有伽马！

街道上人潮涌动，要穿过人群得花费一番工夫。不过，最终亚伯还是爬上了家的楼梯，走进了院子。还没有人回来。

他走进工作室，按捺不住地急匆匆走到窗户旁边。就在那儿！虽然被其他船只挡住，但皇室规格还是一眼可辨；虽然寒碜破旧，但还是无畏无惧，无与伦比！尽管已经退了役，它们成就的一切却不会泯灭，还将为未来的丰功伟绩打下坚实的基础。如同它们自己，也是筑在伟大的先驱者用脆弱的树皮凿出的船的基础上的啊！更多的探险将从这里扬帆起航，葡萄牙会面对更多的竞争者！但到最终，这一伟绩的意义却不限于葡萄牙或者其他任何国家，而是人类揭秘他所存在的世界，不懈地追寻真理。哦，他为自己能有所作为，为自己给那些船制作的指南针和星盘，感到雀跃，即便它们那么微不足道。

他转过身，欣喜地一一看着书架、工具和凳子。自伽马离开后，他就忙碌着钻研地图，几乎没怎么使用。但也有很长一段时间他埋头钻研着改善工具。如今，他终于等到那些虽然残旧了却勇猛不减的船队捎来的喜讯……

他走过一个又一个书架，拿起这个工具看看，又放下看别的。不过，他现在非常渴望得到一把锯子！他仔细地检查了一个指南针，是跟他当初给伽马的一模一样的指南针。他可以再改善它！盒子顶盖可以做成透明的！指南针的纸盘应该放在盒子底部，在指针下面，而不是现在这种设计。一眼看去，就让人知道自己的位置。还有他给伽马做的星盘——是欧洲第一个金属做的星盘！还能做得更好。如果亚伯·扎古托能够做到更好，就绝不用木质！

他走回到窗口。这次不再是看着伽马的船队，而是看着整个镇子，看着熙熙攘攘的房屋从蓝色港湾一路攀爬到蓝色的天际。啊，让他好好看看，好让他都记住！

听到有人说话的声音，他转过身来，看到大家都回来了，斯坎德也在其中。亚伯仔细地打量着走过来的众人，他们都若有所思——几乎是虔诚地。连斯坎德都像被震住了。

“亚伯，你刚刚正好经过我们下面，”露丝边说着走进工作室，“我们一直喊你，你都没往上看一眼！”

“亲爱的，我那时候在思考，没听到。”

涅依米朝他跑过来，抓住了他的手。他看到她眼中闪烁着金色的光芒。

“你在想着那些船！”她低声说道，“哦，亚伯大人，我看到它们驶入港湾的时候，安拉对我说：‘看！现在一切的苦痛和折磨不都值得了吗？’”

“我忍不住想，”尼哥罗平静地说，“迪亚士大人、科维良和保罗·伽马都没能亲自见证今天这个场景，该是多么悲伤！”

“可怜的伽马，”露丝喃喃道，“他穿着那身黑色衣服看着真令人难过。”

“跟他离开那天穿着华丽的紫色长袍比简直是判若两人！”斯坎德吃惊地说，“好像老了十岁！”

“看着他不得不堆起笑容回应人群，真可怜，”尼哥罗说，“我们看到他在据说是伯爵和主教的陪同下走到矿业部。我们没看到国王曼诺尔接见他。前面太多人挡住了！”

“我都看到了，”斯坎德咯咯笑着，“从小船的桅顶出现开始。我还贿赂了船长让我上船！大人！当看到伽马大人在国王面前跪下亲吻他的手的时候，我禁不住想，要是反过来国王跪下亲他的手会不会合适呢！”

“亚伯大人，你肯定没想到！”涅依米打断，“斯坎德和伽马大人带回来的异邦引水员聊了天！”

“我看到了，”亚伯说，“他们是不是黑得像乌木一样？”

“马林迪的国王派他们过来的，”斯坎德解释，“他想知道魔鬼洞的另一边是什么模样。我用他们的话唱歌的时候，他们的下巴都要掉下来了！你要是看到就好了！几乎要让我怀念起以前了！”

“斯坎德说这些引水员告诉他，伽马没有去比香料岛更远的地方。”尼哥罗说，“不过他带回了好多香料。”

“他去到最远的地方是科泽科德和卡纳诺，他们是这么说的。而且还花了不少力气狠狠砍了价。”斯坎德神色突然变了，似乎回想起了什么，“康梯大人！我忘记告诉您了，罗德里格斯在佩德罗那里给您留了话，说是他被国王留下了，想知道您介不介意他改天再归还金星号。您有话的话也捎给佩德罗。”

“让他慢慢来。”尼哥罗温和地回道，“就这样跟佩德罗说。斯坎德，要是你碰上罗德里格斯，给他介绍我们的新船长，并让他祝新船长好运！”

他边说边走出院子，瘦长结实的背影消失在门后。涅依米也跟了上去。

亚伯在工作室看着他们在院子里挽着手慢慢踱步。他瞥了一眼露丝，看见露丝也在温柔地看着他们。他要怎样告诉她他的计划呢？她进来之前他在想什么来着？两人默契地再没提起过亚伯去觐见曼诺尔国王后那晚的谈话。但她孤单绝望的哭喊声仍在他耳边清晰地回响：“是不是我们这样的人注定要四处漂泊不定？”在凯旋的日子令她重新想起这个太残忍了。

突然，她指着院子说：“亚伯，他们需要对方，比我们需要她更甚。”

他有点疑惑地看着她，“比我们更需要她更甚”是什么意思？

“亚伯，亲爱的，”她的声音有点踌躇，眼神却平静温柔，“涅依米不需要我们，不再需要了！”

他看着她，突然明白过来了。虽然明白了，自己却是哽咽着说：“露丝，勇敢点！”两人相偎着。亚伯低声说：“去见见伽马，跟他谈一次。

如果那两个孩子决定要去牧师那儿……”

“亚伯，我随你。”

他提起了精神，压住突然袭上心头的忧伤：“明天我就到码头去，看看有什么船要走。”他把她的手握得更紧了：“然后我就告诉约瑟夫拉比我们的决定。你知道，他帮助了那么多我们这样的人逃走。真是勇敢！如果不是缠绵病榻，他应该已经离开了吧。”

“亚伯，你确定我们不能带走任何我们的东西？”她用渴望的语气问着。

他努力不去回望她的眼神，以免再纠缠那个话题。

“亲爱的，”他回答，“有人把守海滩，查得很严。要躲过不容易。”

“但你说过可以在我们的衣服里藏一些小物件，从我们最喜爱的植物那里剪下的枝叶，还有你最喜欢的黄色百合的花茎……”

他点了点头，怕一出声就泄露情绪。

“我们再带一些土吧，这样新的花园也会有我们在里斯本的印记！”

“有你在的地方就是家！”他对她说。

她长长地吸了一口气：“那，那就在你见过伽马大人之后。”

他安静地把她拥在怀里：“当涅依米和尼哥罗……”

从门口传来的尼哥罗兴奋的声音打断了他们：“我们在讨论着我要建的房子，涅依米说要跟这个建得一模一样！”

亚伯和露丝互相看了一会，接着亚伯才说：“孩子们，你们不需要等到新房子建起！可以先住这里。”

两人脸红着，高兴地从庭院里走过来。涅依米走到露丝旁边，有些胆怯地问：“露丝妈妈，可以吗？”

露丝弯下腰亲了亲她。亚伯说：“越快越好！尼哥罗，你觉得怎么样？”

“涅依米答应就好！”尼哥罗高兴地说。

“那就等你们了！”亚伯假装大力地挥舞着手臂跟他们道别，“好好商量！”

他和露丝两人一时都没说话。外面还有低低的说话声。

“我觉着，”他最后说道，“在他们看来，我们挺老的。”他轻声笑着，“露丝，你感觉老了吗？”

“亚伯，这跟爬山一样。在山底下的人看来，我们就像已经到山顶了。可在我们看来，山顶还远着呢！”

那天晚上亚伯在工作室坐到很晚。虽然伽马可能还没那么快来，但一有机会他肯定会赶来。亚伯希望能随时准备好等他到来，一起分享珍贵的时光——因为是最后一次，所以才尤其珍贵。不过肯定不能让伽马发现。

第二天晚上，在露丝和涅依米睡着很久以后，亚伯还在等着。他寻思着，伽马可能现在还在忙着应酬各种庆典、各种宴请，估计分身乏术。虽然这么想，他还是没有锁上大门。到了夜半，听到门锁“咔嚓”清响的时候，他更多的是惊喜而不是惊讶。刚走到工作室门口的时候，伽马也到了。

“我就知道你会来！”

“我就知道你会等着！”

两人紧紧握住对方的手，静静地互相打量着。没错，伽马年纪更大了，脸上开始有了皱纹，太阳穴灰白了，但更增添了一份内敛的成熟！

“亚伯大人，到这儿真好！”

亚伯脑海里闪过一个孩子说着“回家真开心！”的情形。

伽马的眼睛一一扫过屋子。“这个地方，”他沉静地看着亚伯，最后开口说，“比我知道的任何地方都要完美，只是，只是少了迪亚士大人。”

“啊，伽马，你说出了他离开以后我每天晚上都在想的话。当我看着你走向海港……”

“我跟您想的一样，”伽马打断，“他一手建了那些船，为我开航筹备了那么多！”

“但是没有人会比他更为你骄傲，”亚伯说，“至少在我看来是这样。”他亲切地看着伽马，“你能这么快赶来，真好。”

“我还以为来不了了，”伽马赞同道，“连续不断的仪式庆典，络绎不绝的访客和源源不断的问题，躺在被窝里我都在争分夺秒地睡觉！比我刚出航那时还要糟糕千百倍！亚伯大人，您不知道，”他停了一下，大笑出声，“他们就像一群吵着要第一个听到童话的小孩，国王还是当中年纪最小的那一个！问东方人长什么样，穿什么衣服，甚至是吃什么。他整天都跟我带回来的马林迪那群引水员待在一起。您知道今天早上传召我的时候他怎么跟我打招呼的吗？‘早上好，伽马伯爵！’”

亚伯激动地说：“伯爵！太棒了，伽马！国王理应如此做！你可是当得起这个头衔，实至名归的！”

“这是我们家族获得的第一个头衔，”伽马神色有点赧然，“不过，”突然又黯淡了下去，“如果，如果保罗能和我一起平安回到家，我愿意放弃这一切，头衔、荣耀和掌声。”

“我同情你，”亚伯说，“你一定不好过。当自己的心淌着血时，却不得不去强颜欢笑。不过，感谢上帝，保罗一直在为国家实现最大的愿望奋斗，直到最后一刻实现了愿望！”

“即使在病入膏肓的时候，他都还念念不忘！他看到我难过焦灼的时候，就会说：‘伽马，比起为葡萄牙这个国家建交，一个人的生死真的微不足道。’”

“他被病痛折磨了很长时间？”亚伯柔声问。

“哦，前前后后几个月。我把他带到圣盖博号上，这样我也就能亲自照看他。我们把他的船圣拉斐尔号给烧掉了，因为船损毁严重，无法修复。很多船员都病死了，人手不够。运粮船更早之前就已经损坏。我们保留了圣拉斐尔号的标志，现在还在圣盖博号上。虽然尽力赶，但最后保罗还是挨不到回里斯本了。我不能接受让他死的时候还在海上漂泊，就把圣盖博号停在佛得角岛，接着用快一点的船带他到特塞拉岛上的修道院里。贝里奥号落在后面，奎略被暴风雨阻隔了。我把保罗埋在那里，在弗兰西斯教堂。”

伽马沉默了一会儿。亚伯思考着刚才的话。毫无疑问，伽马没有直接赶到圣文森特和里斯本，而是去了亚速尔群岛，扰乱了威尼斯那边和海盗的计划！

“我并不想谈论自己的遭遇的，”伽马最后说，“我只是想来跟你聊聊，过去这两年埋在我心底的一些事情。只是，只是我不知道该从哪里开始！”

“伽马，先从建交的成果开始吧！”

伽马凝重的神情突然就轻松了。“您觉得，”他问，“要是露丝夫人听到，她保存的梨子给马林迪的国王留下的印象不亚于我们的访问带去的轰动，她会有什么反应？”

“马林迪？”亚伯回想着地图上标注着马林迪字样的地方。嗯，是一个香料和象牙交易的口岸。“那样肯定会让她万分骄傲！”他笑着说，“就是他让引水员们跟着你回来的？”

“对，是友好交往的示意，也让他了解我们这边。那个梨子，对，我用银盘子盛了一些呈给了国王，还摆上了餐巾！他发誓说从来没吃过这么好吃的东西！他拼命想报答我们，给我们装了很多大米、羊肉还有各种各样的水果。那时我们只是在去的路上；后来回程再经过的时候，他给曼诺尔国王送了不计其数的礼物，丝绸、象牙、珠宝等。不过，”

他顿了一下，敬畏地说，“当中最珍贵的要数他给曼诺尔写的友好通信，写在金叶子上面！您相信吗？”

亚伯高兴地说：“那葡萄牙又多了一个建交的地方！”

“对，他已经准备好要跟我们会晤了。当我们说我们想要香料时，他给了我肉豆蔻，送了辣椒给曼诺尔。”

亚伯的嘴角边又泛起了那个古怪的熟悉的笑容：“你出发的时候，是想要取到香料和传播基督教。现在你毫无疑问拿到了香料！那传教怎么样？”

伽马有点赧然：“说实话，我们去到科泽科德的时候，我被当地的文明震撼到了！我以为自己是白皮肤的基督教徒，比他们优秀，但我看到的却是……”

亚伯笑道：“他们凭着自己的信仰也过得很不错，对不对？”

“在科泽科德国王的宫殿里，到处是花园，引了泉水，到处挂着织锦挂毯，摆设着青铜家具，我们的宫殿一比较就逊色多了。还有象牙雕刻！都是完好的一整块。还有国王戴的珠宝——说实话，在此之前我见过的红宝石、钻石和珍珠真的不算什么。还有油、糖、蜂蜜、帽子，诸如此类。”

亚伯禁不住笑出了声：“那你有没有使劲给曼诺尔挽回面子？”

“这个……”伽马重重地耸了耸肩，“我承认自己已经绞尽脑汁，使出浑身解数了。可是，国王——那里的人都称呼他扎莫林——对我们真的很好。事实上，如果不是他站在我这边，我真应付不来科泽科德那些商人。他们拒绝跟我交易，说我是一个探子，甚至还想逮住我。你知道，那些阿拉伯人死命控制住和东方的贸易，一点好处也不让人。”

“那科泽科德的国王肯定不是阿拉伯人咯？”

“对，他是印度人，不过阿拉伯商人必须服从他。最后，扎莫林给他们施了压力，他们才同意跟我们交易。不过他们耍了不少花样！比如，

当地人用一层泥土裹住姜是为了保存风味，这些混蛋则裹了至少三倍的泥浆，然后卖给我们！还想用劣质的肉桂和快腐坏的肉豆蔻充数。”

“这些冥顽不灵的恶棍！”亚伯说，“那你是怎么对付他们的？”

“哦，我很多时候当作没看见。我觉着，要是开展顺利，长此以往我们会获利。结果的确也是这样！”伽马眉飞色舞起来，“我得到了想要的。我把香料、丁香、肉豆蔻、肉桂、辣椒、樟脑装满了船。最成功的就是扎莫林写信给曼诺尔要会面，同意亲自跟我们开展贸易！”

“伽马，我不得不说，你在外交方面的手腕不比你当商人或者当水手要差！”

“说到那封信，”伽马继续说，“是写在棕榈叶子上的！加上金叶子，就有两封信给曼诺尔国王了。接着我还得到了第三封，也是金叶子的，卡纳诺国王的信。卡纳诺是我们最后一站。我想再驶远一点，但船经不起损耗了。再说，损失了太多船员，将近三分之二，可怜的家伙们。”

“伽马，”亚伯激动地说，“你干了一件了不起的事情！而且是出色地完成了！你开通了葡萄牙的香料之路！”

“啊，现在要做的是为葡萄牙保住它！先生，您知道，东方人不会让我们那么顺利的。阿拉伯人抵制我们，他们也是商人。关于这点，我相信我们的欧洲邻居们对我们的香料货物可能有点说法。”

“斯坎德经常说我们是用滴血的成本去换香料，还记得吗？”

“恐怕他没说错。对了，国王接见我的时候，我不经意地看了一下四周，看到了斯坎德那张老皮革一样的脸，在船上的横桅索旁朝我笑得很灿烂。对了，”伽马继续说，“我们在东方的每一个仓库，都要派一支卫戍部队过去。曼诺尔已经在谈论建立一支军队，负责打仗的、建港口的、建工厂的，人手都要有。他说会将迪亚士船长从米纳调来，筹备下一次航行，还暗示了会派他去。”

迪亚士就要回来了！亚伯的眼睛一瞬间亮了起来，但随即又想到，船从米纳回到里斯本前……他把心底涌上的情感压住，轻声地说："如果国王在计划着下次航行，那毫无疑问这次收获颇丰！"

伽马笑了："这个就由先生自己判断了。我跟您说，圣盖博号和贝里奥号上的香料跟这次航行的成本比是六十比一。"

这个数字让亚伯吹了一声口哨："还有别的交易，对吧？"

"很多！除了瓷器和金银打造的小饰品，还有成包成捆的织锦、棉花、金线。总而言之，"伽马的眼神也是闪亮的，"所有以前威尼斯大帆船能给我们带来的，无所不有！"

威尼斯，的确！亚伯在心底笑了。他问伽马自己怎么样。

"曼诺尔很慷慨，他免去了我进口香料的所有税收！"伽马突然静下来，显然若有所思，"你觉得康梯会不会愿意把我的香料卖到我们的殖民地去？"他试探着问，"我总佩服这小伙，有那样为了一场看似纯粹的冒险就毅然离开威尼斯的勇气。我想让他也有所建树。"

"伽马！"亚伯喊道，"他一直想从事香料交易。你不知道，葡萄牙才开始考虑跟东方国家交易时，他就预见了造船的需求。顺便提一下，你知道，是他的手下亚瑟·罗德里格斯，带回你返程的消息的吗？现在，曼诺尔奖赏了罗德里格斯，斯坎德将要成为金星号的船长。"亚伯停下来轻声笑着，"伽马，你的这个主意一定会让尼哥罗兴奋不已。事实上，要是把这个当作他和涅依米的新婚礼物很不错。"

"哦，是吗？"伽马也是笑容满面，"那天晚上我就预料到了今天，那两人才见面就移不开眼睛了！多么奇异美妙的夜晚！在航行经过了索法拉和魔鬼洞后，我常想到那个孩子站在我们面前的样子，战战兢兢又那么美丽动人！"他突然凑近亚伯，"我会选一条刺绣裙子给她，托斐迪南转给她！"

亚伯的眼神变得奇怪："你能明天送过来吗？如果斐迪南能脱身，我想见他一面。让他大概……大概午后过来。"

伽马一边在口袋里翻找着什么，一边点了点头。最后，他拿出了一个密封的锡罐头。

"这个，"他说，"是给露丝夫人的。是肉豆蔻，加到蜂糖和羊肉汤里调味！给她的时候，告诉她我留下了她的腌梨——特意从给马林迪国王的礼物里面留下的，除非货存不够了。我打开的时候，真担心放置得太久已经坏掉了。"

"你不知道，"亚伯大笑，"她总是用很多糖去熬，不用担心坏掉。"

伽马继续说："她不知道，这腌梨帮了我大忙。那真是煎熬的一天，船员都心烦意乱，躁动不已。我们刚经历了一次叛乱，但我很快感觉到，另一场又在酝酿了。这时候，我突然想到了腌梨，于是拿了出来，在晚餐的时候传给所有人吃。在那之后，所有人都心甘情愿追随我！我听到他们一整晚都在谈笑聊天，就像初心未泯的男孩。"

"你说有叛乱？"亚伯问道，"严重吗？"

"如果没有及早发现，就会铸成恶果。原因不外乎那些，是想家、沮丧的人煽动起来的。不过……"

"啊！"亚伯柔声地说，"我能猜到你跟他们说的话！我可没忘记，就在这个房间，你跟我提过'回头'的话。"

伽马的拳头紧紧抵住了膝盖："我应该先把船都沉了！不过我做的是把罪魁祸首捆住，把他们带回来给国王定罪。接着，为了提醒船员谁才是船长，我把所有的航海工具都扔进了海里。所有的，除了您的指南针。没有人知道，我把它藏在我的船舱里。"

亚伯紧张地靠近伽马："准确吗？"

伽马也靠向了亚伯："先生，您记不记得您跟我说过，它把您的灵魂带出了地狱？”

亚伯静静地点了点头。可不是！

“我以前想，”伽马继续说，“当一切晦暗不明，失败的可能看似远远大过成功的时候，最使我痛苦的事情，是眼睁睁看着保罗漂得越来越远，我自己也四处漂流，迷失方向。就是那时，亚伯大人，您的指南针不仅仅为我的船指引方向，我还用它为我自己指引方向！”

“啊，伽马！”亚伯的声音几乎低到听不见，“我们谁不需要用点什么去指引自己呢？”

第 25 章　一封信

在牧师宣读完毕后，露丝第一个上前亲了涅依米。亚伯先称呼她“康梯夫人”，尼哥罗欣喜地看着她。涅依米略带羞怯但面带微笑地跟大家站在一起，接受着众人的祝福。她穿着平常的衣服，没有穿新的，不过露丝给她准备了金色的饰物，那色彩让人联想到晚霞满天的天空。她前额垂着一串珍珠，编在头发里，是尼哥罗给她的。尼哥罗告诉自己，要更看重她的名字的寓意：一颗闪耀却不失温柔的星。

斯坎德舒了一口气：“我一直知道，会有这么一天。但等到真正这一天，我不否认有一种怪异感。”说话时，那双深邃锐利的眼睛慈爱地看着涅依米。

“我也是！”斐迪南喊道，他转向露丝，“露丝阿姨，您的婚礼上有没有人哭？”

露丝大笑出声：“他们说婚礼上流点眼泪代表幸运！”

“现在，你俩跟我和露丝当时那样幸福，我别无所求了。”亚伯也迅速说了一句。

尼哥罗把涅依米拥住：“如果我给她的幸福有她给我的一半……”

斐迪南的突然一声打断了他的话：“看我！差点忘了！”他从大衣下拿出了一个用亮色棉布裹着的包，递给了涅依米：“这是伽马给你的，我是指伽马伯爵！他说等回家再打开。”

“在家里还有另一份礼物，”亚伯说，“是我和露丝的。你们去吧！去看看！”

“对，去看看。”露丝说，“我们有点事，先把那些花给要建花园的人送去。”

尼哥罗回想起，整个早上，她都和亚伯在庭院里忙活，他沉浸在喜悦中，几乎没怎么留意。

“先生，我跟您走走。”斯坎德向亚伯提议。斐迪南也加入了。他们转身走开时，露丝跑回到了涅依米身边：“孩子，我必须得再吻你一次——你看起来实在太美了！”尼哥罗注意到她的眼眶湿润了，但还是笑着。接着，她又走回亚伯身边，挽住了他的手臂。

“露丝妈妈，亚伯大人，你们很快就会回来，对吗？”涅依米朝他们的背影喊。他们似乎没听到她的问题，只是回头笑了笑，又匆匆地走了。

他们走之后，尼哥罗才想起他们没有回答。他永生难以忘记亚伯那一瞬间的表情。就像一个孩童渴望的眼神！不，既不是孩童也不是矿工，而是一种平和安详到闪耀的神情。尼哥罗脑海里突然蹦出一个几乎不怎么用到的词：先知者亚伯！

下一秒，把大衣给涅依米披上后，他脑海里就只剩下她了。“亲爱的，我们回家吧！”他低声说道。对他刚刚的想法只是半信半疑了。

她把手放到他手里。两人一起往家走去。

“我好开心，‘家’就是那间可爱的屋子，你也觉得，对吧？”她问他。

“但是你也会一样喜欢我将来要建的房子，对吧？”

两人走到长长的楼梯上时，她低声说：“我喜欢这些楼梯！它们象征着黑暗和寒冷之后的温暖、光明和安全。”

他一把推开了门：“我喜欢它们，是因为它们代表着你就在那一端！”

两人环视了周围一圈。一切都那么熟悉，却又透露出迥然不同的气息！落日金色的阳光透过西边的窗户，洒进了昏暗的庭院。

“我们一起在工作室打开伽马大人的礼物吧。”涅依米朝门口方向走。

“你现在必须叫‘伽马伯爵’了。”尼哥罗笑着提醒她。

“那之后我们就找找亚伯大人和露丝夫人的礼物！你猜在哪里？”她说着，两人一起走进了工作室。

一进门，两人就发现了桌子上一张折着的纸。

尼哥罗弯腰看了一下：“是写给我们俩的。”

“是跟礼物有关的！”涅依米开心地说，“看看是不是。”她立刻放下了伽马的包裹，越过尼哥罗的肩膀看。

他打开了信，扫了开头几行。“什么？这是什么意思？听！”

他开始读：“你俩在工作室里，想着我们让你们找的是什么礼物，你们已经看到了！对，当你们打开门，看进去，看到庭院和房子。这是我和露丝给你们的礼物（尼哥罗，不需要再建一栋房子了！）。”

一阵急促的哭声打断了他。“啊，尼哥罗，尼哥罗！”涅依米突然紧紧抓住了他的手。他震惊地看着她。她浑身发抖，脸色苍白，眼睛里透出的脆弱和悲痛让他心疼不已。

“我知道这话是什么意思了。”她低声说，“尼哥罗，继续往下读吧。”

他把她揽住，贴着她的脸，然后继续读：“我们想，你们可能会猜，我们今天早上为什么要剪下那些纸片，摘下花。我们要把这些带到我们的新花园——我们一起建的花园，孩子。所以，希望你们不要介意我们带一些回家（露丝说她可以把黄百合带到任何地方生长）。我们要怎么开口跟你们说呢？不，这样更好：到我们走了，你们才发现最好。不过，从约瑟夫拉比那里可以得知我们新家的消息——等到我们可以安全地传消息给他的时候。偶尔去看望一下他。或许他会偷偷告诉你们：傍晚时分，露丝和亚伯·扎古托来到了他家门口。可过了一会儿，一个中年的木匠扛着他的工具从后门走了出去。接着，一个头顶着一篮水果的妇女也从后门走了出去（你们知道，为什么不能被人看到他们在一起）。约瑟夫拉比只看到这些！不过，你们俩现在可以想象的是，这个木匠和妇女乘着商船，在河水里越驶越远，渐渐融入落日余晖里的场景。

“尼哥罗，你的事业会随着里斯本的新机蓬勃发展。你可能需要更多资金。随意用我的吧。孩子，在最初为你存下这些钱的时候我就这么打算了。如果我有需要，我会让约瑟夫拉比联系你。

“我们会建新的工作室！（露丝说，即便要先分开来住，也要将那些屋子中的一间拿来做工作室。）还有新的航路在等待着他们的科维良、他们的迪亚士、他们的伽马去开辟！新世界的边缘已经在窥探西方的地平线。哥伦布已经向我们展示了它们。所以，必须做出更好的指南针、更好的星盘。很快，斐迪南就会踏上征程，去探索发现。他知道谁可以帮他制作航海的工具！迪亚士也是。说不准下一次他到印度探险的时候，他就会需要指南针（他回来组建新舰队的时候，让他和伽马看看斯坎德帮我制作的地图）。

“我和露丝要将我们永远的爱，送给你们两位：尼哥罗，还有涅依米——新航路的星辰！”